有个孩子告诉我，丁香花一般都是四瓣的，偶尔会有五瓣的，谁能找到五瓣丁香，谁就有好运气，五瓣丁香是幸运花瓣。于是，我们五个就有了一个找幸运花瓣的游戏。

金波

幼儿文学创作与出版

『男婴笔会』口述实录

李学谦 撰写
『男婴笔会』口述

接力出版社
Publishing House

图书在版编目（CIP）数据

　　幼儿文学创作与出版："男婴笔会"口述实录 / 李学谦撰写；"男婴笔会"口述 . -- 南宁：接力出版社，2025. 1. -- ISBN 978-7-5448-8787-8

　　Ⅰ . I207.8；G239.2

　　中国国家版本馆 CIP 数据核字第 2024NF0285 号

幼儿文学创作与出版："男婴笔会"口述实录
YOU'ER WENXUE CHUANGZUO YU CHUBAN："NANYING BIHUI" KOUSHU SHILU

责任编辑：熊慧琴　　美术编辑：杨慧　　装帧设计：杨慧　　插画、封面设计：友雅
责任校对：杨少坤　　责任监印：郭紫楠
出版人：白冰　雷鸣
出版发行：接力出版社　　社址：广西南宁市园湖南路9号　　邮编：530022
电话：010-65546561（发行部）　　传真：010-65545210（发行部）
网址：www.jielibj.com　　电子邮箱：jieli@jielibook.com
经销：新华书店　　印制：北京利丰雅高长城印刷有限公司
开本：710毫米×1000毫米　1/16　　印张：22.5　　字数：246千字
版次：2025年1月第1版　　印次：2025年1月第1次印刷
定价：88.00元

版权所有　侵权必究
质量服务承诺：如发现缺页、错页、倒装等印装质量问题，可直接联系本社调换。
服务电话：010-65545440

2011年秋,"男婴笔会"作家于北京市郊

口述者简介

金波

1935年生于北京。首都师范大学教授,诗人,儿童文学作家。大学时代开始文学创作。出版儿童诗集《我们去看海》、《让太阳长上翅膀》、《推开窗子看见你》、"金波60年儿童诗选"等十余部,幻想小说《开开的门》,小说《婷婷的树》,童话集《影子人》、《乌丢丢的奇遇》、《追踪小绿人》(三部曲)、《蓝雪花》等多部,散文集《感谢往事》《和树谈心》《寻找幸运花瓣儿》《点亮小橘灯——金波80岁寄小读者》《昆虫印象》等,评论集《幼儿的启蒙文学》《能歌善舞的文字》,以及《金波诗词歌曲集》。选集有《"我喜欢你"金波儿童文学精品系列》(十五卷)、《金波幼儿文学选》(四卷)、《金波儿童文学文集》等。主编《中国传统童谣书系》(十卷)、《中国儿歌大系》(十三卷)。作品曾获"五个一工程"奖、中国出版政府奖、国家图书奖、全国优秀儿童文学奖等。作品被译成多种文字向世界发行。

葛冰

　　1945年生于辽宁凌源。儿童文学作家，做过多年中学教师，编审，中国作家协会会员。1983年开始从事儿童文学创作，写过校园小说、侦探小说、冒险小说、动物小说、科幻小说、武侠小说、历史小说等，出版"蓝皮鼠和大脸猫"系列（四十册）、"小糊涂神：藏在学校里的秘密"系列（二十册）、"皮皮和神秘动物"系列（十册）、"山海经大精小怪"系列（六册），出版童话、低幼作品集百余部。作品曾获"五个一工程"奖、中国出版政府奖、中华优秀出版物奖提名奖、全国优秀儿童文学奖、宋庆龄儿童文学奖、陈伯吹国际儿童文学奖。长篇童话《蓝皮鼠大脸猫》《小糊涂神儿》《小精灵灰豆儿》曾被中央电视台拍摄成系列动画片，多次获金鹰奖、金童奖。作品版权输出到日本、韩国、埃及、新加坡等国家和地区。

高洪波

　　1951年生于内蒙古开鲁。儿童文学作家、诗人、散文家。第十二届全国政协委员，中国作家协会全国委员会第七、八、九届副主席，中国作家协会儿童文学委员会主任。出版儿童诗集《大象法官》《喊泉的秘密》《我喜欢你，狐狸》等，散文集《悄悄话》《波斯猫》等，评论集《鹅背驮着的童话——中外儿童文学管窥》等。其中，《我想》获第一届全国优秀儿童文学奖，散文集《悄悄话》获第三届全国优秀儿童文学奖，《彩色的梦》《陀螺》入选部编版小学语文教材。作品还曾获"五个一工程"奖、中国出版政府奖、国家图书奖等。图画书"快乐小猪波波飞系列"等，版权输出到法国、韩国、越南等国家和地区。

刘丙钧

  1952年生于河北深州。中国作家协会会员、诗人、儿童文学作家。出版儿童诗集《绿蚂蚁》《我的名字叫雨燕》《写给女儿的诗》《谢谢你，春天》，儿歌集《东拉西扯吹吹牛》，童话集《笨小熊和他的朋友们》《泡泡糖和小狗齐克》《寓言国轶事》《白猫白猫红鼻头》《十二生肖外传》等，图画书《蜻蜓日记》《神奇的胡子》等数十部。作品曾获"五个一工程"奖、国家图书奖、全国优秀儿童文学奖、接力杯金波幼儿文学奖等。作品《妈妈的爱》曾入选内地和港澳地区小学语文教材。

白冰

1956年生于河北平泉。中国作家协会儿童文学委员会委员，曾任作家出版社副社长，现任接力出版社总经理、资深总编辑、编审。主要作品有：儿童诗集《飞翔的童心》，作品集《绿太阳和红月亮》，童话集《吃黑夜的大象》，童话《不一样的小狗俏俏》《小老鼠稀里哗啦》，儿歌集《大象鼻子当滑梯》，图画书《挂太阳》《换妈妈》《雨伞树》《爸爸，别怕》《一个人的小镇》《大个子叔叔的野兽岛》《一颗子弹的飞行》《老鼠妈妈买猫》等。作品曾获"五个一工程"奖、中国出版政府奖、全国优秀儿童文学奖、陈伯吹国际儿童文学奖等。《假如》《写给云》等作品曾入选中小学语文教材。作品版权输出到英国、俄罗斯、埃及、土耳其、韩国、印度、新加坡等国家和地区。

张晓楠

1968年生于哈尔滨。曾任《幼儿画报》主编，现任中国少年儿童新闻出版总社有限公司总编辑、中国编辑学会副会长、中国作家协会儿童文学委员会副主任。曾获全国宣传文化系统"四个一批"人才、全国"三八红旗手"、"全国新闻出版行业领军人才"、"2018年度十大出版人物"等荣誉称号，并获"第十二届韬奋出版奖"，其主编的《幼儿画报》荣获首届中国出版政府奖期刊奖，策划的"伟大也要有人懂"系列、"美丽中国·从家乡出发"系列、"院士解锁中国科技"丛书等图书，获"五个一工程"奖、中国出版政府奖、中华优秀出版物奖、年度"中国好书"等奖项，入选"十三五""十四五"国家重点出版物出版规划。

代序

我与『男婴笔会』

李学谦

2021年7月下旬的一天下午，我接到高洪波的电话，他邀请我执笔，为"男婴笔会"写一本书，语气中带着他一贯的热情与爽朗，还带着让人难以拒绝的诚恳："金波和白冰他们几个也是这个意思。"

　　高洪波打来这个电话的十天前，我在济南参加第三十届全国图书交易博览会。其间，遇到了中国少年儿童新闻出版总社（以下简称"中少总社"）的张晓楠，她很认真地对我说，作家们希望由我来写一本关于"男婴笔会"的书。当时我推却了，因为手头有其他事情，也因为这本书的写作难度大——要对几位作家和其他当事人进行深度访谈，要搜集和研究大量的文献资料；写出来的东西应该既是别人想说的，也是自己想写的，还应该是读者想看的。其中，首先必须是别人想说的，主动权也因此不完全掌握在自己手里。但高洪波在我婉拒了张晓楠之后又打电话再次相邀，并且声明"金波和白冰他们几个也是这个意思"，我就无法拒绝了，因为他们在我任中少总社社长的十二年里，不仅是中少总社的作者，更是与我一路相伴的知音和强力外援。

【一】

在我担任社长的十二年（2006年至2018年）里，低幼读物出版是中少总社产品线中最亮眼的板块，发展最快，影响力最大，无论是在社会效益方面，还是在经济效益方面，都对中少总社这十二年的发展起到了关键作用，做出了重大贡献。在社会效益方面，《幼儿画报》2007年获得"第一届中国出版政府奖"，2013年再次获得"第三届中国出版政府奖"；《幼儿画报》编辑部曾获"中国出版政府奖·先进出版单位奖"；低幼板块中入选"五个一工程"奖、中国出版政府奖、中华优秀出版物奖、"中国好书"等权威奖项的出版物，更是难以一一列举。在经济效益方面，2017年中少总社5亿多元的主营业务收入中，低幼板块所占几近其半。

中少总社低幼板块从小到大，由弱到强，有许多值得总结的地方，但无论怎样总结都不能绕开的，是始终坚持以内容为王。

2000年，张晓楠出任《幼儿画报》主编。其时，出版物发行体制改革已经全面展开，民营渠道迅速崛起，不仅在图书发行市场上与新华书店平分秋色，而且进入期刊发行领域，对邮政报刊发行渠道形成了强劲的冲击。在发行渠道发生结构性变化的同时，少儿期刊品种也大量增加。产品和渠道的结构性调整，使少儿期刊市场形成了新的竞争格局。中少总社旗下期刊由于一时不适应市场竞争的新形势，发行量跌入低谷，7种期刊每月发行总量仅有70万册，其中《幼儿画报》为15万册。

张晓楠接棒后，没有"头痛医头，脚痛医脚"，一头扑在发行上，而是寻根究底，扎扎实实地搞起了读者调查。她想知道，读者究竟需要一本什么样的《幼儿画报》。张晓楠回忆，在一个多月的时间里，她跑了十几个省，每到一地，都要拜访当地教育主管部门和有代表性的小学、幼儿园、托儿所，访问老师、家长和孩子。十几个省跑下来，张晓楠找到了自己想要的答案：要站在读者的立场上来思考，办一本能够把读者需要全部呈现出来的《幼儿画报》。为此，她决定对《幼儿画报》进行全新改版，重构《幼儿画报》的内容板块。

说起来容易做起来难。我逐期阅读了自 1982 年创刊以来的《幼儿画报》，对 2000 年以后该刊的改版过程有了一个大略的了解。

2000 年之前的《幼儿画报》，更像一本幼儿文学刊物。以 1997 年第 5 期为例，刊发稿件 11 篇，其中童话、故事、儿歌 9 篇，幼儿教育类稿件 2 篇，且两类稿件之间无内在联系。

从 2000 年 7 月起，《幼儿画报》进行了几次改版。

2000 年 7 月至 12 月，《幼儿画报》在保留了原有《大作家小故事》等栏目的同时，增加了一些新的栏目，如《智力总动员》《知识童话》《跟着爷爷学儿歌》等，知识性、趣味性、实用性有所增强，呈现出明显的过渡期特点。

从 2001 年 1 月起，刊物由月刊改为半月刊，同时改为国际流行的大开本。改版后的《幼儿画报》，上半月刊侧重孩子，以童话、故事、游戏为主；下半月刊侧重妈妈，强调亲子共读，"给妈妈一些教养方法"。主要栏目有《红袋鼠小甜头》《好孩子的故事》《好玩的故事》《我想知道的世界》《趣味数学》等。推出侧重妈妈的半月刊，标志着《幼儿画报》调整刊物定位，开始有意识地与幼儿教育相融合。

2002年改版，明确提出办刊宗旨为"情商启迪，智商培养，幼儿综合素质全面提高"。本次改版后，《幼儿画报》的主要栏目有：《嘟嘟熊与东倒西歪小老鼠》，旨在"在轻松幽默的故事中让宝宝懂得做人做事的道理"；《神秘小袋鼠》，旨在"培养孩子的想象力和创新意识，以及勇敢向上的高贵品质"；《世界童话精品》，旨在"培养孩子的审美意识"；《睡前小故事》，"集文学精华与育儿知识为一体"；《大头儿子小头爸爸》，与中央电视台热播动画片同步；《72变小孙猴》，由古典名著《西游记》改写；《儿歌》，旨在"培养孩子的欣赏能力和语言表达能力"；《勇敢的恐龙小子》，旨在"培养孩子的创新意识"；《散文》，旨在"培养孩子的语言能力和审美能力"。另有中心插页，"聚焦爸爸妈妈关心的话题"。

上述栏目的设置，使《幼儿画报》内容定位更贴近幼儿素质教育的要求。

2004年改版，突出多元智能教育和实现幼小衔接的要求。代表性栏目有《宝宝唱成语》（从12种小学教材中选成语）、《聪聪识字故事》（涉及24个偏旁部首，提倡在阅读中识字）。另设《红袋鼠的自救故事》《猫和老鼠的故事》《美美散文笑笑儿歌》等新栏目。2005年、2006年，上述栏目基本保持稳定。2005年增加《聪聪五大洲游记》《好习惯故事》

两个栏目。2006 年增加《Dede 营养故事》，还有就是筛选小学教材中的 284 个常用字在主要栏目中加以突出。

2007 年改为旬刊。此次改版，明确根据教育部《幼儿园教育指导纲要》，"使故事、游戏与《纲要》规定的健康、语言、社会、科学、艺术五大领域相辅相成"，"更加科学贯穿学前教育理念，循序渐进提升幼儿综合素质"。此次改版后设置的主要栏目有：《红袋鼠的自我保护故事》《好习惯故事和儿歌》《唐诗小童话》《宝宝唱成语》《睡前温馨童话》《奥运城堡奇遇记》《的的游中国》等。

至此，《幼儿画报》基本定型。此后，栏目设置虽有调整，如停办《奥运城堡奇遇记》《的的游中国》等栏目，陆续开设《红袋鼠美食屋》《红袋鼠智慧故事》《我与红袋鼠的故事》《弟子规诵读》《三字经诵读》《乐悠悠价值观故事》等，但刊物内容框架基本保持稳定，形成了一系列能鲜明体现《幼儿画报》办刊宗旨的品牌栏目。

由上可见，《幼儿画报》的发展过程，是坚持以内容为王，不断进行内容创新的过程；是坚持以读者为中心，不断贴近读者需求的过程；是与幼儿教育相结合，不断融入幼儿教育实践的过程；是奋力拓展幼儿文学创作领域，不断推进幼儿文学发展的过程。

【二】

在出任《幼儿画报》主编之前，张晓楠是中少总社文学编辑室的编辑。由于工作上的关系，她与金波、高洪波、白冰、葛冰、刘丙钧这五位作家都打过交道，有的已经非常熟络。恰巧，葛冰1999年从《儿童文学》调到《婴儿画报》，负责这本刊物的文字编辑工作，已经把金波、高洪波、白冰、刘丙钧发展为《婴儿画报》的作者。张晓楠顺势把他们几位连同葛冰一起拉进了《幼儿画报》的作者队伍。

"男婴笔会"从2001年开始，整体进入《幼儿画报》内容创作，从此开始了与《幼儿画报》《婴儿画报》再到后来的"中少大低幼"二十多年相伴而行的创作征程。

"在刚开始的一两年里，几位作家的创作还处于比较自由的状态。随着《幼儿画报》与幼儿教育相融合的进程启动并逐渐提速，来自家长和幼儿园具体教育诉求的选题越来越多，'男婴笔会'的作家们开始'戴着镣铐跳舞'。"（高洪波语）

刚开始接到那些具有明确教育指向的选题时，作家们有些别扭："这不是让我们写'命题作文'吗？"由于这些选题来自张晓楠，故作家们又半无奈半戏谑地称之为"小难（楠）题"。但为什么后来一写就是二十多年呢？他们各有各的说法，但都经历了从不情愿到情愿、从不自觉到自觉这样一个过程。

金波坦陈，他写"命题作文"经历了一个从引发、激发到焕发的过程。一开始非常不喜欢，到后来觉得是一种享受。因为"命题作文"接地气，满足了读者阅读的刚性需求。既要完成命题，还要写得有童趣，对作家来说是一种挑战。

高洪波则认为，尽管"命题作文"具有时效性，从某种意义上来说是速朽的，但是从另外一种角度看，《幼儿画报》读者这个年龄段（3—7岁）的孩子永远都有，而这个年龄段的孩子所遇到的教育问题，有很多在不同年代都是相同或是类似的。从这个意义上来讲，"命题作文"又是永生的，并不速朽。同时，"命题作文"也可以出精品，在高洪波自选的幼儿文学选集中，就有不少篇目当初是作为"命题作文"来写的。

白冰说，张晓楠最大的特点是以柔克刚。她不管做什么事一定要做成。比如，《幼儿画报》有了一个新的选题，"我们可能感觉不能写。她不管你们怎么说，这次你不写，下次还让你写，下次你不写，下下次还要让你写，直到你把这个选题写出来"。她在幼儿文学上坚持这样的标准：既要在艺术上创新，同时又要让读者喜爱。这个标准对"男婴笔会"作家既是挑战，也给了他们很大的创新空间。作为作家，他们没有理由不珍惜这种创作的机会。

葛冰说，他写"命题作文"经历了由被动到主动，由不自觉到自觉再到喜欢的过程，后来写起来得心应手。经过二十多年的写作，他发表的婴幼儿文学作品将近两千篇，可能是全国发表婴幼儿文学作品最多的作家了。不能不说这是他参加"男婴笔会"的一大收获。

刘丙钧说，他一开始是被迫写"命题作文"的，后来慢慢适应，也就自然而然地写了。他认为，"命题作文"的文学价值也许不如作家自主创作的作品高，但是它的实用价值可能更高，对家长和老师来说更实用。当然，写好了，"命题作文"完全可以达到文学性和教育性、文学价值和社会价值相统一。比如，他有一篇关于儿童安全自护的童话，在《幼儿画报》刊出后，又被《儿童文学选刊》选中。

笔会是《幼儿画报》组织作家创作的主要形式，一般两个月左右开一次。开笔会前一个月，编辑部先给作家发约稿单，每位作家写什么主题，写几篇，主题的现实背景是什么，有哪些是需要注意的，约稿单都有非常具体的要求和提示。约稿单之外，编辑还会尽可能详尽地提供与选题相关的创作素材，为作家提供帮助。编辑部随时掌握作家的创作进度，初稿都基本完成后，便组织作家们带上稿子来开笔会，大家一起讨论、修改，定稿后由编辑录入，然后再向画家约稿。"就这么一个流程，二十多年来就这样。"高洪波说。由于笔会发展成一种常态化、模式化的创作组织形式，到后来笔会成员又都是为婴幼儿写作的男性作家，高洪波给这个笔会起了个略带喜感却又恰如其分的名字：男婴笔会。

有了"男婴笔会"作为内容生产的核心团队，《幼儿画报》的改版思路得以顺利贯彻。焕然一新的《幼儿画报》让孩子们和家长、教师爱不释手，红袋鼠、跳跳蛙、火帽子、草莓兔、丁当狗、呼噜猪等形象很快成为孩子们生活中的好伙伴。开始放下身段参与市场竞争的邮政报刊发行系统很快就看到了《幼儿画报》的巨大市场潜力，把它列入重点发行的报刊目录，给各地报刊发行局下达任务，并作为考核指标。到2006年底，《幼儿画报》每月发行量已经超过100万册。

【三】

我是 2006 年 7 月接任中少总社社长的。当时，中少总社的图书出版相对低迷，徘徊在亏损的边缘。缺乏市场竞争力，无论是在实体书店还是在网络书店，中少总社图书的销量排名都比较靠后；畅销书排行榜、各种获奖图书目录中，更难觅中少总社图书的踪影。

少儿图书在整体图书市场所占比重大，奖项多，推荐活动多，社会关注度高，出版界几乎全行业参与。因而，少儿图书的行业地位远高于少儿报纸和期刊。图书出版做不好，中少总社作为唯一一家"国字头"的少儿出版社，就起不到"国家队"对少儿出版的引领作用，行业地位自然不会被认可，品牌影响力和社会效益也会相应地大打折扣。从经营的角度看，图书与报刊相比，品种多、投入大、风险高、回款周期长，图书出版上不去，总社的经济效益也很难从根本上提高。使中少总社图书出版尽快走出困局，是我接任社长后考虑的第一件生产经营大事。

《幼儿画报》的强势崛起，使我看到了希望，看到了出路。在到中少总社任职前，我曾办过六年报纸，对传媒规律多少有些了解。我以为，图书出版虽不同于报刊出版，但大的方面是相同的：都以内容生产和传播为己任，都要通过作者、编辑来进行内容生产。既然如此，《幼儿画报》有以"男婴笔会"为核心的作者队伍，有能打硬仗的优秀编辑团队，为什么只能用来办刊而不能用来出书呢？有这么好的出版资源，我们却出不了好书，岂不是抱着金饭碗却被饿死了吗？事实上，"男婴笔会"几位作家的书，早已被别的出版社经营得风生水起了，为什么中少总社就不能成为他们出版图书的平台呢？更何况，从出版业发展趋势看，传统媒体和新媒体都能融合发展，传统媒体中的书、报、刊为什么就不能融合发展呢？我决定通过整合出版资源，把中少总社在期刊出版方面的优势最大限度地发挥出来，以刊带书，书刊互动，打一场图书出版的翻身仗。

2007年11月，中少总社党组决定，以《幼儿画报》为基础，整合《婴儿画报》《嘟嘟熊画报》《中国儿童画报》和低幼图书编辑室，组建低幼读物出版中心，明确低幼读物出版中心除办好低幼报刊外，还将出版图书、电子音像制品，进行衍生产品的开发，成为一个对0—9岁儿童阅读需求进行全方位覆盖的跨媒体出版中心。业内人士后来把这个中心叫作"中少大低幼"。

"中少大低幼"成立后，四种报刊的内容质量和发行量都有较大幅度的提升，尤其是《幼儿画报》，2017年每月发行量逼近200万册。图书出版也很快取得突破。在经过引进"巴布工程师""开心球""米莉茉莉的故事"等几套外国优秀童书的短暂试水后，原来以办刊为主业的编辑们摸清了图书出版的门道，"中少大低幼"开始把注意力转移到原创图书出版上。

"植物大战僵尸"系列图书是"中少大低幼"推出的第一套原创图书。这是一款网络游戏的同名图书，版权方授权中少总社使用该款游戏的品牌和形象，出版物内容由中少总社自主开发，中文图书版权为中少总社所有。因而,"植物大战僵尸"系列图书是穿着"洋马甲"的本土原创作品,是地地道道的"洋为中用"。这个项目的推进速度令人难以置信:从授权谈判到2012年1月第一批12册故事书上市,仅用了两个月的时间;到2012年11月,这批图书的销量已超过500万册,成为当年出版、当年上榜的超级畅销书。

"植物大战僵尸"系列图书一炮打响,是"中少大低幼"发力原创图书的一次成功首秀,"男婴笔会"成为这次秀场的主角。

"'植物大战僵尸'系列图书成功的关键,是请到了金波、高洪波、白冰、葛冰、刘丙钧等国内优秀的儿童文学作家作为故事的执笔者。这几位作家长期从事儿童文学创作,是中少总社低幼读物的骨干作者,深得读者的喜爱和敬重,在孩子们和家长、教师中具有广泛的号召力,他们的名字,本身就是图书品质的保证。"这是我2012年11月1日发表在《出版广角》上的《从指尖游戏到心灵阅读》一文中的一段话。之所以引用旧文,是为了更准确地还原我当时的感受。说实话,在酝酿"植物大战僵尸"系列图书这个选题的时候,我多少有些担心:毕竟玩游戏不是什么"高大上"的事情,"僵尸"这个词也多少有些让人忌讳。中少总社作为"国字头"的少儿出版社,出版网络游戏同名图书,会不会招来好心人的诘问和好事者的诟病?得知"男婴笔会"几位作家同意担纲第一批图书的主创后,我放心了。我坚信,凭借"男婴笔会"作家对孩子的爱心和责任心,凭借他们善于驾驭挑战性题材的深厚艺术功力,一定可以使孩子们从植物和僵尸系列形象的故事中悟到做人做事的道理，升华他们在游戏中所积淀的情感体验，从而逐渐完成从线上到线下、从指尖游戏到心灵阅读的转变。后来的事实也充分证明了我的判断。

从中少总社整体发展的战略角度看，"植物大战僵尸"系列图书的出版发行，是在我的任期内中少总社图书出版业务走出低谷的一个阶段性标志。2010年之前的几年，中少总社的发展主要靠期刊拉动。2011年以后，图书出版成为拉动中少总社经济增长的主要动力。我算了一笔账：2011年，总社图书发行码洋增加额与上年同比，占总社发行码洋增加额的66%；图书发行收入增加额占总社发行总收入增加额的54%。其中，"中少大低幼"图书发行码洋同比增加4000余万元，占总社图书发行码洋增加额的52.8%；图书发行收入同比增加额占总社发行收入增加额的40%左右。而"中少大低幼"图书发行码洋和收入的增加额，几乎全部来自这套"植物大战僵尸"系列图书。

继"植物大战僵尸"系列图书之后，"中少大低幼"在办好报刊的同时，又持续向主题出版、儿童文学、原创图画书、国学经典启蒙读物、知识读物等领域发力，成为低幼图书出版的耀眼品牌。难能可贵的是，"中少大低幼"在这些领域出版的图书，都是本土原创作品，其中绝大多数实现了版权输出。"男婴笔会"是创作这些图书的核心团队。在"中少阳光图书馆""中国红""我的日记""美丽中国·从家乡出发"等系列品牌图书的创作出版过程中，他们从选题策划就开始介入，然后再根据选题策划方案写出范本，为编辑们完成选题计划积累经验、提供借鉴。他们既是为"中少大低幼"出谋划策的军师和智囊团,又是逢山开路、遇水架桥的先锋和突击队。

我的前任海飞曾撰文称,张晓楠出任《幼儿画报》主编是"受命于危难之际"。"男婴笔会"是在《幼儿画报》跌入低谷时挑起该刊内容主创大梁的,又何尝不是"受命于危难之际"呢?他们先是承担了"命题作文"这样的"小难(楠)题",使《幼儿画报》的改版目标得以顺利实现,为《幼儿画报》跃升为"百万大刊"打下了坚实的内容基础,也为中少总社成立"中少大低幼"准备了条件;之后,又在原创低幼图书出版的多个领域奋力笔耕,开疆拓土,使"中少大低幼"的构想——出版规模大、产品种类及形态多样、读者覆盖面宽——成为现实,低幼读物出版成了大事业。

从婴幼儿期刊到"中少大低幼",从"命题作文"到系列原创图书,如果没有"男婴笔会"一路相伴,"中少大低幼"对以内容为王的坚持,可能就会少了许多底气和实力,中少总社的低幼板块从小到大、由弱到强,也就不会来得这样顺利,这样迅速。张晓楠谈及《幼儿画报》的办刊秘诀时,曾不止一次地谈到了"名家养育名刊"。她所说的"名家",当然首先是指"男婴笔会"的五位作家。"名刊"除《幼儿画报》外,还应当包括"中少大低幼"的其他出版物。"养育"二字,道尽了"男婴笔会"作家的辛劳和贡献。

"中少大低幼"的崛起,不仅使低幼图书成为中少总社产品群中的强势板块,而且促进了中少总社图书出版业务的整体发展。2012年到

2017年间，总社每年出版新书700—750种，其中原创图书品种占比从2012年的70%左右，提高到2017年的90%以上，形成了主题出版、思想品德、儿童文学、低幼、教育、历史、科普、动漫等有较强市场竞争力的图书板块。到2017年，图书销售毛利已占总社销售毛利总额的50%以上。

补上图书出版的短板后，中少总社回到了"国字头"少儿出版单位应有的位置上。国家新闻出版主管部门每年发布上一年度的《新闻出版产业分析报告》，该报告曾依据主营业务收入、资产总额、所有者权益、利润总额四项指标，对全国少儿图书出版单位的总体经济规模进行排名，2012年至2015年，中少总社连续四年位列第一名（2016年后取消了该项排名）。中少总社还先后被评为"全国文化体制改革先进单位""全国未成年人思想道德建设工作先进单位""中国出版政府奖先进单位""首都文明单位标兵"。

【四】

我到中少总社时已经四十八岁，从不惑之年下决心从团中央机关调到《中国青年报》起，我就把转型为传媒人作为自己的职业追求。离开《中国青年报》后，我做过一年多的青少年研究工作，但成为传媒人的追求依然没有放弃。中少总社前任社长退休后，团中央决定由我接任，我深知这是我职业生涯的最后一站，也是我转型为出版传媒人的最后机会。我下决心从"出版学徒"做起，真做出版，真办企业，使自己成为合格的少儿出版人，完成自己的职业转型。

在任社长的十二年里，我对少儿出版工作乐此不疲，对少儿出版、中少总社始终充满敬畏之心和新鲜感；我形成了自己关于少儿出版的理念和主张，也知道怎样去实践自己的理念和主张。我为自己的这些进步而感到欣喜，自认已经完成了向少儿出版人的转变。为此，我对"男婴笔会"的五位作家满怀感恩之情。没有他们，我对"中少大低幼"的构想不会如此顺利地实现，我成为少儿出版人的职业转型也不会如此圆满地完成。在我心里，他们不仅是中少总社和"中少大低幼"的作者，更是和我志同道合、并肩作战的同伴和战友。如果中少总社有"荣誉员工"的称号，应当首先授予"男婴笔会"的五位作家。

退休后，我对少儿出版史的研究产生了浓厚的兴趣，高洪波给我打电话的时候，我正埋头于故纸堆里。他的电话，把我唤回了现实，也勾起了我对尚未远去的往事的回忆。"男婴笔会"二十多年的创作出版活动，在中少总社的发展历史上，在幼儿文学和少儿出版发展的历史上，都是值得记录、必须记录的，是当代少儿出版史中应有的篇章，与我研究少儿出版史的愿望并不相左。何况，最早提议为"男婴笔会"写一本书的还是我，记得那是在2015年夏天与"男婴笔会"作家的一次聚会上提出来的。按照"解铃还须系铃人"的逻辑，几位作家推我写这本书也算是顺理成章。于是，我决定放下手头的事情，为"男婴笔会"写一本书。

之所以采取"口述实录"的方式，是为了更加自然、流畅、真实、客观地记录当事人对往事的回忆，使读者通过当事人的讲述而不是通过我的提问来了解"男婴笔会"，避免读者对"男婴笔会"的了解局限在我设定的问题框架中。

美籍华人历史学家唐德刚是著名的口述历史作家，著有《李宗仁回忆录》《胡适口述自传》《顾维钧回忆录》《张学良口述历史》等著作。他说："历史远比小说有趣。可惜历史都是由后世的人写的，他们能把历史上的事实正确地记录下来，已属不易。至于历史发展过程中的真实详况，后世人不仅无法去'绘声绘影'，有的还因为史料不实，或考据不周，而发生无意的'曲笔'。'口述历史'的好处，便是让历史上的英雄们现身说法，去说个痛快淋漓，信不信由你。大多数历史上的英雄们，都是能说会讲的。这也就是孔子说的'有德者，必有辞'。""男婴笔会"的几位作家都是"有辞"的"有德者"，著作等身，能说会讲，由他们来讲述自己的故事，自然能够更加准确地还原历史。

为使读者对"男婴笔会"的创作出版活动有一个较为完整、系统的印象，我依据"中少大低幼"和"男婴笔会"创作活动的发展进程，重点从"男婴笔会"的由来、"男婴笔会"的创作、"男婴笔会"的感悟三个方面，对访谈内容进行了结构化处理，并对当事人口述的内容进行了必要的文字整理。所有口述内容均经口述者本人审阅。

由于对五位作家及相关当事人的访谈尚不全面，更难称深入，也由于收集到的资料极为有限，更由于我本人的学养所限，自感无论是对

"男婴笔会"创作活动的研究,还是对 21 世纪以来低幼读物出版和幼儿文学发展的研究,本书都尚显粗陋。但我期待本书的出版能引起更多人对"男婴笔会"的关注,对 21 世纪以来低幼读物出版和幼儿文学的发展,对低幼出版、幼儿文学、幼儿教育三者的关系有更多探讨和研究。同时,我也期待有机会对本书做进一步的修订、补充和完善。

目录

第一编 "男婴笔会"的由来

第一章 相遇、相识和相知

004　高洪波：亦兄亦弟胜师友

010　金波：是缘分，也是天作之合

014　白冰：不是亲人，胜似亲人

022　刘丙钧：谊重缘厚潭水深

032　葛冰：一段"生死之交"的情谊

036　张晓楠：为了光亮而聚合

第二章　儿童文学作家是生就的

048　金波: 纯真的个性

051　高洪波: 天然的"儿童眼"

058　白冰: 进入儿童生命状态

063　刘丙钧: 命中注定的缘分

066　葛冰: 从儿时的幻想游戏到儿童文学创作

第三章　"中少大低幼"与"男婴笔会"的双向赋能

072　葛冰: "男婴笔会"的起步

076　金波: 《幼儿画报》办刊宗旨的实践和丰富

079　刘丙钧: "男婴笔会"的"5+1"

082　高洪波: 一种特殊的互动模式

086　白冰: 空间、平台和机会

第四章　艺术民主的氛围

094　高洪波: 艺术民主中的集体智慧

096　葛冰: 争论、碰撞、启发

100　白冰: 有商有量, 取长补短

102　刘丙钧: 互相宽容、互相信任

104　金波: 文人宜散也宜聚

第二编 "男婴笔会"的创作

第五章 从自由写作到"戴着镣铐跳舞"

112　高洪波:"男婴笔会"的早期图像

115　刘丙钧:第一次写"命题作文"

117　葛冰:"命题作文"中的自由创作

118　金波:"命题作文"中的编辑含量

120　白冰:从自由创作到集体讨论

第六章 儿童性、文学性和教育性的统一

128　白冰:"命题作文"更要源于生活的发现

132　高洪波:经典性与当下性、现实性

134　刘丙钧:现实生活是儿童文学创作的源泉

137　葛冰:幼儿文学中的"教"与"乐"

139　金波:引发、激发到焕发

143　张晓楠:追求为孩童创作的最高境界

第七章 摆脱主题先行的框框写"命题作文"

152　白冰:创作的关键在于创意

155　葛冰:从故事和细节出发,画龙点睛

158 金波：有益、有趣、有用

163 高洪波：好的主题创作润物细无声

167 刘丙钧：把主题融化在作品里

第八章　把经典转化成适合婴幼儿阅读的作品

174 葛冰：让经典贴近婴幼儿的生活

177 白冰：从幼儿的感觉出发，用幼儿的心灵去感悟

181 高洪波：把经典写出新意

185 金波：幼儿传统文化启蒙的选择和转化

189 刘丙钧：赋予传统文化故事新的含义

第九章　"男婴笔会"的艺术探索

194 高洪波：由指尖游戏到心灵阅读

199 金波：美文　美绘　美听

203 葛冰：小切口、大主题、巧构思

206 白冰：诗意和想象

209 刘丙钧："大题小作"，儿童视角

215 张晓楠：为孩童写大文章

第三编 "男婴笔会"的感悟

第十章　金波的感悟

- 228　幼儿文学的三个概念
- 232　幼儿文学是儿童文学中的文学
- 234　幼儿文学是听觉的艺术
- 241　从事儿童文学创作是在修炼自己

第十一章　高洪波的感悟

- 250　为幼儿培育精神味蕾
- 254　儿童文学作家要有"三心二意"
- 260　儿童文学是快乐文学
- 266　幼儿文学的幽默感

第十二章　白冰的感悟

- 274　探索、引领和发展
- 276　婴儿文学和幼儿文学的细分
- 279　浅语、前语、潜语
- 287　幼儿文学的艺术特点

第十三章　葛冰的感悟

294　幼儿文学"无小事"

297　给婴幼儿写作要"过三关"

302　反面构思与顽童形象

第十四章　刘丙钧的感悟

312　读者、作者、编者的互动机制

314　幼儿文学的教育性

317　韵律美、诗意美

后记　"男婴笔会"的气场　　　金波

第一编

『男婴笔会』的由来

「일본어교재」

第一章

相遇、相识和相知

高洪波：亦兄亦弟胜师友

"亦兄亦弟胜师友，年齿相加三百六。共襄男婴二十载，岁月如歌笔底流。"这是我2021年11月17日早晨起来写的一首诗，也是我回忆"男婴笔会"二十二年创作活动的主题。

记得十多年前我开玩笑说我们的笔会是"男婴笔会"的时候，五个人加起来还不到三百岁，现在又过去十多年了，金波老师将近九十岁，我和刘丙钧七十岁出头，葛冰七十多岁，白冰也六十七八岁了，加起来年龄三百八十多岁了。

我们五个人是多年的老朋友。金波老师，我们都视他为师长，像老师一样；白冰、刘丙钧和我，包括葛冰，我们都是平辈，是非常好的朋友，所以我在诗里面讲"亦兄亦弟胜师友"。

巧的是，白冰、刘丙钧和我年轻时，我们三家离得很近，都住在东城区，方圆一公里不到的范围内。我住在东四三条胡同，刘丙钧住在东四四条胡同，白冰住在东四六条胡同。不管到谁家，骑自行车五分钟就能到。后来我搬到了小羊宜宾胡同，正好中国少年儿童出版社①（以下简称"中少社"）给刘丙钧分了一间平房，就在我家楼下的一个四合院里。我家在十三楼，站在阳台上就能看见他家，有事我在阳台上一喊，他就出来了，说"什么事？"，连电话都不用打。我们就这么相处了十年。他的女儿和我的女儿也是好朋友，五六岁时就在一起。我和刘丙钧既是邻居，又是编辑和作者的关系。

我们做邻居时，白冰已经从北京军区总医院转业到作家出版社，我和白冰成为中国作家协会（以下简称"中国作协"）的同事。我是鲁迅文学院②（以下简称"鲁院"）的老学员，知道"文学界的黄埔军校"的重要性，就认真建议他上鲁院，他又成了鲁院的学员。1981年我第一次见到他时，他还在北京军区总医院当宣传干事，也写诗。有一天我去团中央开会，是《辅导员》杂志召开的一个征文颁奖会，我有一首诗获奖了，白冰也有一首诗获奖，也来开会。他见着我，先给我敬礼致敬，因为我是老兵嘛。就这样，我们认识了。

我们俩加深了解是在1986年。那年5月中国作协在烟台召开"全国儿童文学创作会议"，白冰和我都参加了。会后，我们俩和另外两个人坐船到长岛，共同生活了三四天，同舟共济，然后就成了好朋友。

白冰爱急、爱发脾气，我老跟他开玩笑。我写过一篇童话，叫《疯

---

① 2000年，中国少年儿童出版社和中国少年报社合并为中国少年儿童新闻出版总社。
② 鲁迅文学院成立于1950年10月，前身为中央文学研究所和中国作家协会文学讲习所，隶属于中国作家协会，是我国唯一一所国家级文学院，在文学界，被誉为"文学界的黄埔军校""中国作家的黄埔军校"，旨在培养青年作家、打造年轻文学力量，是文学的殿堂、作家的摇篮。

鹅白普鲁》，发表在《幼儿画报》上。白普鲁是一只疯鹅，经常发作，在森林里是一个特别厉害的角色，狼头上的毛都被它叨光了。小朋友都怕它，后来发现它其实挺善良，很喜欢小孩子，只要你不嘲笑它，不捉弄它，它其实没有那么可怕。写这篇童话时，我边写边乐，老想到白冰发脾气时的样子，觉得很好玩。白冰爱发脾气，也容易兴奋。他的作品完成之后会很得意，马上让人看，说我又一个经典作品出来了。电话里跟你说，见面跟你说，哪怕半夜三更也要在电话里给你念，跟个大孩子似的，我就给他起了个外号叫"白经典"。

金波老师和葛冰，是我在工作中认识的。1978年夏天我从部队转业，从昆明回到北京，拿着当兵时发表的一些诗歌剪报找工作，中国作协接收了我，把我分到当时中国文学艺术界联合会（以下简称"中国文联"）机关报《文艺报》评论组。当时中国文联和中国作协没分家，冯牧是我们的主编。我负责的领域有三个：儿童文学、诗歌、少数民族文学及民间文学，重点是儿童文学和诗歌。所以，儿童文学领域所有的会议我都参加，所有的报道由我负责，所有的作品推荐由我经手。诗歌领域所有的会议我也要参加，评论或推荐的诗集我都要看。

1983年北京作协召开金波诗歌研讨会，会议主题既是诗歌方面的，又在儿童文学范围内，我当时作为《文艺报》的记者，诗歌和儿童文学两边都管，主办方就邀请我参加。那时金波老师已经是写儿童诗的大家了，我研究儿童文学史的时候专门研究过金波，他的很多诗都对孩子有一种特殊的关爱，有自己所处时代的特点和独特的风格，艺术水准很高，堪称经典作品。我根据自己的研究，写了一篇五千多字的发言稿，在会上认认真真地念了一遍。

当时北京市的文化主管部门对待儿童文学非常认真，经常举办这样的研讨活动，我记得还研讨过罗辰生、王路遥的作品。这跟当时北京市文联的领导有关。北京作协当时归北京市文联领导，北京市文联的几届领导都是儿童文学作家，比如演员宋丹丹的爸爸宋汎，当过北京市文联党组书记，他本身就是儿童文学作家，现在已经九十多岁了。宋汎之前的北京市文联领导是陈模，他是中少社的老社长，资深儿童文学作家，后来在北京市委当过宣传部副部长。

还有一个重要的人物是韩作黎，他的身份很特殊，曾经当过延安保小[①]的校长。1947年党中央撤离延安的时候，一批革命者的孩子跟着韩作黎走了两千里，是韩作黎把这些孩子带到了西柏坡，又带到了北京。韩作黎是个非常好的老头儿，他当过北京市育英学校第一任校长、北京市西城区委文教书记、北京市教育局局长，但是他骨子里是个儿童文学作家。他的笔名叫黑黎，写过《二千里行军》《圣地红烛》《保育班长》等作品，创办了《中国校园文学》杂志。我还给《二千里行军》写过评论。

这几位老同志在抓北京儿童文学的发展上起了很大的作用，再加上

---

① 即延安保育院小学。其前身是鲁迅师范学校附设的小学班，于1937年由毛泽东的老师徐特立亲自创建，是中华民族史上第一个供给制的养教结合的干部子弟小学班。

南方在上海设立"陈伯吹儿童文学奖"[①]等，南北呼应，形成了有利于儿童文学发展的特别好的、巨大的"场"，使儿童文学在20世纪80年代初那段时间里，出现了一个井喷期。

在这种背景下，我介入了儿童文学。开始是在《文艺报》分管儿童文学这一块，经常参加儿童文学方面的各种活动。80年代初，北京有几个儿童文学阵地：一个是人民文学出版社的《朝花》杂志，这里集中了一批儿童文学作家，有李迪、赵惠中、崔坪等；一个是中少社的《儿童文学》杂志，这是一个重要的阵地，团结了一批作家，老中青都有，以中青年为主；还有一个是1982年北京市文联办的《东方少年》杂志，开始是王路遥在那里做主编，后来郑渊洁、罗辰生又先后调过去了，形成一个儿童文学的新阵地。这几家刊物经常举办活动，我因为常和儿童文学作家接触，关注他们的作品，所以也经常参加这几家刊物举办的活动。

葛冰是我在参加《儿童文学》杂志组织的活动中认识的。那时每年《儿童文学》都要进行一次年度作品点评，就是要写一篇述评，对当年发表在杂志上的作品进行点评。当时《儿童文学》的主编是王一地，他很欣赏我的文笔，1984年、1985年的年度述评他都让我来写。经常参加《儿童文学》活动的还有杨福庆、黄世衡、张之路、曹文轩、葛冰、刘霆华、郑渊洁、赵惠中等。那个时候大家都很纯粹，老在一起，又都

[①] "陈伯吹儿童文学奖"设立于1981年，2014年更名为"陈伯吹国际儿童文学奖"。

是同龄人，一来二去就熟了。

后来葛冰调到《儿童文学》当编辑，负责童话这一块，我们来往就更多了。他曾经有一次大难，要做手术。我爱人当时在医院工作，她帮忙给葛冰介绍医生，那应该是1995年或1996年的事。

关键是我们几个都写儿童诗。那个时候大家的主攻方向是儿童诗。金波老师是泰斗级别的；我写的儿童诗，当时影响也很大，后来也获了不少奖；刘丙钧是《儿童文学》的诗歌编辑，他自己也写儿童诗；白冰的创作是从儿童诗起家的，他出的第一本书《飞翔的童心》[①]就是诗歌集。只有葛冰原来不写诗，他主要写童话和小说，但后来他也写诗。大家都主攻儿童诗，等于是练同一种"武功"，经常在一起切磋，有一种天然的氛围感。

说起合作，我想起葛冰、白冰、刘丙钧和我在20世纪90年代初期曾经为中央电视台少儿频道写过童话木偶系列剧《地精和海怪》[②]，播出后效果挺好。我们还为宋庆龄基金会撰写过"上下五千年"系列动漫剧本（后来因故没有拍摄）。大家共同探讨，在艺术民主的氛围中找到了彼此了解和信任的共同点。

---

① 《飞翔的童心》，1987年4月广西人民出版社出版。
② 《地精和海怪》是中央电视台少儿频道《七巧板》栏目中播放的三十集系列木偶剧，讲述了地精和海怪两个好朋友的奇闻趣事，曾荣获1995年第三届全国少儿电视"金童奖"少儿电视短剧小品类三等奖。

金波：是缘分，也是天作之合

我们几个人能够凑在一块儿写东西，想想也挺妙的。我觉得我们几个人的聚合，一个是缘分，一个是天作之合。他们几个人我早就认识，谁是怎么走过来的我都知道，所以我们几个人组合在一块儿的时候，绝对没有陌生感。

我跟高洪波认识最早，那时候他刚转业，在《文艺报》当记者，还采访过我。1983年北京作协给我开作品研讨会，他最认真，写了一篇五千多字的稿子，在研讨会现场念。通过他写的文章、采访我时提出的问题，我觉得这个人是一个天生的儿童文学作家。他不仅思维非常敏捷，同时把思维转化成故事的能力也非常强，再加上他的文风最大的特点是幽默，风格很鲜明。幽默感和把思维转化成故事的能力，我觉得是儿童文学作家最需要的，所以高洪波有写儿童文学的天赋，是天生的儿童文学作家。

白冰我是1986年认识的。那年他刚三十岁，广西人民出版社要出他的第一本诗集，他来找我写序，这以后我们就认识了。白冰最大的特点是认真，做什么事都认真，对自己的作品永远精益求精。他构思的时候就开始跟我们讲，要准备写个什么作品，这个故事的内容是什么，你看行不行。我们每次开笔会只要一进入状态，他最活跃，占用的时间最多，过一会儿他就上你屋里跟你讨论一次，吃饭的时候他也得讨论，写出来还得给你念，念完以后开玩笑地问你："我这是经典吗？"他老爱问这句话，我们后来干脆还没听他念稿子，就赶紧说"经典、经典"。他就等着这句话。这就是白冰，一个非常认真的作者。不管在接力出版社的工作多累、多忙，开笔会时，他整个人一下子就换了一种精神状态，是写作上兴奋的状态，把很多烦恼的事、工作上的压力都忘了。

我认识葛冰大概是在1982年，那时候他还在中学教书。忘了那年是开一个什么会，散会后他跟张之路俩人走到我跟前，自我介绍说我是谁谁谁。张之路比较爱说话，葛冰不爱说话。后来我跟葛冰怎么熟了呢？我们俩住的楼挨着，他走一会儿就到我家了。1983年他调到《儿童文学》杂志当了编辑以后，中少社的编辑就老让他找我，给我送稿费、约稿、送样书，这样我们就熟了。

葛冰具有讲故事的才能，看外表绝对看不出来，他平时不爱说话，说起话来有时候口头语挺多，可是只要进入构思故事的状态，他就非常兴奋，这个故事要怎么讲，说得头头是道。他告诉我们一个构思故事的规律：写正面的主题，故事要从反面写。老从正面写，说这孩子有多好，有多少优点，越从正面写越没故事，夸他们夸不出故事来。但是反面形象老犯错，犯错就有矛盾，有冲突，故事也就有了。葛冰讲的这个构思方法，对我们是一个启发，我们几个人遇到故事编不成的时候就去找他。我是最不会编故事的,开笔会刚布置完任务,葛冰就上我那屋去了,问我怎么样,你觉得这个故事好写吗,有什么困难。所以我们开笔会时心里非常踏实,觉得有葛冰在,没故事可以找他。

刘丙钧当工人的时候我就认识了,20世纪80年代初他在我们学校(现在的首都师范大学,当时叫北京师范学院)上夜大,毕业论文的主题就是我的诗歌研究,因此他常上我家去。那时,他还在一家印刷厂的纸库工作,业余时间到夜大上学,"业余的业余"再挤时间来搞创作。后来,他调到中国残疾人联合会主办的刊物《三月风》做编辑。再后来,因志趣所在,转调《儿童文学》做诗歌编辑。到1995年,他更行转业,经营起一家茶馆。

这之后有很长一段时间他没有写过东西,跟我的联系少了。偶尔,我们也去他那里喝喝茶。我当时觉得挺可惜的,因为他曾经出过一本儿童诗集《绿蚂蚁》[①],我给他写的序。这本诗集获得了第二届全国优秀儿童文学奖,得奖之后他反而把创作丢掉了,我们都为他惋惜。

高洪波、白冰跟刘丙钧来往多,一直跟他保持联系,最后还是把他动员回来了,邀他参加《婴儿画报》《幼儿画报》的笔会,正式回归到创作中来。他回归之后,最大的特点是沉稳。表现在哪儿呢?他的稿子并不是每次都能通过,但是不能通过不要紧,他沉得住气,可以多次改,改到能通过为止。他是逐渐回归的,到我们叫"男婴笔会"的时

---

① 《绿蚂蚁》,1990年12月安徽少年儿童出版社出版。

候，他已经完全恢复到原来的状态了。

"男婴笔会"这几个人各有各的特点，形成了一个互补的团队。可以这么说，我们之间谁都依靠谁，谁都不会觉得自己是在孤军作战，五个人变成了一个人。

最关键的是，我们在共同创作中加深了理解，也强化了信任，还为孩子做了一些别的事情。

2013年左右白冰找到我，希望以我的名字来设立一个儿童文学奖项，我没有答应。几次三番后，听他们说，要设"接力杯曹文轩儿童小说奖"，白冰、黄俭又来找我，给我做工作。我虽然很为难，但考虑到幼儿文学很重要，幼儿文学需要扶植，所以我也就勉强答应了，但提出了两个要求：第一，不能以我的名义设儿童文学奖，要设只能设幼儿文学奖，扶植幼儿文学作家、作品；第二，要把幼儿文学当作事业来做，不单要推作家和作品，还要加强幼儿文学理论研究。我提出这两个要求，有两方面考量：一方面，这些年我一直在儿童文学作家中、在出版会议上呼吁抓一抓幼儿文学的创作和出版。我提出"幼儿文学也需要大手笔"，提出"文学进步的标志之一是儿童文学的繁荣，儿童文学进步的标志之一是幼儿文学的繁荣"。但是，幼儿文学的作者和精品都相对短缺。我认为造成这种现状的原因主要是，人们有意无意地把幼儿文学看成是简单的文学，难以显示作者的才华；而且，从客观环境来看，我们对幼儿文学给予的重视和关注是不够的。只要把它和少年文学加以对比，就可明显地感到幼儿文学受到的冷落。

另一方面，幼儿读物要想真正地发挥作用，没有幼儿教育学、心理学做科学的指导，没有幼儿教师做媒介，也不能充分发挥教育作用。所以幼儿教育工作者和文字作者、画家不但要切磋教育学、心理学，还要不断探讨幼儿文学的边界、本质、特征以及它的儿童性、文学性和教育性。所以，我也很希望这个奖项不仅仅要推出作品，也要推进幼儿文学理论的研究，让这个奖项同时成为幼儿文学理论研究探讨的平台。

从 2017 年到现在，"接力杯金波幼儿文学奖"已经成功举办了三届，很快又要举办第四届了。这个奖项的设立，不仅仅在于优秀作品的面世、幼儿文学理论的学术交流，更让我感到幸福和快乐的是，我看到这么多年轻的朋友重视幼儿文学，并且从幼儿文学开始走上儿童文学创作的道路，这是非常光荣的路，当然也是非常艰辛的路。幼儿文学之路伟大且艰辛。

尽管我对设立"金波幼儿文学奖"依旧感到诚惶诚恐，但我看到了一个前行的目标：为幼儿的就是为人生的！

白冰：不是亲人，胜似亲人

"男婴笔会"五个人，越来越亲，已经互相离不开了。如果一次笔会五个人里有一个人没来，这次笔会另外四个人的写作效率肯定都不高，吃饭、聊天时也很少有欢声笑语。所以，对我们五个人来说，每次笔会每个人都不是为了自己去，而是为了整个团队，为了"大低幼"，为了幼儿文学，不参加就觉得难受、痛苦，觉得去开笔会是一种责任、一种义务，后来变成一种爱好或者一种习惯了。

我和金波老师最早的一段缘分是他为我的第一本诗集《飞翔的童心》写序。1986年下半年，广西人民出版社文艺编辑部的刘萌瑜老师听说我写儿童诗，就来找我，说他们准备出一些儿童文学作品，能不能把我的诗集给他们出版。很快，我的诗就编成了集子。诗集编成后，刘萌瑜老师说你在北京，那里诗人多，如果能找诗人写个序更好。找谁呢？我问刘丙钧和高洪波，他们说金波老师的儿童诗影响最大，他也特别愿意帮助年轻人，看能不能找金波老师写。我早就读过金波老师的诗集《回声》[①]，很崇拜他，觉得请他写序不大可能，我还是个新人，金波老师已经是著名诗人了，他怎么可能给我写序？抱着试试看的心态，我通过朋友联系上金波老师。金波老师说，你先把作品寄来，我看一看。结果没过多久，他就把写好的序连同我的稿子一起给我寄回来了。他的序写得特别好，我看了以后非常感动。

从那以后，我和金波老师接触就非常多，包括参加他的作品研讨会、一起参加北京作协和中国作协组织的各种活动。在这个过程中，我

---

① 《回声》，1963年9月少年儿童文学出版社出版。

向金波老师学了很多很多东西，首先受他影响的是他的那种大爱。金波老师对人特别宽厚，坐在一起聊天，谈论到另外一个人的时候，他总是先讲这个人的优点、长项，这个人有多好，评价这个人的作品也是一样的态度。这个给我印象非常深。

金波老师的生活是很有诗意的，这一点我印象也很深。每年春节的时候，我和高洪波、葛冰、刘丙钧家里都有一盆金波老师与他夫人送的水仙花。每年春节前，他们老两口就在阳台上养很多盆水仙花，每盆水仙花的花期都是他们计算好的，保证送给你的花能在春节盛开。春节前金波老师会打电话来，说："白冰，我给你的那盆水仙都养好了，春节的时候能开花了，你什么时候方便过来拿一下吧。"我拿到这盆水仙花养在家里，春节期间花开的时候，清香四溢，情不自禁就会想起金波老师的情谊，觉得这盆花既暖心又很有诗意。

金波老师对我的情谊还有一种父辈的爱在里面。我特别感动的是我父亲去世的时候，我回老家为父亲送葬，他知道了就给我打电话，说我们都知道了，你父亲走了，还有我们呢。送别父亲的时候听到这种话，满眼泪水，心里很温暖。

我认识高洪波比认识金波老师早。1981年部队送我到团中央的报刊社实习，在《中国少年报》当了一年的编辑。当时《中国少年报》和《辅导员》杂志都在团中央的大楼里办公，孙云晓等几位儿童文学作家在《中国少年报》和《辅导员》杂志当编辑，他们经常举办活动。我跟高洪波是在一次活动中认识的，互相一聊，才知道原来他在云南当过兵，也是军人出身，我对他马上有了战友的感觉。都是军人，又都写儿童诗，都搞儿童文学创作，我们一下子就非常亲近。

我转业到作家出版社做编辑的时候，高洪波在《文艺报》工作，两个单位都隶属中国作协，所以我跟高洪波之间，既有军人的情感，又有同事关系，还有兄弟情义，有些心里话都跟他讲。我写的一些儿童诗会拿给他看，他写的一些儿童文学的评论文章也会和我一起聊。那个时候，北京作协经常举办活动，郑渊洁、罗辰生、夏有志、曹文轩、高洪波，我们这些人常在一起聚。曹文轩那会儿在北京大学中文系任教，聚会时，他经常给我们开书单，向我们推荐拉美文学、东欧文学的名著和文学理论书。那时我们都求知若渴，只要拿到那个书单，就立马找来书开始拼命读，还互相交流。当时就有那样一种氛围。所以，那段时间我跟高洪波接触非常多。

1997年中秋节的傍晚，我参加完北京图书订货会，在老岳父家团聚。因为工作忙，我已经连续好几天没怎么睡觉了，感觉很累。饭后要回家，我觉得有点儿难受，就决定先打车走。因为第二天我还要骑自行车上班，就让妻子骑我的自行车带孩子回家。当时我们家住和平里，岳父家住在安定门，距离很近。没想到我刚上出租车就心绞痛，于是让司机直接把我送到了和平里医院。到了和平里医院，接诊医生一看，说我的病情比较重，让我告诉他一个家属的电话。那时候还没有手机，家里有座机，但家里没人，我就把高洪波的电话报给了医生。结果，高洪波很快就带着作家出版社社长张胜友过来看我。这件事我印象非常深，当时我大面积心肌缺血，后来转入中日友好医院治疗了很长时间。

高洪波是个很无私的人。他在儿童文学方面，既是创作者，又是评论者，还是组织者，三者集于一身。他当中国作家协会儿童文学委员会主任多年，因为一直做全国优秀儿童文学奖评选的组织工作，就多次放弃自己的获奖机会。其实他也写诗，写童话，写散文，还写儿童文学评论、诗歌评论，尤其是散文、随笔写得非常多，号称文坛多面手。他的不少作品影响力很大，获奖完全有可能。有时我们为他惋惜，他自己倒很坦然，说做了评审就得回避，不能拿自己的作品参加评选。创作者、评论者、组织者这三者的关系，他摆得很正。所以，在儿童文学这个圈子里，虽然有时作家之间也会有一些疙疙瘩瘩的事，但不管什么人，对高洪波都很认可。

高洪波还是一个非常厚道、包容的人。他常说都是搞儿童文学创作的，大家都心胸宽广一点儿，都互相容忍一点儿，创作环境就会更好。我举一个自己的例子。在儿童文学的审美方面，高洪波主张"儿童文学是快乐文学、生命文学，而不是悲怆文学、死亡文学"。他创作的所有儿童文学作品中，基调就是快乐、阳光、温暖和爱，他一直坚持这个原则。我的作品中有好多是写悲剧的，比如说《雁阵》《洁白的茉莉花》等，内容涉及死亡，涉及生命的残缺。幼儿文学不大适合写悲剧，但我给少年读者写的一些作品里还是有一点儿淡淡的忧伤。

20 世纪 80 年代末，有很多人写文章反对给孩子写悲剧，但我认为悲剧是给孩子的更高级的一种审美，可以称之为"第二种快乐"，就想写一篇文章阐述自己的观点。于是我开始找"论敌",一时找不到合适的,突然在报纸上看到高洪波曾经说过"儿童文学是快乐的文学",就打算以他为"论敌"。为了驳斥他,我去他家向他请教。我说,你告诉我,你为什么讲儿童文学是快乐的,只能快乐吗?就不能给孩子悲剧吗?悲壮的东西就不是美吗?跟他探讨。高洪波把他的一些想法坦诚相告,而且明明知道我要"批判"他的观点,还把自己文章的软肋都告诉我,让我回来写论文。我这篇论文1989年发表在《儿童文学选刊》上。

在工作上、事业上,高洪波像兄长一样帮助我。1997年中国作协施行干部公开竞聘上岗,作家出版社的竞聘岗位是副社长。竞聘者先由大家投票推举,经过组织部门考察后确定人选,候选人再向作协书记处和中层干部公开演讲,还要答辩,然后大家投票选,最后由作协党组批准任命。我那时候不想当副社长,还是想做编辑。高洪波那时是作协书记处书记兼创联部主任,是作协领导班子成员,我就找他商量。他说,那么多人投你票,你总不能不去面试吧?不去面试对不起那么多投你票的人。我觉得他说得有道理,就说那我还是认认真真地准备吧,行就行,不行就算了。我去参加了面试,后来被任命为副社长。

刘丙钧我在20世纪80年代初就认识了,那时我和他都是儿童诗的业余作者,有时开会能碰到一起。我们密切的交往是从1985年开始的。那时我已经调到北京军区总医院工作,住在东四六条胡同,刘丙钧家在东四四条胡同,我上他家走路也就十分钟。高洪波住在东四三条胡同,离我们也很近。高洪波和我经常去刘丙钧家聊天,聊北京的民间故事,聊怎么写作，聊文坛掌故。有时我们三个人也去刘丙钧家胡同口的一个小酒馆喝酒，来上一瓶二锅头，再来上一盘醉枣、一盘毛豆，就开始大谈儿童文学，谈儿童诗，谈伟大的文学梦。

刘丙钧属于那种生活特潇洒，活得特随意的人，想怎么活就怎么活，不愿意受任何羁绊。他下海后有一段时间老出去玩，跟朋友下棋、打牌。那时候，有的少儿出版社找我策划一些童书选题，帮他们编童话集、儿歌集、小说集什么的。我就拉着刘丙钧和我一起做这些事，"逼"着他给我编稿、写稿，我说你必须给我交稿，不能老去玩，你得编东西、写东西，这才是正经事。后来，他创作、编辑了很多儿童文学作品。

我认识葛冰是在他到《儿童文学》杂志当编辑之后，但打交道还不多。那时候，是《儿童文学》杂志的编辑刘莹老师和我联系，指导我写作，她对我的帮助非常大。那时，葛冰到《儿童文学》杂志的时间还不长，不太爱说话。几年后有人告诉我，葛冰得了很重的病，住院了。虽然打交道不多，但我觉得葛冰人特好，特别厚道、善良，就跟高洪波、刘丙钧一起去医院看他。从那之后，我们就变得亲近起来了。葛冰最大的特点就是故事、创意特别多，我们一起写作的时候，他会给大家出很多好的点子、好的创意。葛冰对我的编辑工作也很支持，我在作家出版社的时候，他把他的长篇小说《小糊涂神儿》《蓝皮鼠和大脸猫》[①]给我出版；我到接力出版社后，他又先后把他近二十部"葛冰童话集"交给

---

① 1997年11月，作家出版社将《蓝皮鼠和大脸猫》《小糊涂神儿》增补、合并，出版"葛冰童话系列"2册。

我出版。这是一个作家对一个编辑朋友莫大的信任。

还有一件特别重要的事情，就是设立"接力杯金波幼儿文学奖"。这可能是和金波老师，和"男婴笔会"作家交往的意外收获。

金波老师在儿童文学上的卓越成就，和他的为人一直让我非常敬佩。很多年前我有一个梦想，设立一个以金波老师的名字来命名的儿童文学奖项。一方面，我觉得金波老师是德艺双馨的老艺术家，他的作品影响了中外无数少年儿童读者，他的做人、作文也影响了无数中青年作家。金波老师的作品具有世界性的主题，经典化的品质，圣洁而美丽，犹如他的人生。他的创作是基于人性的创作、基于童心的创作，更是儿童文学永恒主题的创作。

儿童文学奖项在推出新作新秀方面，肯定会起到特殊的重要作用。回顾我自己的创作过程，我的儿童小说《洁白的茉莉花》在《儿童文学》发表并得奖，儿童小说《雁阵》和童话《凝固》在《东方少年》发表并得奖，给了我很多鼓励，给了我自信，也让更多的读者知道了我，对我的成长起到了重要的作用。

于是，我们跟金波老师谈设奖这件事，一开始他不同意，他说："我不愿意以我的名字来设奖，但是你们为孩子做事的意愿很好。"后来在"男婴笔会"上，我一有时间就会去找金波老师提这件事，金波老师可能听得耳朵已经生了茧。总之，我们费尽周折，做了大量工作。后来，我们决定设立"接力杯曹文轩儿童小说奖"，然后又找到金波老师，恳请他同意设立"接力杯金波儿童文学奖"。一个班子，两个奖项，这样方便工作,以这个理由来说服金波老师。金波老师勉强同意,但是他不同意设立"接力杯金波儿童文学奖",他觉得幼儿文学需要扶植。他说,如果你们真心要为孩子做事的话,那就设一个幼儿文学奖。就这样,我们决定设立"接力杯金波幼儿文学奖",希望这个奖能鼓励更多的幼儿文学创作新秀,推出幼儿文学新作,繁荣幼儿文学创作。

因此,从2017年开始,"接力杯金波幼儿文学奖"和"接力杯曹文轩儿童小说奖"开始启动,设立了组委会,建立了评委专家库,制定了奖项章程。同年5月在首届"接力杯金波幼儿文学奖"启动仪式上,金波老师、李学谦、高洪波等都出席了活动。"接力杯金波幼儿文学奖"至今已成功举办三届,共评选出金银铜奖26种,出版作品27种,20种幼儿文学作品输出到19个国家和地区,主办"幼儿文学的边界与特征——中国原创幼儿文学理论研讨会"等。这些都对幼儿文学的理论和创作起到了一定的推动作用。

刘丙钧:谊重缘厚潭水深

"男婴笔会"能成功,有一点很重要,就是基于这几个人相互之间的友谊。如果讲身份的话，高洪波在文化部门任职，金波是老师和长辈，白冰是出版界的大腕，葛冰那也是著作等身。但我们之间没有身份的区别，就是友谊，每个人跟每个人都有交情。拿我来说，我跟他们每个人都有几十年的交往，而且都是深度交往。

2005年8月，我写了一组小诗，发表在上海的《新民晚报》上。这组诗标题就叫《与男婴五友》，我给"男婴笔会"里其他四个人每人都写了一首。我就从这组诗开始，一个一个谈。

写给金波老师的是《与金波师》："犹忆当年方涂鸦，每每携惑入师家。轻言慢述醍醐语，感也无涯思无涯。"

我开始搞儿童文学创作，是从儿童诗开始的，对我影响最深、让我受益最多的人是金波老师。

我跟金波老师认识，是在1981年《儿童文学》杂志在烟台举办的一次笔会上。那时，我还是一个刚起步不久的业余作者，也就是在《儿童文学》上发表了两首诗。但是很幸运，第一首诗就在《儿童文学》获奖了，第二首诗《妈妈的爱》又得奖了。所以，《儿童文学》杂志开笔会就请我参加，就在笔会上，我认识了金波老师。

当时我在北京出版局下属的一个建筑工程队工作，后来工程队解散，我被分配到一家印刷厂的纸库，业余时间坚持创作。创作有点儿成绩后，好几个刊物要调我去当编辑，但因为学历不行，没有去成。为了改变命运，我于1981年报考了北京师范学院（现首都师范大学）夜大学中文专业。一般夜大学的学历都是大专，我读的是本科。

金波老师那时在北京师范学院执教，住在学校里。我上课正好要路过他家，所以我经常提前去，在上课之前，到金波老师家跟他聊聊天，请教一些问题，然后再去上课。我的第一本诗集《绿蚂蚁》是金波老师写的序，我毕业论文的主题也是金波老师的诗歌研究。跟金波老师交往了几十年，我拿金波老师当老师，他不拿我当学生，一直就是这样。这种关系怎么说呢，算是半师半友吧。

金波老师不仅对我帮助很大，我认识的好多人，不管是名作家还是业余作者，也都得到过金波老师的帮助。我有一个诗友，写作水平在业余作者中算是不错的，我们一块儿参加了北京劳动人民文化宫的工人诗歌创作组。他是个售货员，金波老师的一个朋友经常到他店里买东西，熟了之后听说这个售货员写诗，就把他介绍给金波老师了。金波老师提携这个业余作者到什么程度？金波老师让他把稿子拿来，看有的诗写得还不错，就给他修改。改完稿后，金波老师看原稿字太潦草，就自己动手抄写了一遍，然后推荐给《少年文艺》的编辑，没多久就发表了。后来这位诗友不写诗了，金波老师特别惋惜，还让我找他一块儿聊聊，想劝他再坚持创作。金波老师对待年轻作者、晚辈，就是这么上心。

金波老师有一种无处不在的爱心，不光对孩子，对周围的人和事都是这样。我从来没见过金波老师高声说话，包括他被误解、受委屈的时候。他被误解当然也很生气，但他还是那样慢条斯理地感叹，说话仍然是那种缓缓的语速。每个人都有脾气，但我就没见过金波老师发脾气，几十年了我都没有见过。我想象不出，他跟人吵架会是什么样，又怎么能吵得起来。我用"纯净"来概括金波老师，他好像一直生活在半真空的状态，从我认识他开始就是这样。

金波老师对自己要求很高。我问过金波老师，您这一生写了多少首诗，怎么也有一千多首吧？他说没有，也就六七百首，还得把儿歌也算上。我在微信群里看到好些写儿歌的人，炫耀自己现在写儿歌写了一万多首了，金波老师写了一辈子，也就只有六七百首，这就显出他给孩子写作的那种责任感了。

我觉得，责任感不光是体现在对内容的把握上，更重要的是体现在对自己的要求上。金波老师觉得拿出来的东西应该对得起孩子，也得对得起自己。这是他对自己自然而然的一种要求，而不是考虑到什么外在的约束，考虑到自己会承担什么责任。金波老师说现在他不怎么写诗了，因为写不出能超过自己原来水平的作品。他还给中国作协主席铁凝写信，说他不参加全国优秀儿童文学奖的评选了，其中最重要的理由也是这个。

金波老师还有一件事让我印象特别深，感受特别强烈。1996年，我、葛冰、金波老师、白冰在广西北海住了一个月，为接力出版社创作"一个中国孩子的英雄喜剧"系列丛书①。这套书一共四本，我们一人写一本。这次时间长，高洪波走不开，没去。有一天晚上，我们饭后到北海银滩散步，隔老远就听到"海鸥海鸥，我们的朋友"的歌声。走过

---

① 由《星星石的故事》《月亮树的故事》《太阳花的故事》《彩虹鸟的故事》共4册组成，1997年8月接力出版社出版，荣获第四届国家图书奖提名奖。

去一看，有一群女孩正在唱《海鸥》[①]这首歌，她们是幼儿师范学校的学生，正在开篝火晚会。我们跟她们聊起来，说这首歌的词作者金波老师就在这里。一听说金波老师就在眼前，那些孩子的兴奋状态，像是沸腾了的感觉。我们在一块儿聊了差不多半小时，当我们走的时候，那帮孩子又唱起了《海鸥》。在夕阳中，我们走出去很远很远了，孩子们还在朝我们不断挥手。"海鸥海鸥，我们的朋友"的歌声一直伴随我们，越来越淡，越来越轻，我们都流下了眼泪。

那群孩子望着金波老师的眼神，跟我们一块儿唱歌时的快乐，那个场景，我印象太深了。从金波老师身上，我看到了给孩子写作是多么幸福。一个儿童文学作家写出了孩子喜欢的作品，虽然他不可能认识所有的读者，但所有的读者都会记得他，而且孩子的那种喜欢、爱戴，是发自内心的，特别纯净。

关于金波老师，有很多评论，评价都很高，我几十年交往下来，最深的感受是：他的为人跟他的作品，尤其是跟他的诗完全一致，是一种很纯净的状态，带给人一种很舒缓、平静的感受。读金波老师的诗，跟金波老师聊天，或许不会让你大喜大悲，但你一定会有一种会心的、犹如绵绵春雨浸润入心的感觉，让你平静，让你凝思，让你感动。

写给高洪波的是《与洪波兄》："三十年前初识君，几度迁家总为邻。多有墨宝赐小馆，稻香湖作曲觞吟。"

[①] 少年儿童歌曲，金波作词，宋军作曲，1979年8月创作，被各地定为小学音乐教材，深受孩子喜爱并被广泛传播。

我 1979 年才开始发表作品，20 世纪 80 年代初就认识高洪波了，那时他是《文艺报》的记者。我跟他总是做邻居。刚认识他的时候，我住在东四四条胡同，高洪波住在文化部宿舍，在东四三条胡同。后来我搬到赵家楼那边住，他也搬到相邻的小羊宜宾胡同，中国作协的住宅楼了。我住在大杂院里，就在他家楼下，站在院子里喊一声，他就能听见。我的孩子跟高洪波的孩子年龄差不多，都是女孩。我们两家经常相互照看孩子，我们两口子忙的时候，孩子放学后没地方待，就上他家去；他们两口子要是都有事，孩子就上我家来。所以我说"三十年前初识君，几度迁家总为邻"。

高洪波有在文化部门任职的身份，又有儿童文学作家的身份，这两种身份本来是矛盾体，但是他比较和谐地融于一身，角色转换很自然。在工作场合，高洪波带着一种不怒自威的气势。我这个人好交朋友，打交道的人比较多，成人文学圈里也有好些朋友，有诗人，也有小说家。听这些朋友说，有些人在他面前是怀揣三分畏惧的，说他带着一种令人生畏的气势；说他在《诗刊》当主编时，严格把关，稿子行就是行，不行就是不行。

在工作之外的一些场合，高洪波是一个和和气气、乐乐呵呵的人，没什么架子。我的茶馆开业的时候，请了一些嘉宾，有作家、记者，还请了演员来助兴。高洪波也来了，就一直笑眯眯地在人群里站着，我也不担心冷落了他。高洪波就是这么个人，跟他相处一点儿压力都没有。

在写作上，高洪波是一个多面手。我评价他的作品，第一是他的散文，最能体现他文风幽默的特点；第二是他的童话，高洪波写的童话不算多，但挺有味道的；第三他是个诗人，写诗让他成名，开始是军旅诗，后来是儿童诗。这种"多面创作"的形式对作家创作很有益，可以开阔思路，因为有些东西是触类旁通的。高洪波个性上有快乐大男孩的特点，还带点狡黠。他经常天马行空，突发奇想，有些就成了奇思妙想。比如"男婴笔会"这个名称，是他想的；《幼儿画报》里的人物形象，像"火帽子""跳跳蛙""板凳狗""呼噜猪""草莓兔"什么的，好几个都是他想出来的。他成为多面手，可能跟这种个性有关。

我写给白冰的是《与白冰兄》："我自懒散兄自勤，得兄策我常为文。三十余载濡沫路，谊重缘厚潭水深。"

我是20世纪80年代初认识白冰的，他那时还在北京军区总医院工作呢。我住东四四条，他住在东四六条。那时我们都是业余作者，在一次活动中认识后，我就经常到他家，他也经常来我家。

我们几个后来在一起，他们都比我勤奋。葛冰写得最多，金波老师、高洪波介于中间。白冰很勤奋，但让接力出版社的工作给"害"了，他更多的精力花在工作上，没时间多写。这是玩笑，下面再说。

我这个人比较懒散，高兴了就写，不高兴就不写。我有兴趣的是聊天、看武侠书、下棋、打牌，而且开茶馆以后，有十来年没写东西，好些作者、编辑都断了音信。好在白冰有什么事都拉着我，组织策划一个选题拉着我，编一套书也拉着我，这对我就是一种鞭策。虽然我心有旁骛，但毕竟我喜欢儿童文学，缘分还在，所以也愿意多参加一些儿童文学的编撰工作。我们一块儿写东西，一块儿编书，出了不少书。在白冰、汤锐的策划组织下，我们编了一套《世界儿童文学名著鉴赏大典》①，包括童话卷、小说卷、诗歌散文寓言卷、科幻小说科学童话卷，开本是大十六开的，每卷都几百页上千页，要不是白冰拉着我，我肯定不干，不定干吗去了。这一点，我特别感谢他，没有他，我可能还写东西，但是肯定写得很少，甚至也有可能慢慢地不写了。有一个儿童文学作家，原来特别厉害，后来经商还是干别的什么去了，就不写了，我也完全有这种可能，但是好在有白冰拉着我写。

白冰的作品像他这个人。他有一种很执着的心态，对人要求严格，对自己要求也严格，是一个完美主义者，注定是那种很操心的人。记得有一套书，我们几个都交稿了，书都快出来了，他还跟责任编辑说，这张图不行，那张图不行，还折腾呢。这一点他跟高洪波不一样。高洪波一看，意思对，细节就不抠了，反正有责任编辑把关。白冰不这样，他得自己过目，事必躬亲，大小事情都要自己过目、过心。他俩就像西汉的李广和程不识，李广自由潇洒、不拘一格，程不识严谨细致、纪律严明，两个人风格不一样，但都很厉害，都能打仗，都是名将。

白冰的文学观里带点悲悯情怀。他的作品有一种很强烈的美感，不是那种纯美柔美，而是带一点儿淡淡的悲剧色彩。他早期的那些小说，写得很好，都带着这种色彩。这点和高洪波不一样，高洪波主张快乐文学，白冰偏向悲悯文学。这种审美取向在白冰的图画书里也有体现。白

---

① 《世界儿童文学名著鉴赏大典》，1992年7月广西人民出版社出版。

冰的图画书体现的主题都是比较厚重的，即使是充满温情的题材也有一种厚重感，比如《换妈妈》[①]《挂太阳》[②]等，都表达了一种不可能的完美，或者完美得不可能。

说起白冰，还有一点就是做童书出版他也是天生的。他当编辑的时候，就受有的出版社委托，策划一些童书选题。他在这方面很用心，也有天赋。童书出版畅销书的市场运作，白冰应该是改革开放以后的开创者。"淘气包马小跳"是白冰到接力出版社后找杨红樱谈的。他们就在我的茶馆里谈，包括书怎么编辑、制作，怎么宣传。"淘气包马小跳"的新书发布会就是在我的茶馆开的。

有一句话说，上帝为你关上了一扇门，也一定会为你打开一扇窗。我觉得这句话用在白冰身上很合适。他当了总编辑，成就了接力出版社，也成就了他自己，成为一个优秀的出版家、企业家。但是，同时他也损失了写出更多更好的作品的时间，损失了在儿童文学领域往更高峰攀登的机会，就是我前面开玩笑说的，接力出版社"害"了他。

给葛冰写的是《与葛冰兄》："腾天寻地写童话，亦庄亦谐作武侠。茅塞常赐雪中炭，推敲更与锦上花。"

我认识葛冰的时间跟认识白冰的时间差不多。葛冰呢，我一直感觉他是"表里不一"的人，他作品的风格跟他的性格完全是相反的。葛冰是一个比较内向的人，爱自己一个人思考，对写作很投入，不喜欢热

---

① 《换妈妈》，2015 年 3 月中国少年儿童出版社出版。
② 《挂太阳》，2014 年 3 月中国少年儿童出版社出版。

闹，好些活动他都不参加。

但是，他的童话一点儿都不低调，写得很热闹、很张扬，上天入地的，好多都是奇思妙想，所以我说他"腾天寻地写童话"。我想这也是一种代偿吧，一种心理代偿，他用作品里的热闹和张扬补偿了自己在现实生活里的内向和低调。

他的武侠小说我看了，高洪波也看了，我们认为写得相当精彩，但不知为什么，就没火起来，不过在我国台湾地区倒是很受欢迎。葛冰天生就是编故事的，我们开笔会写故事遇到过不去的坎儿，哪个情节哪个细节编不下去了，就找葛冰，大部分问题都是他解决的，他脑瓜儿确确实实灵。

葛冰是真正的著作等身，他的作品有一千多万字。在儿童文学作家里，保持这种水平、有这么大数量作品的，真没几个。说实在的，我一直为葛冰感到特别遗憾，根据他的作品数量和质量，葛冰的社会影响真不应该是这样的。尤其是他的武侠小说，可以说是出类拔萃的，但是很奇怪，就是没有产生应该产生的影响。也许是命运，也许是时候还没有到吧。

葛冰是一个好人，很善良。他早期的一部成名作，曾被央视改编成动画片，在"80后""90后"里影响很大。后来有厂家生产了一种产品，名称和他作品中的小主人公的名字很像。当时我跟葛冰说，是不是应该找他们谈谈，要个说法。但葛冰说算了，人家厂家也不容易。葛冰就是这么个人。

五首诗讲了四首，还有一首是给张晓楠的，后面再说。

葛冰：一段"生死之交"的情谊

在到《婴儿画报》工作之前,我在《儿童文学》杂志做了十几年编辑,和金波老师、高洪波、白冰、刘丙钧就有交往,而且越来越熟悉,成了特别好的朋友。

我和金波老师认识得比较早,最开始我在学校教书,后来被借调到《儿童文学》编辑部。当时,我家和金波老师家非常近,相距不过几百米。金波老师既写成人诗,又写儿童诗,经常在《儿童文学》发表作品。我那时做童话编辑,虽然不是金波老师的责任编辑,但因为跟他比较熟,所以,其他编辑就经常让我向他转送稿费、样刊,把他的诗稿带到编辑部。那时不像现在这样方便,没有快递、网上银行转账。因为有这些往来,我跟金波老师越来越熟。

金波老师非常热心地帮助别人,对我的创作也很关心,为我的作品写过推荐语。在我看来,他对我的作品的评价很到位,所以一直到现在,这些作品重印或者再版,我都喜欢让出版社把他的评价附在书上,作为对自己的鼓励和鞭策。

不仅如此，金波老师对我的女儿葛竞的帮助也很大。葛竞喜欢写作，小学三年级就开始发表作品，四年级写的小说《买猫》在海峡两岸七家杂志联合举办的"中华儿童文学奖"比赛中获小说组一等奖，初中二年级时就出了两本童话集。德高望重的金波老师慧眼识人，在《东方少年》杂志上发表过一篇报告文学，专门推介葛竞，这对她走上儿童文学创作的道路，是个很大的鼓舞。

我们在一起开笔会的时候，在写作之余的聊天中，金波老师经常会提到一些年轻的编辑和作者，不光是谈论他们的作品和工作，还关心他们的生活。给我印象最深的，是他帮助一名诗歌作者，给她推荐工作，解决了她的生活困难，让她能更安心地写诗。这些事情，都不是创作方面的，但他很尽心尽力。我想，这些年轻的编辑和作者要是知道金波老师的幕后努力，一定会非常感动的。

金波老师为人谦虚，他常对别人说，在"男婴笔会"的五个人里，葛冰比较会编故事，常给他出一些编故事的点子。实际上，每次都是他有了自己的构思后，再征求我的意见，而且大多数情况下，我听了之后，觉得构思很妙，对我自己也很有启发。

再说说我和高洪波、白冰、刘丙钧在"男婴笔会"成立前的交往。

我们五个人中，金波、高洪波、白冰、刘丙钧他们四人都是写诗的，有共同的爱好，一直是好朋友。我在《儿童文学》做编辑，因为工作往来频繁，除了和金波老师认识比较早外，跟高洪波、白冰、刘丙钧也很熟，但熟到成为好朋友的程度，起因还是一件让我特别感动的事。

大约是在 1995 年，我得了一场大病，北京的医院诊断说是膀胱癌。当时我住在医院里，情绪很低落。高洪波、白冰、刘丙钧专程到医院看我，让我特别感动。尤其是高洪波，他爱人在医院工作，主动帮我推荐更好的医院、更好的医生为我做进一步检查，这让我一直不能忘怀。后来这个病好了，也搞不清到底是不是膀胱癌，因为有的医生说是，有的说不是，但是主治医生也许是出于"宁信其有不信其无""宁可错杀不可放过"的考虑，让我把所有关于癌症治疗的过程，从头到尾都"享受"了一遍。这场大病，一下子把我和高洪波、白冰、刘丙钧的关系拉近了，成了一辈子的知心朋友。

跟他们几个的交往，对我的创作也产生了很大的影响。在加入"男婴笔会"之前，我主要写童话、小说，诗歌几乎不写，但是进入"男婴笔会"之后，我开始写儿歌了。这和他们几个人的帮助是分不开的。我发表的一些儿歌，很多都是高洪波帮忙修改的，有的甚至是把我原来的构思推翻重写。在他们的影响和帮助下，我也成了儿歌、童诗写作队伍中的一员，现在也喜欢写。

在创作上，我和白冰的交往也是比较早的。当时我在《儿童文学》当编辑，他在作家出版社当编辑，除去稿件往来，我比较重要的两部作品集《蓝皮鼠和大脸猫》《小糊涂神儿》是白冰在作家出版社策划推出的。那时我和白冰经常谈论一些关于小说和童话的构思的话题。记得白冰跟我谈过他的两个构思：一个是关于猎人和黄羊的故事，另一个是关于狮子的童话。我觉得这两个构思要是写出来，应该是非常棒的作品。但因为忙于出版和行政工作，他一直没有腾出时间来写。

白冰把主要精力放在出版上了，成就有目共睹。其实白冰在创作方面是很有才气的，稍加注意的话，也可以看到，他一直没放弃写作，出版的短篇作品很多，获奖的短篇作品也很多。但如果有更多时间用来创作，白冰在儿童文学上的成就一定会更大。在我看来啊，他实际上是一个被出版"耽误"了的作家。在每一次"男婴笔会"一起创作时，我的感觉更明显。在一起讨论稿子的时候，我和白冰往往争论得最多，他讲他的构思，我讲我的构思，争论不休，从这些争论中，我也能看出他在文学方面的才气。

在加入"男婴笔会"以前，我和刘丙钧接触是最多的。我在《儿童文学》做童话编辑，他在《儿童文学》做诗歌编辑，坐在同一个办公室里，谈的、聊的都比较多。刘丙钧和我有一点比较相像，他也不善言谈，说话慢吞吞的。其实他肚子里有货，说话幽默、有哲理。比如，问他："世界上最深的地方是什么？"他说："是心，人的内心是世界上最深的地方。"他的作品也如他本人一样，有一种不露声色的幽默。比如，他的"笨小熊系列故事"[①]，写得幽默，大家就开玩笑

---

① 刘丙钧以"笨小熊"为主角，创作了一系列童话故事。其中《笨小熊趣事一二三》获海峡两岸"中华儿童文学奖"三等奖，童话集《笨小熊和他的朋友们》1996年12月海燕出版社出版，获"五个一工程"奖和第三届国家图书奖。

把"笨小熊"的外号送给他。他脑子聪明,但不是很勤奋,给人的感觉,好像干什么事情都只用七分力,写作是这样,后来经营茶馆也是这样。

在写作上,刘丙钧最早给我的印象,是他编故事的能力不太强,优点是写的形象好,诙谐幽默。最近几年,我在创作中有了新的认识和体验,觉得文学最重要的是写人。这不光是我在理论上的认识,也体现在我的创作实践中。有了这个认识之后,我才发现刘丙钧在写作中注重形象塑造,还是很有远见的。同时,在"男婴笔会"里这么多年,在不断的交流中,他编故事的能力也大大提高,我看过他寄给我的新作,不仅有形象,故事编得也很出色。

张晓楠:为了光亮而聚合

在一次进校园的阅读推广中,台上,五位作家对着满操场的学生侃侃而谈,生动的故事让孩子们不时发出阵阵笑声。我独自背坐在主席台后方的草地上,在徐徐微风中,听着他们的讲述,甚是惬意。

写故事,他们快乐;投身到孩子当中讲故事,他们亦是快乐。

望着远处郁郁葱葱的大山，山上的白云，半隐半显的寺庙，岁月如此静好。

1995 年，我从黑龙江少年儿童出版社调入中少社。当时，葛冰老师是我的同事，我在文学编辑部，他在《儿童文学》编辑部。因为我家和他家同一个方向，所以有时下班会乘坐同一辆公共汽车。他为人厚道、谦逊，特别乐于助人，虽早因创作《蓝皮鼠和大脸猫》而成名，但对我这个初来乍到的年轻编辑毫无架子。车上，他总是谈着与出版、作家相关的信息，令我颇为受益。我策划"红袋鼠丛书"[①]时，邀请他创作其中一册，他欣然应允。在商量主编人选时，他给我推荐了金波老师。葛冰老师有厚德，他帮了很大的忙，可自己却永远是浑然不觉的样子。

我第一次见到金波老师，是在文学编辑部举办的一次图书发布会上。只见他穿着运动鞋，似踏着春光，那么轻盈地走进会场，我不禁问出了内心的疑惑："您就是金波老师？"他笑了，说："我就是金波啊。"后来，金波老师参与到"红袋鼠丛书"中，创作了其中的一册《面包娃娃的故事》。那时，他住在南沙沟，我住在百万庄，相距不远，我便时常到他家做客，感觉童话里面包娃娃的爷爷就是金波老师，面包娃娃的奶奶是金波老师的夫人，一家人其乐融融地生活在这个童话世界里。其实，故事外更是如此，金波老师在《幼儿画报》里很多文章的署名叫"晓月"，那是他平时与夫人的昵称。他的夫人是他的文章的第一位听众

---

① "红袋鼠丛书"，1999 年 1 月中国少年儿童出版社出版。

或读者，他很认真地听取她的意见。金波老师虽是"男婴"团队中的长者，却不失儿童的本真，在众人的谈笑间，他总是温和地一语中的，如冷水淬剑，让话题直击爆点。我喜欢与他谈论人生哲学，是好奇他对于人生的了悟，想探讨人在生命长河中的某种密码。金波老师性情平和温润，与他相处，总令我想起一句话："真正的美德就像河流，越深越无声。"他的文章给我的感觉不似他亲手写下的，而是如潺潺清泉自然流淌出来的，他如已经历了一世的繁华，来到这个世间，以深厚的底蕴为孩子升华出最纯粹、最干净、最平和的文字。

　　白冰也是"红袋鼠丛书"的作者之一，那时，他是作家出版社的副社长，已经策划出版了很多畅销书。我几次与他见面都是在作家出版社附近的麦当劳，在他那里，我知道了图书出版需要针对不同受众以多样功能呈现，需要多种营销形式的加持，等等。受他的启发，我在做"红袋鼠丛书"中的"妈妈讲　我也讲　我和妈妈一起讲"的套书时，在优质绘画和文本的基础上，设计了一种互动游戏，邀请读者针对同一幅画面讲出不同的故事，并以这个系列与当时央视的《七巧板》栏目合作，令这个系列深受孩子喜爱。白冰老师是我做出版的师父，指点迷津是必然，参与《幼儿画报》的创作亦是必然。他的较真与坚守，对我的影响颇大。在为《幼儿画报》创作时，他的笔名叫"傻狐狸"，这个名字是对他为人做事的一种到位的诠释：如狐狸般"精明""老谋深算"，却又是"傻"的，这"傻"是对事业有执着的坚守，是下苦功夫。他绝不降低接力出版社的结算折扣来创造虚高的码洋，他认为文化企业既要追求文化影响也要追求效益。做少儿出版,一方面是要逐利来扩大再生产,另一方面是要给孩子更优质的内容,更要体现少儿出版的价值与尊严。他在有五百余家出版社涉足的童书市场的大战中较真与坚守,在童书折扣战的大潮中较真与坚守,在劣币驱逐良币的混乱中较真与坚守。白冰老师就是这样一位少儿出版界的"斗士"!他是"好斗"的,但对于孩子却是极为平和的。记得"红袋鼠丛书"出版后,在书店举办阅读推广活动时,一个孩子面对他的座签上写的"著名儿童文学作家白冰",疑惑地问他:"你是著名的儿童文学作家,我怎么不知道?"白冰老师笑了,真诚地说:"你都不知道,这说明我还需要努力啊。"孩子认真地点头,表示肯定。他经常开心地讲这个故事。对于幼儿文学的创作,他充满了敬畏之心,真是傻傻的"狐狸"。他曾说每一次笔会都是"痛并快乐着",因为会前他就要针对材料冥思苦想,从多个维度考量每个故事的书写,完成创作后,他要反复修改,即便每次笔会后他都如大病一场酣睡数日,也是甘之如饴,他永远为成就经典而与自己做坚持不懈的"斗争"!

  认识高洪波老师,是源于白冰老师的介绍。后来,高老师看完"红袋鼠丛书"这套书,给予了很高的评价,当时真是提升了我的自信。后来才发现,高老师是一位很包容的人,他是不吝言辞去褒扬他人、鼓励他人的。我接任《幼儿画报》主编后,接管笔会的历程也慢慢开始了,高老师全身心地参与其中。高老师虽然身居要职,经常要开很多的会议,但他的"转场"能力是极强的。从一个成人的会议世界,转到一个孩童的创想世界,他游走自如。为什么会如此呢?我发现他有一个永远快乐的孩童灵魂。走进笔会的场,这个快乐的孩童灵魂放大,再放大,充满了他的世界。于是,他笔下富有节奏的儿歌、故事喷涌而出,火帽子、跳跳蛙、丁当狗等形象跃然纸上。其中,最具代表性的,就是小猪波波飞,一只总会遇到问题、遇到困难的小猪,但快乐的思维底色会让他的烦恼随风飘去。即便生病了,那痛苦也很快云淡风轻。波波飞就是缩小版的高老师,他写他自己,自然信手拈来。结果也不错,这套书的版权卖到了法国。国际儿童读物联盟(IBBY)基金会主席帕特里夏·亚当娜说:"小猪波波飞的故事真实、轻松、不说教,他滑稽的动作和困窘的遭遇一定会让同龄的小读者们看到自己的成长经历。"国际安徒生奖评委会前主席玛丽亚·耶稣·基尔说:"我相信每一个孩子都会被小猪波波飞的奇妙世界所吸引,都会爱上小猪波波飞,爱上他的幽默故事。"她们向全世界的孩子推荐了波波飞。高老师信奉给孩子以快乐的幼儿文学,他的文字便是他那快乐灵魂的写照。

刘丙钧原来是《儿童文学》的作者,擅长写诗,每次参加《幼儿画报》的笔会,他的第一件事情就是艰难地"倒时差"。因为开着茶馆,所以作息是晚睡晚起,日上三竿正是酣眠之时。开笔会可是个苦活儿,稿子要出来,岂容他安眠呢?大清早,大家总是叫上刘老师,因为吃早餐的时候是讨论稿子的绝好时机。他的笔下有一个形象"笨小熊",他如那憨憨小熊看似笨笨的,其实是明了世事,性情恬淡,脾气也极好。茶馆的闲适令他如散仙,不疾不徐地创作,不慌不忙地修改,他善用反复、复沓等艺术手法，还是颇适合幼小孩子口味的。

当"男婴"们相聚，就会形成一个神奇的磁力场，五位高手凝神聚气将功力都注入这个场，于是产生了化学反应，爆发出强大的能量，合奏出天籁之韵。有时想想，相识、相聚、相知的机缘实质上是天作之合。

2000年，我成为《幼儿画报》的主编。时任中少社社长的海飞给予了莫大的信任与支持，使"男婴"团队在鼓励中快乐前行。在此期间，《幼儿画报》月发行量超过了100万册。2007年，我成为中少总社副总编辑，时任社长李学谦推动成立了低幼读物出版中心，他为之取名"中少大低幼"（也称"大低幼"），我兼任中心总监。随着要创作的作品越来越多，"男婴笔会"召开的次数也越来越多。那时，李学谦社长在许多次笔会的最后一天都会来到现场看望大家。他与作家们已经成为好友，无话不谈，大家一起谈少儿出版、少儿教育，快意人生。就这样，《幼儿画报》的平台在不断升级，为孩子们做事的平台也在不断变大，"男婴"们更是展露出无穷潜力。这期间，《幼儿画报》的月发行量已近200万册；他们创作的"红袋鼠幽默童话"系列[1]荣获中国出版政府奖图书奖；他们为孩子创作了将指尖游戏转化为心灵阅读的"植物大战僵尸"系列图书，这套书一度占据"开卷"排行榜前十；他们为版权输出

---

① 由《红袋鼠和笨小象》《狐狸鸟》《魔笔熊》《红袋鼠和隐身帽》《白猫白猫红鼻头》共5册组成，2009年12月中国少年儿童出版社出版，荣获第二届中国出版政府奖。

到110多个国家和地区的"米莉茉莉的故事"①系列创造了中国女孩莉莉的形象，成为中国童书"借船出海"的典范。

"男婴"团队不仅仅是五位优秀的作家，背后更是有我的同事们的辛勤劳作。

有一次晚上十点多，我先生来接我回家时，问："怎么总是这么晚回家？"我回身遥指着国宏大厦十九层的一片灯光，说："瞧，我的同事还在加班呢。"他无奈地说："一个疯子带一群傻子！"我想了想，的确，这是一个多么难得的团队啊，每一次笔会的背后，有他们在成千上万份调查问卷中大浪淘沙地撰写主题，准备丰富的资料，录入，编辑加工，约请优秀的画家配图……每一期的出版都需要提前一年时间准备，但他们快乐着，因为他们的努力帮助了千家万户孩子的健康成长。

其实，"男婴笔会"不仅仅是一个"三百多岁"的团队，不仅仅是一次次的笔会，不仅仅是春夏秋冬无数次的阅读推广，还是一颗颗痴痴的心为着光亮而聚合，为着光亮而燃烧。那冉冉升起的太阳和孩子们一样，是最富有希望的光亮所在，五位作家妙笔生花，为点点光亮注入生命的光华。

---

① "米莉茉莉的故事"系列是一套畅销世界110个国家和地区的儿童教育读物，2018年中少总社在该品牌原有形象的基础上加入全新的中国元素——新角色莉莉，推出"米莉茉莉和莉莉成长故事"系列图书。该系列围绕黑人孩子米莉、白人孩子茉莉和中国孩子莉莉的日常生活，讲述了她们在多元文化背景下相遇、相交、相知的故事。

左起：刘丙钧、白冰、葛冰、金波

1996年，刘丙钧、金波、葛冰、白冰于北海创作"一个中国孩子的英雄喜剧"系列

1997年，高洪波、刘丙钧、白冰于安徽黄山

2006年，葛冰和白冰于北京

2024年，刘丙钧和金波于北京

第二章

儿童文学作家是生就的

金波：纯真的个性

"男婴笔会"的基础是由我们五个人的个性决定的。为什么我们几个能在一起？别林斯基说："儿童文学作家应当是生就的，而不应当是造就的。"① "生就"的特点在我们每个人身上都非常明显。我们每个人的个性里都有天真、纯真的一面，要不然彼此不会那么亲密，互相之间一点儿也不隔心。

我们有一个找幸运花瓣的游戏，是我发起的。有个孩子告诉我，丁香花一般都是四瓣的，偶尔会有五瓣的，谁能找到五瓣丁香，谁就有好运气，所以，五瓣丁香是幸运花瓣。有一年春天，我们在北京海淀区的一个度假村开笔会，院子很大，种了很多丁香树。晚饭后散步，我说起了这事，大伙儿就开始找五瓣丁香，还比谁找的多。后来，每年春天开笔会，只要住的地方有丁香树，我们就找幸运花瓣。还有吹蒲公英，我们抓住蒲公英，大伙儿互相吹一吹，把蒲公英种子吹到对方脸上去了。

---

① 俄国革命民主主义者、哲学家、文艺评论家别林斯基（1811—1848）在其儿童文学理论中指出，从心性上可以把儿童文学作家分为两类：一类是"生就"的儿童文学作家，一类是"造就"的儿童文学作家。在"生就"的儿童文学作家的天赋中，"孩提般的天真无邪的心灵""童真和稚气"是最为核心的要素。

这一类的游戏可能还有，现在记不起来了。

还有一个关于玉的故事。高洪波和白冰都喜欢玉，每次开笔会俩人都说自己最近又捡了一个什么漏儿①，品质怎么好，价格怎么合适，谁也不服谁。我们另外三个也被忽悠了，反正也不懂，跟着瞎玩。白冰有一次淘到一块桂林产的鸡血玉叫"刘关张"。为什么叫"刘关张"？这块玉有白、红、黑三种颜色，说是分别代表刘备、关羽和张飞。白冰很得意，把这块玉拿到笔会上来嘚瑟。我就开玩笑，说我要这块玉，送给我吧。我越要他越不给，后来我们就把这块玉给藏起来了。他找不着，真以为丢了，急得不行，要向酒店保卫处报案。我们几个哄堂大笑，他这才知道是我们逗他玩。

还有一次，我们买了一块石头，谁都没看出来有问题，我们功夫不到家。张晓楠比较细心，她一看就知道这是用两块石头粘贴起来的。第二天，我们找卖石头那个老板说理，说你这是粘贴的，我们要退货。老板当然不让退货，说这样吧，我退给你们一点儿钱，再送你们一块石头。这事就这么过去了。

我说这些琐事的意思是，我们几个人在天性当中都是个"玩家"，这个"玩家"是自然流露出来的孩子气。就是这种天性让我们几个形成一种气场，一走到一起就非常快乐，一块儿开笔会的时候，童心全出来了，都进入了童年的状态。这种状态很利于我们的写作，再加上和谐的

---

① 捡漏儿：古玩界行话，指意外低价买到宝物。

关系、每个人在写作经验上的不同积累，我们各自发挥，又能互相取长补短，所以能在一块儿写作二十多年。

"儿童文学作家应当是生就的，而不应当是造就的"，这句话我觉得太对了，我们各自的写作和我们的心理状态，就印证了这句话。我开始写儿童文学的时候就兼顾幼儿文学了，他们几个以前的创作主要是面向小学中高年级学生的。加入"男婴笔会"提供了一个机缘，把他们给唤醒了，意识到自己还可以给这么小的孩子写作，就都开始写幼儿文学。因为他们都是"生就"的，所以从少年文学转到幼儿文学比别人好转换。你看高洪波，一旦转到为低年龄段的孩子写作，他就更自由了，"小猪波波飞"其实是写他自己的，他说每个儿童文学作家心里都住着一个孩子，他心里住着一个五岁的小男孩。真是那样，我们写作之前都先有自己内心的孩子，那孩子就是内心的自己。

现在很多成人文学作家也加入儿童文学创作队伍，不管他们有没有意识到，他们最缺的，是"生就"的条件。他们可能不承认这个，觉得自己写作技巧那么高，怎么会连一个哄孩子的东西都写不出来？有的还真就写不出来，勉强要给儿童写，给哪个年龄段写都不太合适。特别是幼儿的东西，不懂幼儿的心理特征、年龄特征，是写不出来的。

我还可以举出一个"造就"不成功的例子。北京作协20世纪80年代想从小学和幼儿园教师队伍里培养儿童文学作者，但是这个工作做起来很困难。当时《北京日报》开辟过专版，用来发表小学和幼儿园老师的作品，还对他们进行培训。我去讲过课，给专门招来的幼儿园老师讲，课讲完了之后，请这些老师写，我来改。结果，只发表了一期，出了一个专版，就进行不下去了。到现在为止，这些老师里没有一个坚持下来的。上海也是这样，鲁兵他们培养业余作者多用心啊，但也没有成功。后来我总结，这些人没有成功，是因为心里没有住着孩子，给孩子写东西还是像老师对学生说话。另外一个原因是，他们阅读儿童文学作品少。他们有跟儿童打交道的生活，讲故事还行，写故事不行。

高洪波：天然的『儿童眼』

我从20世纪60年代末开始写作。十八岁那年，我写了第一首诗，叫《号兵之歌》。那时我在云南当兵，是陆军四十师炮兵团的广播员。我每天的第一项任务是早晨六点在开始广播前放起床号，最后一项工作是晚上十点放熄灯号。除了广播员外，我还兼任图书管理员。我们团的图书馆里名著特别多，一有空我就待在图书馆，如饥似渴地读书。

我对诗歌产生了浓厚的兴趣，贺敬之的很多诗我都能倒背如流；张志民的《西行剪影》①，整本书我都抄下来了；我对军旅诗人李瑛最有感情，把他当作有志于当诗人的青年军人的榜样。因为有这段阅读的日子，有军队生活的体验，我写了《号兵之歌》，开始了我的诗歌创作之旅。所以，我从事文学创作是从军旅诗起步的。

1978年8月转业后，多年来我先后在中国作协的多个岗位工作，所写的东西大多与工作性质相关，也受时间、精力的限制，不像专业作家那样，有整块的时间进行大部头的创作。在《文艺报》工作期间，我做了大量的采访报道；前后出任过《诗刊》两届主编，对诗歌也做过大量的评述，甚至对很多诗人写过传记性的评论，也写了很多成人诗；有一段时间我对杂文、随笔特别感兴趣，还写了一些读书的笔记。1980年女儿出生后，我从写儿童诗开始，从事儿童文学创作，一直到现在。有人说我是文坛多面手，外界对我也有很多种身份介绍，但我给自己的定位是儿童文学作家。

我走上儿童文学这条路，有机遇的因素。我在《文艺报》评论组负责儿童文学专版，在这期间儿童文学的各种会议都参加，做了大量的报道、专访；很多著名的老作家成了我的采访、研究对象，他们的作品引发了我很大的兴趣，我写了很多相关的理论文章和鉴赏文章。

我甚至还尝试过写"中国当代儿童文学史"。这个选题是人民文学出版社《朝花》杂志老主编崔坪策划的，打算由沈阳出版社出版。崔

---

① 《西行剪影》，1963年3月百花文艺出版社出版。

坪找了我和另外几个人当作者，大家分工写，我负责"作家论"这部分。我研究了几十个作家，为了写好，我老往图书馆跑。当时我家住一居室的单元房，地方很小，我没有书桌，经常是把被褥掀开之后，摊开资料，趴在床沿写，我写了三十多万字。后来崔坪调离了人民文学出版社，回到北京语言学院（今北京语言大学）当老师去了，沈阳出版社也没出这本书。书虽然没出来，但我自己练了内功，打牢了儿童文学的基础。更重要的是，儿童文学的种子深深地埋进了我的心里。

说到这里，我很怀念当时《文艺报》的工作环境和氛围。报社不要求每天坐班，只要完成本职工作就可以；实行"129"制度，一年里1个月读书（可以在家），2个月外出调研，9个月工作，逼你学习，逼你进步。当时《文艺报》的主编是冯牧，他本身就是个大评论家。评论组里有哪些人呢？有刘锡诚、雷达、阎纲、吴泰昌、郑兴万、李炳银、孙武臣、吉敬东（晓蓉），刘锡诚当组长。这些人组成了《文艺报》强大的评论组，我和李炳银是最年轻的，资历最浅。在这个高水平的团队里，我就好像一棵生长在树林中的小树，周围的树都很高，必须拼命往上长。

除了工作上的原因，性格也是我走上儿童文学这条路的重要因素。我比较喜欢孩子，一直到现在，我还密切关注着我们小区里的那帮小孩。我家养的狗叫"大咖"，是一条咖啡色的拉布拉多犬，有八十多斤重，特别亲人，我老在小区里遛它。我家住二楼，有时候到了遛狗的时间，如果我还没有出去，一帮孩子就在楼下大声喊"大咖、大咖",直到我们出来。他们喜欢"大咖",常常找它合影,给它拍照,胆子大的还骑着"大咖"照相。我就观察他们,这帮孩子特别有意思。有个叫桑尼的六岁小男孩,他喜欢拿把小铲子在小区里东挖西挖的。我问他,桑尼你干吗呢?他说我考古呢。他妈妈怀孕了,我问他,你什么时候当哥哥?他说,在十天到二十天之间的一天我就要当哥哥了。说话特别有意思。"大咖"成了我和小区孩子们之间的最佳桥梁,在我们小区,狗的名字我知道得最多,孩子的名字我也知道得最多。

可能也是因为爱孩子,一接触到儿童文学,我就非常喜欢,有一种天然的亲近感,从骨子里喜欢儿童文学。我女儿出生后,看着女儿一天天的变化,我产生了一种强烈的欣喜。她的一颦一笑、一举一动,我都感到很有诗意,禁不住想为她、为孩子写诗。

我为女儿写了几首儿童诗,发表在《诗刊》上。那时《诗刊》还有个街头版,就是用毛笔把诗抄在街头的宣传栏里。我的《小水獭造屋》上了《诗刊》的街头版,在宣传栏里放了很长时间。我每天下班路过,都能看见我那首诗,突然就觉得非常有意思,觉得能给孩子写诗,而且在《诗刊》发表,是一件非常开心快乐的事情。

曾入选人教版小学《语文》的《我想》的创作源于女儿三岁左右我和她在天坛公园的一次春游,这是我们父女俩和大自然互动之后的特别收获。当时我家里住处比较狭小,只有一间房子,而我爱人是医生,值夜班回来白天她要睡觉休息。一个星期天,我爱人下夜班后回家休息，为了不打扰她，我就带着女儿骑自行车到了天坛公园。那天，天坛公园里鲜花盛开、春光明媚，我和女儿足足玩了一个白天。回家之后，我一口气写了八首诗，都是以一个小女孩的视角，写她在春天的各种感受，写她对阿姨摘花的不满，写春天的书签是什么样的，最后才写到了《我想》。那个时候，我脑海里的画面全部是天坛公园春天的景色和一个春景里的小女孩。《我想》就是这样创作出来的。它是我那天创作的八首诗当中的一首，也是压卷之作。我特别喜欢这首诗中的最后两句："不过，飞向遥远的地方，/要和爸爸妈妈商量商量……"因为孩子可以有各种各样的奇思妙想，但她还是孩子，还需要爸爸妈妈的保护、呵护，所以我用这两句诗结尾，完成了一组诗的压卷之作。

那时我和韩作荣经常接触，他在《诗刊》当编辑，我在《文艺报》当编辑，同时也是他的作者。有一次聊天，我们俩谈起各自的志向。我说，我准备用后半生给孩子写作、写诗；韩作荣说，他还是要坚持成人诗歌的写作。后来我们俩各自都兑现了自己的诺言：韩作荣成了全国著名的诗人，得了鲁迅文学奖；我也一直在给孩子写作，不仅是诗歌，后来童话、散文、儿歌都写。这一切和当初的触发点是有关系的，那就是那首《小水獭造屋》发表在《诗刊》，同时被抄写在街头的宣传栏里，让我感到为孩子写作很有意义。

别林斯基说："儿童文学作家应当是生就的，而不应当是造就的。"我非常认可这句话。所谓"造就的"，就是想成为一个儿童文学作家，后天的努力固然重要，但是一个人如果先天就带着某种性格缺陷，或者对人生持一种悲观、抱怨甚至仇恨的态度，整天皱着眉头看人生，愤怒得像一只好斗的小公鸡，对一切都不满意，见到小孩子就很烦，这样的作家也许能成为大作家，但要成为儿童文学作家恐怕有一定的难度。从事儿童文学写作的人，一定要有某些天性，比如快乐、幽默、善良而且爱自然、爱孩子、爱身边的一切，保持心灵相对纯粹，用孩子般天真无邪的眼睛去打量这个世界。

  我很敬重的几位儿童文学作家前辈，他们的性格中都有我前面提到的那些成分。冰心老人晚年病重，要住院输血，我去医院探望时，她非常开心地跟我说："我昨天输的血一定是位艺术家的，晚上做了许多彩色的梦，从前从没做过这样的梦。"说完她呵呵地笑起来。冰心就是这样一位可爱的老人。还有严文井，他有很多职务，工作繁忙，但骨子里是个"老顽童"。在延安鲁迅艺术学院任教的时候，严文井家里养了一只小公鸡，邻居家也养了一只。他发现，每次两只公鸡打架，他家的那只肯定输。因为邻居家的公鸡一打架，脖子上的一圈毛就全张开了，样子特别威武，把自己家的公鸡吓退了。为了帮助自己家的小公鸡打胜仗，严文井竟然恶作剧——偷偷捉住邻居家的公鸡，把它脖子上的那圈毛给拔了，害得人家直纳闷：怎么有人不偷鸡，只拔鸡脖子上的毛呢？当然，两只公鸡再打架，严文井家那只赢了。还有一次，我和严文井一起去中山公园参加白冰组织策划、刘丙钧主编的"十二生肖礼品丛书"[①]的签名售书活动,他给孩子们的签名是"老兔严文井"。我和他都属兔,他大我三十六岁,所以就自称"老兔",叫我"小兔"。

快乐、幽默、善良、爱自然、爱孩子这些天性,赋予了儿童文学作家一双"儿童眼",用我们专业的话来说就是"儿童视角"。许多成人作家不理解什么是"儿童视角",其实就是给几岁的孩子写作就要与几岁的孩子对视、交流,给十岁孩子写作就要变成十岁孩子的视角,给六岁孩子写作就要设法回到你六岁的时候。时代不同了,但属于童年天性的东西不会变。掌握了这一点,就找到了与孩子共振的灵感。我当年写儿童诗,或者以一个小男孩的身份,或者是小女孩的视角来讲自己的童年故事。因为我看到我女儿的欢笑、奔跑都觉得很有诗意,这时我会迅速地转变成儿童视角。这是儿童文学作家的一种特殊才能。

有一些成人文学的大作家也给孩子写作,有的写得很好、很成功,比如作家张炜的《寻找鱼王》、诗人赵丽宏的《童年河》和童诗集《天空》。但这样的例子不是很多,很多优秀的成人作家由于不具备"儿童视角""儿童眼",写着写着就把读者是孩子这一点给忘了,笔下的文字变成了他自己对人生、对社会的抒发。每一个儿童文学作家都要切记,自己这部作品是给几岁的孩子写的,越小的孩子,年龄段的区分越细,对儿童视角的把握越要精密。"儿童眼""儿童视角"是对

---

① "十二生肖礼品丛书",1991年8月作家出版社出版。

儿童心理学、儿童生理学进行研究之后，对儿童文学作家提出的最起码的写作要求，如果做不到这一点，就很难写出非常优秀的儿童文学作品。

白冰：进入儿童生命状态

在"男婴笔会"里，我们收获最大的就是越活越像孩子，或者说进入了第二个儿童期。一旦进入笔会环境，我们马上说话都不一样了，彼此的对话、彼此的生活细节，完全都不一样了，进入到一种儿童生命状态。

"男婴笔会"五个人里我年纪最小，最调皮捣蛋，总爱炫耀，爱嘚瑟。我欺负最多的是刘丙钧，很多玩笑、调侃，我都是针对他的，但他都"忍"着。金波老师是长辈，我不敢"犯上作乱"。葛冰年纪比我大，性格又内向、和善，我跟他闹不起来。高洪波是作协领导，在作协他是我的顶头上司，但是他年龄和我相仿，性格很诙谐、很幽默，我爱咋闹就咋闹，他无所谓，他活得还是轻松自在。高洪波既是我的领导、兄长，同时又是玩伴。

有一次秦文君来北京，高洪波送给她和我每人一只金蛉子，说他养的金蛉子叫声有多好听，还告诉我要喂它吃胡萝卜、黄瓜。要把它放到恒温的地方，最好是揣在怀里，大概一两个小时后，它就会叫了，叫声特别好听；如果放它的地方老变，温度不断变化，它就不叫了。

我回家以后，按照高洪波说的方法，把装着金蛉子的小盒小心翼翼地揣在怀里。四个小时过去了，金蛉子还没叫。到晚上八点，我就给高洪波打电话，说怎么四个小时了它还不叫呢？他说你再等等，别着急，等等就叫了。结果到了晚上十一点，金蛉子还没叫，我再打电话给高洪波，说它还没叫呢，是不是感冒了，得病了？他说不会的，你再等等它就叫了。我就一直等着，到了夜里十二点，金蛉子终于叫了。我又打电话给高洪波，说它现在叫了。他说，我刚睡着你就把我吵醒了，我真后悔把那个虫送给你。我在电话里哈哈大笑。

有一次笔会，高洪波和我都把自己养的金蛉子带去了。他的装在一个非常漂亮的盒子里，是在潘家园买的，我的装在一个木盒里。高洪波就笑话我，说你看我这盒多漂亮，你看你那个，那叫什么盒。我不服气，说我本来买了一个精致的盒，这次开笔会忘记换了。过了一段时间，又要开笔会了，我请了一位美编，帮我把盒子美化一下，我得跟高洪波比比。这位美编用胶水和各种颜料把盒子装饰了一番，"毛坯房"变成"高档别墅"了，特别漂亮。到了笔会，我说："洪波，你把你那个盒子拿出来。"他拿出来了，我把我的也拿出来，说你看我这个盒子怎么样，比你那个漂亮吧？他一看，说你这么弄不行，我都闻着有味儿，那个虫快被毒死了，你赶快抢救。我们赶紧打开窗户，把盒子放到通风的地方，紧急抢救。金蛉子是抢救过来了，但是没过多长时间就死了，我特别懊悔跟高洪波比谁的盒子更漂亮，祸害了一条性命。

在我们五个人的相处中，我们在彼此面前常常会流露出童真的那一面，和孩子一样，对这个世界好奇，有一颗惊奇之心，对事物天生敏感。好的儿童文学作家一定对孩子有天生的敏感，他的很多感觉和儿童是相似的。如果他对孩子根本不敏感，就捕捉不到有意思的故事和细节。为什么好的儿童文学作家能写出人人眼中有、人人笔下无的东西？就是因为他对孩子天生敏感，捕捉到了别人没有发现或者感受到的细节。曹文轩对自己少年时期的记忆、对特定时代少年生命状态的捕捉刻画，成就了他的《草房子》《青铜葵花》。别人没他那个天分，或者有这个天分但没有江南水乡那种苦难的生活，他既有天分又有生活，就成功了。

我认为，对孩子的天生敏感来源于作家的童年记忆和童年体验。童年记忆和童年体验可以帮助儿童文学作家用一个孩子的视角去观察、去感受。用自己儿时的语言去和孩子交流，这是一个儿童文学作家终生的创作源泉。因此，儿童文学作家要不断强化自己的童年记忆和童年体验。和幼儿园的孩子接触，和家长、老师接触，和带孩子的爸爸妈妈聊天，和自己的子女乃至第三代接触，都是强化童年体验的方式。甚至，儿童文学作家还应该保留一些儿时的爱好，做一些孩提时代喜欢做的事情。比如金波老师，他从小就喜欢昆虫，到现在每到冬天还养蝈蝈，体验小小生灵的生老病死。他还喜欢保存儿时的一些小物件，如泥塑玩具狗、虎头铜铃铛等。从这些童年体验和童年记忆中，我们会体验到儿童的情感，感受到儿童生活的脉动，知道孩子面对一件事情时会怎么想、怎么说。

《雨伞树》[①]的构思就来自我的童年记忆。我小的时候，家里有把红色的油纸伞，一到刮风下雨天，妈妈总提醒我，带上这把伞。有时我自己用，有时和弟弟妹妹一起用。这把伞是妈妈的爱的具象体现，它也是我的朋友、伙伴。后来，这把雨伞破了，漏雨了，妈妈买来了新伞，要扔了这把红色的油纸伞，我死活不答应。但是过了一段时间，这把伞再也找不到了，成了我永远的遗憾。我后悔没有把这把伞插在土里，我想，要是我把伞插在土里，它也许会变成一棵雨伞树，长出无数的红雨伞。

很多年以后的一个冬天，我散步时看到一棵树的枯枝上长了一朵红红的雨伞一样的花。"树上长伞，这是一棵什么树啊？"我很好奇。走近一看，原来是一个倒挂在树上的孩子玩的红色小降落伞。我又想起了我小时候的那把红雨伞和把它插在土里的愿望。后来，我就构思了一把红雨伞和两只熊猫的故事。之所以选熊猫，是因为熊猫憨态可掬，又憨

---

① 《雨伞树》，2016 年 4 月中国少年儿童出版社出版。

又萌，中外孩子都喜欢。熊猫有黑白两色，红雨伞是红的，这本书可以只用黑白红三种颜色绘画，可爱的熊猫形象，黑白红三色的搭配，构成独特的意境。

《吃黑夜的大象》[①]的创意来自我女儿的一句话。"黑夜不可怕""黑夜到来是自然规律""天黑了要睡觉"，这些是成人的认知，但孩子不懂。女儿小时候，我家住在一个公园旁边，晚饭后我和我爱人会带她去转一转。天黑了要带她回家，她说不回家还要玩。我说不行啊，天黑了，你得回家睡觉啊，明天早晨我们得上班，你还得上学。她就说，我真想把黑夜都吃了。这就是孩子的视角。在孩子眼里，黑夜是食物，是可以吃的。谁来吃呢？吃掉黑夜以后会怎么样？这些，就要靠作家凭自己的才气去想象，去发挥了。

现在女儿大了，有了她自己的孩子，小外孙又给了我许多创作的灵感。通过和小外孙的交往，我会知道现在的孩子在想什么，孩子对什么感兴趣，他们的语言、神态、举止表达了他们什么样的情绪。每次和小外孙在一起，都让我有意想不到的对孩子的新的理解。作品中的细节是编不出来的，因为这是生活中真实的细节，作家的灵感来自孩子生活中的一个细节、一句话、一个特别容易引发你进入儿童生命状态的刹那。

[①]《吃黑夜的大象》，2003年8月中国福利会出版社出版，曾获第六届全国优秀儿童文学奖，是小学语文课外阅读重点推荐图书。根据同名童话改编的图画书被翻译成英语、西班牙语、尼泊尔语等，输出至英国、尼泊尔、北美、南美等国家和地区。

一个儿童文学作家的童年记忆和童年体验非常重要，也需要不断强化和更新。如果不重视强化和更新，也许就会让我们的作品远离现在的孩子。所以，我们不但要强调一个儿童文学作家自己独特的童年记忆和童年体验，也需要他关注和了解当下儿童的生命状态，了解和体验当下儿童的喜怒哀乐。

刘丙钧：命中注定的缘分

我走上创作的道路，是从写成人诗开始的。

上学的时候，我的语文成绩不怎么样，作文成绩也不怎么样，我唯一的长处就是喜欢看书。印象最深的是古诗词，我先抄一遍，然后再背下来，到现在我还留着好多当年手抄的唐诗宋词。我还看了不少杂书，莫名其妙地、没有目的地看这些书，从来没有想过要写东西。这些，算是我最早的文学积淀吧。

我是怎么开始写东西的呢？我刚参加工作时，在北京市出版局下面的一个工程队当工人，那会儿也没多少活儿，整天就是玩，下棋打牌。

有一天，我正在看别人下棋，有一个人从我们身边走过，到我们队办公室打电话——那个时候家里都没有电话，更没有手机。一个工友说，打电话那人叫郑万隆，是工人作家，挺有名的。"一个工人，成了作家了？！"我当时心里一震，冒出一个念头：都是工人，都在出版局系统，他能写，我怎么不能写？我像被点醒了似的，这以后，牌也不打了，棋也不下了，开始写东西。

不久后，北京作协的高桦老师推荐我加入东城区文化馆文学创作组和劳动人民文化宫北京工人诗歌创作组。北京工人诗歌创作组20世纪50年代成立，一直延续到20世纪80年代末（"文革"期间中断过），培养出很多有成就的工人诗人。诗歌创作组每周四晚上举行活动，诗友们下班之后，从京城的四面八方赶来，有的还是从石景山骑自行车赶来的。石景山在北京西郊，劳动人民文化宫在故宫旁边，距离少说也有二十公里，骑自行车得一个多小时，想想看，诗歌创作组对诗友们的吸引力有多大！

参加活动的，除了诗友外，《人民文学》《十月》《诗刊》《北京文学》《北京晚报》《北京日报》《儿童文学》等报纸杂志的编辑们也经常来，一方面讲课，一方面组稿。东城区文化馆有一报一刊，均名为《钟鼓楼》，是很正规的内部刊物。《工人日报》副刊编辑王恩宇老师在上面看到我的一首诗，觉得不错，就转载了。我在《当代》上发的第一篇作品，也是主编孟伟哉在这份内部刊物上看到了，直接给转载的。后来，我又陆陆续续在其他刊物上发表了一些诗歌，都是成人的。

我走上儿童文学创作这条路，得感谢陈满平。陈满平是当时《儿童文学》的诗歌编辑，对我来说，亦师亦友。他跟我一样，也是工人出身，是诗歌创作组最早的一批成员，20世纪50年代就出名了，后来调到《儿童文学》当编辑，主要负责诗歌。我跟他是在诗歌创作组的活动中认识的，在这以前，我连儿童文学的概念都没有。虽然也看过一些儿童文学作品，像《小马倌和"大皮靴"叔叔》[1]，但没意识到这些书是儿童文学作品，就当作是一般的闲书。陈满平挺看好我，跟我聊得挺多的，后来我们熟了，他约我给《儿童文学》写诗。也许是命中注定，我写的第一首儿童诗就在《儿童文学》获奖了。那是1981年的事。1982年，我又有一首诗获奖了，那首诗叫《妈妈的爱》[2]，算是我儿童诗的一篇代表作。更没想到的是，1986年陈满平调任他职，我接替他成了《儿童文学》的诗歌编辑。

也许是天意，正好在我开始进行儿童文学创作的时候，我女儿出生了。女儿的出生，使我得以重拾童趣、重归童年。女儿的牙牙学语、蹒跚学步、撒娇耍赖等日常生活中的琐事，都让我想起自己的童年，引起我的情感共鸣，激发我的创作欲望。我为女儿写了不少东西，记录她的生活情态、喜怒哀乐和成长过程，不仅有诗，也有儿歌、童话和散文，

---

[1] 《小马倌和"大皮靴"叔叔》是作家、电影艺术家颜一烟的代表作，1980年获全国少年儿童文学创作一等奖，曾先后被译成朝鲜文和法文。
[2] 《妈妈的爱》发表于1982年第2期《儿童文学》，经读者推荐、编辑部评议，曾获1982年《儿童文学》优秀作品奖，后又获第二届（1986—1991）全国优秀儿童文学奖。

我的创作重心自然而然地转入了儿童文学领域。

回想这些经历，我现在还觉得有些不可思议：让我给《儿童文学》写个稿子我就写了，一写还接连获奖，后来还成了《儿童文学》的诗歌编辑，女儿的出生使我回归童年，这一切，难道不是命中注定我跟儿童文学有缘吗？这种缘分，可能是因为我爱玩、随性的天性。

葛冰：从儿时的幻想游戏到儿童文学创作

我原来是做老师的，先是在清华附中干了五年，后来调到立新学校（2015年后改名为北京实验学校），又干了十二年。在这十七年里，我一直教中学语文，先教初中语文，后又教高中语文。

当老师我是兢兢业业的，不光教语文，还一直当班主任。应该说，我对孩子还是很熟悉的。那时没想到搞儿童文学创作，只想当个好老师。直到三十八岁，才开始业余写作，我的文学创作起步比较晚。

回想起来，在这之前我虽然没有给报刊投过稿，但我走上创作之路还是有铺垫的。

我在上小学的时候，常爱玩一种我自己发明的小游戏：黄豆当坦克，火柴盒做巨型战车，绿豆是戴绿头盔的战士，红小豆是戴红头盔的战士，而我自己，当然是指挥千军万马的总司令。"点豆成兵"，让我乐此不疲。这些有趣的幻想游戏，也算是我童年时期的"童话"创作吧，只是没有形成文字而已。

我比较爱读书，尤其爱读故事性强的书，上小学时我就喜欢读书。那个时候书很少，我就想方设法地找，在五六年级的时候，我就读了《三国演义》《水浒传》《西游记》。当时这些名著还没有少年版，我读的是半文半白的成人版，似懂非懂，却也读得津津有味。那时也找到了《红楼梦》，但我不爱读，读不进去。当代小说像《林海雪原》《烈火金刚》《苦菜花》《青春之歌》《野火春风斗古城》这类故事性强的，我读得挺多。我记得那时候读《林海雪原》，因为是跟别人借的，限我三个小时内归还，我就拼命地读，囫囵吞枣，连书中人物的名字都没记住，只觉得故事很有趣。读的书多了，视野就开阔了，脑子里的故事也就多了。

我教的第一批学生是1970届的，现在这批学生也都六十多岁了。那时语文课没有统一的教材，也没有"课标"（课程标准），老师自由发挥的空间很大，所以我在上课时讲的故事比较多，学生们也特别喜欢听。很多情况下，我的课都是从讲一段故事开始，然后再给学生上文化课。边讲故事边教文化课，其实是一种创作锻炼。

这些经历，让我有了比较强的编故事的能力，比较强的想象力，再加上当老师的十七年里成天和孩子打交道，脑子里储存了大量孩子的形象和故事。这些，都为我从事儿童文学创作打下了坚实的基础。因此，我的创作起步虽然比较晚，但成长得快。将近三十八岁时，我开始写小说、写童话。先是和张之路合作创作了中篇小说《双龙花盆》[①]，这以后，我又在《儿童文学》《少年文艺》上陆陆续续发表作品，正式开始从事儿童文学创作，到现在已发表了一千多万字的作品，获过许多奖项。

[①]《双龙花盆》，1985年3月江苏少年儿童出版社改编成连环画出版，曾被改编成经典话剧。

每年冬天,金波都要在自家阳台上种牵牛花和蒲公英,他还喜欢养各种各样的昆虫

* "男婴笔会"的作家们都喜欢养昆虫、养植物,纯真的个性决定了他们是天生的幼儿文学写作者。

第三章 「中少大低幼」与「男婴笔会」的双向赋能

葛冰："男婴笔会"的起步

1999 年，我从《儿童文学》调到《婴儿画报》做文字编辑。开始工作以后，我发现手头没几个作者。

那时候作家把幼儿文学和少儿文学分得特别清楚，写幼儿文学的很少涉及少儿文学，写少儿文学的也很少涉及幼儿文学。我觉得当时大家都不太关注婴幼儿阅读，作家很少涉猎婴幼儿领域，很少有人给婴幼儿写东西。我在《儿童文学》当童话编辑时接触了很多童话作者，按理说，他们是最接近幼儿文学的，但他们涉猎幼儿文学的也都不多。即使在一个少儿出版社，从事少儿文学工作的人对幼儿文学也不太了解。我在《儿童文学》时，就没怎么看《婴儿画报》，更甭提给它写稿了。那时候给《婴儿画报》写稿的，主要是专职的幼教工作者，幼儿园老师比较多，差不多都是业余作者。有时缺稿，编辑就自己写了。我感觉，那个时候《婴儿画报》对作品的要求、标准不是很高，不太考虑文学性、人物形象之类的要求，用稿以图画为主，内容以教育类、知识类为主。

当时《婴儿画报》的文字编辑工作主要由我负责。我得组稿、编稿，所以，必须得有一批作者。找谁呢？我自己写童话，认识好多作者，包括金波、高洪波、白冰和刘丙钧。白冰那时候还是作家出版社的副社长。在当时《婴儿画报》缺乏作者的情况下，我就向他们组稿。他们几个除了金波老师以外，之前好像也没怎么写过幼儿文学作品，但因为我向他们约了稿，他们就答应为《婴儿画报》写稿子。

向这些作者约稿，采取一种什么方式好呢？我跟主编吴带生商量，觉得把作家们找到一块儿开笔会的形式比较好。如果写少儿文学作品，甭说长篇，就是短篇，也不可能在两三天的笔会上就写完了。给婴幼儿写的作品篇幅短，多数都是几十字、一二百字左右，在笔会上就可以完成。而且，笔会上我们跟作家沟通起来也方便，还可以联络感情。

我记得第一次笔会是在华利通大厦开的。我们五个人在一块儿交流、创作婴幼儿文学作品，最初起步是从这儿开始的。那以后，我们几个写的婴幼儿作品就逐渐多起来了。而且，我感觉金波老师、高洪波、白冰、刘丙钧他们几个，上手以后都比较投入，开始对婴幼儿文学感兴趣了。他们几个过去都是写诗、小说、散文这类的。我们还找了别的作者，请他们来开笔会，他们开始还是愿意来，有的还写得比较好，但出于各种原因，来一两次后就都离开了，留下来的就我们五个。这是"男婴笔会"最初起步时的情况。

第一次开笔会的时候，张晓楠没去，因为她在文学编辑室。但在这之前，她跟我们几个就有交集了。张晓楠是从黑龙江少年儿童出版社调到中少社的，那时她还是个年轻的编辑。有一次，她坐42路公交车去中少社上班，在路上遇到我，跟我打招呼，说她是社里文学编辑室的编辑。那时我刚到《婴儿画报》没多久，她知道我原来在《儿童文学》，后来调到《婴儿画报》了，就跟我说她正在编一套书，问我能不能当主编。她把编这套书的想法大致说了一遍，我想了想说，我给你推荐一个更好的人选吧。我推荐了金波老师。她编的那套书叫"红袋鼠丛书"，一共五本，作者正好是金波老师、高洪波、白冰、我和刘丙钧五个人。一个人写一本，我们几个又凑到一块儿了。

没过多久，张晓楠竞聘上岗，当上了《幼儿画报》的主编。在那个年代的幼儿期刊里，《幼儿画报》的发行量在全国算比较大的，《幼儿画报》刚创刊时，读者分得没有那么细，婴、幼儿不分，包括婴儿和幼儿。后来社里（中少社）把婴儿的内容分出来，办了《婴儿画报》；又从《婴儿画报》里把嘟嘟熊的形象拿出来，办了《嘟嘟熊画报》。两个新刊分流了一部分读者，再加上少儿期刊市场化的冲击，《幼儿画报》发行量一年年地往下掉。等到张晓楠竞聘上岗的时候，已经跌到每月15万册的发行量，可谓到了最低潮。

张晓楠上来以后，励精图治，一开始就从编辑、发行抓起，同时，她也需要强有力的作者。那时候，她通过编"红袋鼠丛书"这套书结识了我们几个，看我们都在给《婴儿画报》写稿，《婴儿画报》用稿量又不大，就一下子把我们五个人都给拢过去，邀我们大量地给《幼儿画报》写稿。从那以后，我们写作的重点就转移到《幼儿画报》上来，笔会也开始由张晓楠来组织了。

张晓楠当了主编和我们几个加入以后,《幼儿画报》蒸蒸日上,每月发行量一直上升,最后达到将近200万册。《幼儿画报》也从月刊改成旬刊,用稿量越来越大,笔会也就形成了一种固定的模式,而且频次越来越高。我们单纯给《婴儿画报》写稿的时候,笔会基本上一年一次,以《幼儿画报》为主后,开始差不多半年一次,后来是几个月一次、两三个月一次。等到中少总社成立低幼读物出版中心以后,我们写稿就更多了。

在这个过程当中,我们"男婴笔会"这几个人越写越多,越写越熟练。拿我来讲,经过了二十多年的写作,可以说我现在写的婴幼儿作品是全国最多的,发表的就将近两千篇!这不能不说是参加"男婴笔会"的一大收获。我们参加笔会由开始的被动到主动,由不自觉到自觉再到喜欢,而且写起来得心应手。到后来,我们这些人好长一段时间不见,就问怎么还没开笔会啊。开笔会成了我们主动的要求了。

客观地讲,"男婴笔会"到后来能够发展,能够坚持,能够壮大,张晓楠是起决定性作用的。

说到我自己,我觉得我在当时有一点儿贡献的话,就是在大家都还不太关注婴幼儿文学的时候,把金波老师、高洪波、白冰、刘丙钧这些过去不写或者很少写婴幼儿文学作品的作家,一下子引到这里来了。这几个人都富有童心,文学、文化素养都比较高,在创作婴幼儿文学之前,写别的东西也都已经比较得心应手了。比如,金波老师写诗、写歌词、写散文;高洪波写诗、写散文、写评论;白冰写诗、写小说、写童话;刘丙钧也写诗、写童话。他们把过去的创作积累,投入这个新领域当中,为婴幼儿文学创作注入了新鲜血液。因为那时候好像没有什么写婴幼儿文学写得不错的作家,少儿文学与婴幼儿文学的界限又分得非常清楚,很少有人跨越。

金波:幼儿画报办刊宗旨的实践和丰富

张晓楠认识我是通过葛冰介绍的。1995年她从黑龙江调到北京后,在中少社的文学编辑室当了几年编辑。好像是1999年吧,她想编一套幼儿文学丛书,但她刚来北京没几年,对幼儿文学这一块也不熟,就找葛冰帮忙,葛冰让她找我,我答应张晓楠当这套书的主编。这套书叫"红袋鼠丛书",一共五本,高洪波、白冰、葛冰、刘丙钧和我一人写一本。就这么着,她和我们慢慢熟起来了。

"男婴笔会"的发展和壮大,张晓楠是起了决定性作用的。我们五个人之前都是文友,但没有形成一个团体,相互之间怎么切磋,怎么合作,我们都没有想过。葛冰把我们几个找到了一起,张晓楠让我们五个人在写作当中逐渐形成了一个团队,每个人既发挥自己的特长,又相互合作、相互补充。

张晓楠上任后,用了大量的时间跑邮局和幼儿园,了解发行机构的想法,家长和幼儿园老师的需要,为办好《幼儿画报》做思想准备。全国各大邮局她都跑了,还走访了很多幼儿园老师和家长,开始有了自己的办刊思路,只是还没有跟我们说。

2002年11月,张晓楠专门对我进行了一次采访,主题是"怎样通过阅读培养孩子的语文能力"。张晓楠向我提的几个问题都非常具体。第一个问题是:"父母在和孩子一起阅读《幼儿画报》时,'指读'(边指边读)是不是一种很好的阅读方式?"这应该是一个很小的阅读方法的问题,但是她提出来了。这个问题我之前没怎么想过,过去记者采访我从来没提过这么具体的专业问题,但她提出来了,我觉得这个问题提得非常好。第二个问题是:"目前,有很多家长在教孩子读古诗,在这个过程中应注意什么?"第三个问题是:"您是否认为让孩子自己编讲故事,对于他们语文能力的提升有很大帮助?"最后一个问题是:"您最近一直忙于小学语文教材的审查工作,能否谈一谈,小学低年级语文课程主要培养什么?"

从张晓楠提出的这些问题我找到一些线索,她实际上已经注意到孩子从幼儿园到小学的衔接问题,不过,她并没有明确地说出来,而是用采访的形式向我透露。她在向我提问题的时候,已经把《幼儿画报》要办成什么样的刊物,想得比较清楚了。

后来这篇采访张晓楠加了标题和按语,发在《幼儿画报》上,叫《在阅读中培养幼儿的语文能力》[①]。按语里说:"幼儿的成长过程,是一个不断学习的过程。我们提倡快乐学习,从幼儿园升到小学,对幼儿、对家长,都是一个艰难的衔接过程,但我们能够让这种衔接自然而快乐。"她加的标题和按语,说明她办《幼儿画报》的宗旨,就是要通过阅读来完成幼小衔接中幼儿语文能力的培养,而且她提倡快乐阅读、快乐学习,使幼小衔接成为自然而快乐的。这篇访谈,我收进了我的幼儿文学评论集《幼儿的启蒙文学》里。

"幼小衔接"的办刊理念提出来以后,我们的创作发生了很大的变化。如果说过去我们刚开始从事婴儿文学、幼儿文学创作的时候,可能追求更多的是作品的文学性、艺术性、儿童性,那么等到张晓楠她们去幼儿园老师、家长中间做了大量调研工作,根据孩子们的需要做出了好多接地气的策划之后,我们知道了当时的幼儿园里经常发生什么样的事情,孩子们在自我保护方面、习惯养成方面经常发生什么样的事情,等等,然后,我们就更重视作品中的教育性了。

---

① 原载于《幼儿画报》2003年第1—2期,后收录在《幼儿的启蒙文学:金波幼儿文学评论集》中,2005年1月接力出版社出版。

二十多年来，如果要总结"男婴笔会"的创作过程，我觉得张晓楠是起了决定性作用的。对于我们这几个人适不适合《幼儿画报》，我们几个之间该怎么合作，她有一个大致的思路。在合作过程中，我们逐渐形成了既发挥每个人的特长，又互相合作、互相补充的工作方式。我觉得张晓楠作为主编，实际上是"男婴笔会"整体活动的引路人，她提出了《幼儿画报》的办刊宗旨，我们用创作实践了、丰富了这个办刊宗旨。

刘丙钧："男婴笔会"的「5+1」

"男婴笔会"的产生，应该得益于葛冰负责《婴儿画报》的文字编辑工作后所做的一种无意识推动。在调到《婴儿画报》之前，葛冰就已经很有名气了。到了《婴儿画报》以后，以他自身的文学素养来看，原来《婴儿画报》约来的稿子，在他那儿肯定过不了关，注定不能用。吴带生是《婴儿画报》的主编，他是画家，稿子上的事基本交由葛冰负责。自己有想法，主编又放手，葛冰肯定要对原来的《婴儿画报》进行改造，让比较成熟的儿童文学作家介入婴幼儿文学这一板块，使《婴儿画报》的质量和影响力上一个台阶。所以，他找了包括我们几个人在内的一批作家。我记得葛冰第一次组织的笔会是在华利通大厦开的。当时很多人感觉葛冰到《婴儿画报》当普通编辑是大材小用了，但是现在都理解了，葛冰到《婴儿画报》真的是大材大用。

后来，时间不长，可能不到一年时间吧，葛冰组织过一两次笔会之后，张晓楠就来了。她把笔会这种始于葛冰的运作方式加以提升，并组织化和系统化，使其成为《幼儿画报》以及后来的"中少大低幼"组织创作的一种模式。如果说，笔会在葛冰那里是一个萌芽，那么张晓楠则使它长成了一棵树，再通过长期的培养，使"男婴笔会"成为一种很有价值、很有意义的文化景观。

张晓楠给我印象最深的是，她为人特别低调。2015年我在《新民晚报》发表的那组小诗标题叫《与男婴五友》。为什么是"五友"呢？除了金波、高洪波、白冰、葛冰外，还有一个就是张晓楠。写给张晓楠的这首叫《与大隐者》："初识君时君少语，一作鸣飞栖凤枝。男婴十载凭君力，波兄戏谓小难题。"为什么管张晓楠叫"大隐者"？因为她平常话不多，不爱抛头露面，几乎不接受采访，有点儿大隐隐于市的意思。

张晓楠为人低调，做事却特别高调。她三十岁刚出头就当了《幼儿画报》主编，在中少总社当时的"5报11刊"[①]里，是最年轻的主编，

---

① 中少总社的品牌期刊群，2017年后增至5报13刊。

所以我说她"一作鸣飞栖凤枝"。在办幼儿刊物方面，直接下沉到幼儿园对接市场的，她是第一个；组织作家这么长时间写"命题作文"的，她也是第一个；把低幼的书、报、刊、电子音像、衍生产品全部打通，做全产业链出版的，她也是第一个；策划"美丽中国·从家乡出发"这种大套系低幼主题图书的，她好像也是第一个。好多开风气之先的事，都是她做的。

总之，"男婴笔会"不只是我们五个作家，实际上是"5+1"。这个"1"，就是张晓楠。她作为黏合剂，促成了"男婴笔会"。说实在的，大家都各忙各的，都有一摊子事，如果离开了《幼儿画报》，我们这几个人依然是朋友，但是就没有人为《幼儿画报》组稿这件事把我们召集在一起，就没有"男婴笔会"了。所以，我说"男婴十载凭君力"，张晓楠的确是功不可没的。

还有就是跟《幼儿画报》以及后来的"大低幼"整个团队的合作。"男婴笔会"之所以这么多年能坚持下来，一直做到成功，不仅是"男婴笔会"这几个人的功劳，还是我们几个作家与整个"大低幼"团队共同努力的成果。其中，编辑起了很大的作用。

编辑与作者之间的关系，不仅仅是组稿，从作者的角度考虑问题也特别重要，而且最好能帮助作者做一些辅助工作，包括提供选题的背景资料，帮助作者搜集素材，为作者准备相关的知识性文件。在这些方面，"大低幼"的编辑们做得特别周到，好些前期的准备工作，都是他们帮助作者来完成的。特别是写作需要的资料，他们不光是收集，而且是核实整理好之后再提供给作者的，准确性、科学性都很强，非常翔实，作者用起来非常放心，为我们节省了时间。

高洪波：一种特殊的互动模式

"男婴笔会"这样的团队能够持续二十多年，始终为两本刊物、为婴儿和幼儿写作，在中国当代儿童文学史上、中国少儿出版史上，甚至在中国文化史上都是没有的。

这个团队有点儿像"扬州八怪"。"扬州八怪"实际上是由十多个扬州画家组成的，但是以八个人为主。参加过"男婴笔会"的作家也有十多位，其中还有几位女作家，但一直坚持下来的，只有金波、白冰、葛冰、刘丙钧和我，五个人。所以，"男婴笔会"的命名基本准确。

我们这五个人之所以能坚持下来，一是我们都是多年的老朋友；二是居住地又都在北京，不用到外地，聚到一起方便。更重要的是，还涉及主题创作，也就是"命题作文"问题。

张晓楠接手时，正好是《幼儿画报》发行量下滑比较厉害的时候，已经到了创刊以来的最低点。这个时候，张晓楠开始调整办刊方针，想让《幼儿画报》"上接天、下接地"。上接天，是指与教育部印发的《幼儿园教育指导纲要》对接；下接地，是和幼儿园老师、幼教专业工作者和家长进行直接交流，到幼儿园里去找选题。

当时还实行独生子女政策，每个家庭的孩子都很金贵，都是家庭的中心，怎么呵护孩子成长，家长都很关心。张晓楠觉得，《幼儿画报》必须办得跟孩子更贴近，跟家长更贴近，要和孩子的生活相关。比如涉及孩子的饮食，《幼儿画报》有《红袋鼠美食屋》；涉及孩子的安全，《幼儿画报》有《红袋鼠的自我保护故事》；等等。这些栏目都特别接地气。

《幼儿画报》还有一些栏目涉及孩子对优秀传统文化的认知，涉及孩子的价值观启蒙，要求作家围绕这些主题进行创作。在这种情况下，我们的创作进入一种拿张晓楠名字开玩笑、戏称写"小难题"的状态。

"小难题"也是我命名的，因为张晓楠经常给我们安排"命题作文"。操作方式是责任编辑提前一个月把《幼儿画报》的约稿单发到作家的邮箱里，让作家先考虑、构思。因为笔会时间有限，一般也就是两三天。每个作家都有专人负责联系。约稿单里不光有题目，写作要求也很明确，每个题目对人物形象、字数、语言风格都有具体要求，写得非常细。同时，还提供相关的信息，把作家在创作中有可能涉及的知识点都囊括了。总之，约稿单是非常完整的一套材料。那些编辑大部分都是女性，他们工作都很认真，而且他们也受过专业训练，好多都有教育、美术或者儿童文学的专业背景，他们的工作给我们创作人员提供了写作上的很大便利。

我们在家里构思得差不多了，有的已经有了初稿，然后就来开笔会。开笔会的时候，把在家里写的东西带过去，大家带着稿子共同来讨论，哪些需要补充、修改，作者再根据大家商量的意见去改稿，一个故事就出来了。然后编辑就拿去录入，录入完成了就找画家。就这么一个流程，二十多年来都是这样。这次笔会结束了，休息个把月，编辑又把下一次笔会的题目发过来，基本上两个月左右开一次笔会。

2005年2月至2006年1月我在中央党校学习了一年，后来出了一本书叫《中央党校日记》[①]，记录了这一年的重要活动。2005年7月4日这篇日记记录的是："为《幼儿画报》撰写2006年稿件，与金波、白冰、葛冰、刘丙钧及张晓楠等聚集在昌平浩华生态园。连续两日写成童话十七篇，童谣十二首，同时垂钓草鱼四条（脱钩四条）。紧张中有松弛。"一次笔会就写这么多东西，原稿、打印稿我都还保留着。

《中央党校日记》这本书在当时挺有名，影响很大。我在中央党校学习的这一年活动非常多，但还记录了两次"男婴笔会"的活动，可见"男婴笔会"在我生活中的重要性。

---

① 《中央党校日记》，2010年6月人民文学出版社出版。

我们还无数次到幼儿园去和孩子们互动。我记得在北京参加过好多次幼儿园的活动；外地的，到广西时去过幼儿园，到福建做活动时也去过；2019 年在陕西开会，也去了幼儿园，和一帮孩子互动。

2014 年到蓝天幼儿园的活动特别有意思，除了我们五个外，画家郁蓉和棋手谢军也来了。那是我第一次见郁蓉，她一进来我就跟她握手，说园长你好，她说我不是园长。我看郁蓉是女同志，年龄四十岁上下，以为她就是园长。后来进来一个空军女上校，人家才是园长。上校园长我还是第一次见到。谢军是女子国际象棋世界冠军，她跟我们一起参加过好多次活动。《幼儿画报》有她主持的一个推广国际象棋的栏目，我写过好几篇关于国际象棋的童话，都是因为她。国际象棋我不太会下，但是也努力地把那几篇童话完成了。之前我没有进过幼儿园，给《儿童文学》写作的时候，也没有进过校园。给《幼儿画报》写作后，进幼儿园已经是常态。我们这几个作家跟着编辑进幼儿园，都觉得是很正常的事情了。跟孩子们接触，大家也很快乐、很开心。幼儿园的好多老师、孩子、家长提供了一些生活中的特殊问题，有些我们是想象不到的，《幼儿画报》的编辑都能提炼成选题。

"命题作文"是办刊人和作家之间、刊物和读者之间一种特殊的互动模式，在家长群、教育界和幼儿园里寻找创作的主题，由作家根据主题创作出文学性、儿童性、教育性统一的幼儿文学作品，再让这些作品在孩子、家长、老师的阅读当中发挥它们的审美、教育功能。有很多作家不接受《幼儿画报》的互动模式，或者适应不了这种模式，一看编辑给的题目，就觉得特别没意思，很枯燥、很乏味。

我们开始也是别别扭扭地接受的。为什么张晓楠的外号叫"小难题"？因为她专门给我们出难题。写这些东西很难，但是幸亏有了大量的幼儿园调研资料，有了幼教专家的参与，还有葛冰想象力超拔的头脑。葛冰有时候会和我们一起谈他的构思，也会给我们出点子，大家都有创作经验，又都在琢磨"小难题"，一点就通，后来就越写越顺了。

白冰：空间、平台和机会

在"男婴笔会"这二十多年，我发表的作品一共是679篇，平均每年大约30篇，占到我这二十多年创作的全部幼儿文学作品的90%左右。葛冰最多，有2000多篇；高洪波也不少，可能有1000多篇。因为我还有出版社总编辑的工作，经常在他们写作的时候还要继续工作，忙着打工作电话、看稿子，所以，有时候分配稿子，就少给我几篇。

那么多年，我之所以能坚持下来，要感谢"大低幼"，要感谢"男婴笔会"整个团队，要感谢张晓楠。如果光为自己，完全没有必要参加笔会。最早的时候是张晓楠引领我们，我们是被动的，到后来我们是欲罢不能，已经完全沉浸在幼儿文学事业当中了。我也知道社（接力出版社）里有好多工作，而笔会一开就是两三天，有时候还要多耽搁一两天时间，会耽误工作，但我没有办法不来，因为可能又有新的挑战，又要给孩子写让他们感兴趣的东西啦。另外，我们五个人，只要有一个人不来参会，其他几个人就会抓耳挠腮，无法静心创作，所以必须去。不是为了自己去，而是为了整个团队，为了"大低幼"和婴幼儿文学，必须去。

我参加"男婴笔会"是被张晓楠打动的。怎么说呢？因为我喜欢儿童文学，之所以从作家出版社来到接力出版社，主要是想把自己的爱好与自己的职业、工作结合起来。我觉得这是最完美、最幸福的。张晓楠来找我的时候，我的这个理想还没实现，因为作家出版社是中国作协的直属出版机构，要考虑中国文学创作全局，不可能以出版儿童文学图书为主。所以，张晓楠当上《幼儿画报》主编后来找我，说："白冰老师，我们一起给孩子做点事吧。"一下就打动了我。

张晓楠不为名、不为利，确实想为孩子做事。比如说，她很少接受采访，"男婴笔会"合影，她经常在镜头之外，想拍她只能偷拍。但只要你是为了给孩子写东西，为了把作品写好，提什么要求都行，张晓楠和她的团队都尽可能满足你。为了让你写好游戏同名书,就把所有游戏软件都提供给你,还让编辑手把手教你体验游戏;为了让你写好幼儿园老师给出的题目,一篇几百字、千把字的作品,她让编辑给你搜集的资料有时可能是几万字,让你觉得不写好都对不起她和编辑。

  我们几个也是认真为孩子做事的人,只要是孩子的事,那就是天大的事,别的事可以不做,这个事一定要做。同时,我们几个也都是追求完美的人,对写作的态度都是:要么不写,要写就必须写好;事情要么不做,要做就做到极致。张晓楠恰好也是这种性格,所以我们能在一起合作。

  在工作风格上,张晓楠最大的特点是韧性十足,能以柔克刚,不管做什么事一定要做成,而且从来不拍桌子不瞪眼,轻轻松松就把要做的事做成了,这点是很了不起的。经常有新的选题,我们可能感觉不能写。她不管你们怎么说,这次你不写,下次还让你写,下次你不写,下下次还要再让你写,直到你把这个选题写出来。比如说"植物大战僵尸"这个选题,我们看了之后,觉得太难了,用引进的游戏形象做原创,这怎么可能呢?她就把游戏软件、游戏攻略给我们全部下载好,说以后咱们不提这件事了,你们回去玩玩吧。于是,我们就开始玩游戏。玩起来之后,对游戏有点儿感觉了,下次开笔会她又把选题拿出来了,我们还是感觉难;到第三次笔会她再拿出来,我们终于开始写了。

  张晓楠有很多以柔克刚的办法。比如我们在宾馆住下,写了一天,到晚上九点多十点，刚想睡觉，张晓楠派的编辑就来敲门了，端着个盘子或者拎个塑料袋，说吃点水果吧，喝点酸奶吧。喝点酸奶后还得继续努力，继续奋斗，有时候写到下半夜两三点才睡。早晨本来想睡个懒觉，不去吃早餐，编辑早上七点半就来敲门说"吃饭了"，表面上很关心，实际上是怕我们睡懒觉，一个上午的创作时间就过去了。所以，后来一来送酸奶的，我们就说，又来送草，该挤奶了——开玩笑，我们那时候爱一起开玩笑。

  张晓楠和我们在一起的时候，总是有一些奇思异想，比如，她提出做刊物一定要有形象。在她的倡议下，我们一起为《幼儿画报》设计了红袋鼠、火帽子、跳跳蛙、草莓兔、丁当狗、呼噜猪这一系列形象，为《婴儿画报》设计了乐乐、悠悠的形象。这些形象的设计，为我们拓展了幼儿文学的创作空间，因为有了形象，才可能出系列故事，才能用系列故事去吸引和留住读者，才能以形象为品牌做图书，做电子读物，做IP，最后形成系列产品。我们也特别愿意来创作这些形象，因为通过我们的作品，这些形象被读者记住了，就是我们对幼儿文学的贡献。说实话，写的过程，酸甜苦辣都有，有时候甚至不想写了，但是想到已经有这些家喻户晓的形象了，每个月都有将近200万册《幼儿画报》在宣传这个形象，我们就觉得值得写。推出系列幼儿文学形象，这也是张晓楠不得了的地方。

  张晓楠作为《幼儿画报》主编，对刊物内容既要求在艺术上创新，同时又要让读者喜爱，她在幼儿文学上的这种坚持，对我们提出了挑战,所以高洪波说是"小难题"。但坚持下来,实际上给了我们很大的创作空间,给了我们一个平台、一个机会,任何一个作家都没有理由不珍惜这个机会。就幼儿文学创作而言,对于我们几个,离开"大低幼"这个平台,我们很难做成什么。

"男婴笔会"能够坚持二十多年,以笔会的形式,让读者、作者、编辑三方进行交流,让《幼儿画报》每月发行量能够从15万册做到将近200万册,太不容易了。这个过程,实际上是一个让《幼儿画报》更接地气,能够更好地服务于读者的过程。

"男婴笔会"作家和编辑(左起:王仁芳、齐菁、李慧远)

"男婴"团队为金波先生庆生（白冰摄影）
（左起：葛冰、刘丙钧、李学谦、金波、张晓楠、高洪波）

＊"男婴"团队不仅是五位作家，背后还有强大的编辑出版团队，在工作中他们是并肩的伙伴，生活中他们亲如家人。

第四章 艺术民主的氛围

高洪波：艺术民主中的集体智慧

  我们几个人风格不一样。我的风格是比较幽默的，而且始终坚持幽默的写作风格。金波老师作品的风格比较富有诗意，他特别擅长写一些温馨的、优美的睡前故事。他还是写儿童诗、散文诗的高手，他自己喜欢写，我们也比较推崇他。葛冰呢，善于写一些想象力很丰富的童话故事。他有好多好点子，有时候帮我们设计一个小细节，一下子就能使故事变得生动起来。这是葛冰的强项。刘丙钧的风格也比较有诗意，擅长给婴幼儿写很温馨的小故事。但是他在我们这个团队里比较低调，童话可能不如我们写得多，因为他自己还开茶馆。白冰是诗意和幽默兼而有之，有时候他也挺幽默，但是不像我，处处都表现这种幽默。他的儿童文学观和我不太一样，我主张儿童文学是快乐文学，他认为更高级的审美快乐是"审悲"，可以给少年读者一些悲伤的作品。

  正是因为有了这些不一样，再加上原来的友情基础，我们五个人组成了一个互助互补的团队。我们几个人的稿子，大家可以互相批评、表扬，每个人的稿子都可以改，没有什么忌讳。这也是"男婴笔会"能存续二十多年的一个重要原因。

我们当时的创作方法是，开笔会时，每个人都要把写出来的东西在会上给大家念一下，没来得及写出来的，也要把构思说一说，然后大家讨论、补充、相互提意见，力争让每一篇作品达到更高的标准。有的作家适应这种方式，有的作家不适应。但是，我们五个人好像很适应。

白冰写完东西之后很兴奋，经常读给大家听，希望大家夸他的作品是"经典"。我们经常先承认了是"经典"后，再挑他的错，他马上就改。金波老师比较矜持，他会在会上说自己写的故事，希望大家帮他丰富一下，大家就给他出点子，他也接受，自己去改。我通常会在会上念我的稿子，有时候被他们嘲笑，嘲笑之后讨论该不该改。如果我认为不该改，也可以坚持一下自己的艺术主张；如果大家不认可，那么我也会认真去改。有时候写儿歌，为了追求押韵，没有契合约稿要求，这时可能会和责任编辑出现争执。有时候人家改得有道理，我也就认可，需要他们相应调整的，我也会提出来。我的稿子经常被改，不像老舍当年说"动我一字，男盗女娼"。

我们几个经常拿这个文坛掌故说着玩，意思是让别人给自己提意见时嘴下留情，但实际上大家该怎么说还怎么说，自己的稿子该怎么改还怎么改，只要孩子们阅读的时候不误读就行。我们的最终目的是让《婴儿画报》《幼儿画报》走进孩子的心灵，帮助孩子健康成长，改稿子是为了刊物的质量，为了孩子。所以，在艺术民主方面，大家都放得很开，"不能动泰斗级作家的稿子"的顾虑，在我们笔会上没有。大家都非常平等，团队气氛一直非常好。

我们习惯了互相切磋。谁遇到困难了，别人就帮他出点子，或者干脆把自己想到的点子写下来交给他。大家吃早饭的时候七嘴八舌说一通，他一听，说好，我就这么写，难题一下子就解开了。要是一个人在屋里，就是苦思冥想也不一定想得出来。几个人在一起互相出点子，思路就打开了。我们给"大低幼"写的很多作品，署的是个人的名字，但有集体的创作智慧。

我们快乐地写作，因为孩子们需要这种快乐；我们营造了一种"男婴笔会"的特殊氛围，在这个集体里，艺术民主是前提，无私奉献是首选，相互信任是基础，和谐相处是天性。

葛冰：争论、碰撞、启发

我们这五个人怎么能二十几年的时间在一块儿创作，保持了这么长的时间？我也在琢磨。我举自己的例子来讲吧。都说"文人相轻"，过去我也一样，认为自己写的东西好，固执己见，不希望别人否定自己。

但是后来在"男婴笔会"里，我变得特别善于吸收。别人给我提了意见，哪怕把我的稿子给否了，我听到以后也会非常冷静，把别人意见里好的东西筛选出来作为参考。我发现，参考了别人的意见，我还真写出来不少好东西。这种思想上的变化，是我在"男婴笔会"里一个非常大的收获。

"男婴笔会"的运作方式是：第一步，个人独自创作，自己写自己的，这跟一般的写稿没有什么不同；最厉害的是第二步，每次每个人把作品拿出来以后，开会讨论，是骡子是马拉出来遛遛，等于每次写完初稿都要开一次文学批评会、审稿会。

文人有一个特点，喜欢听表扬，不喜欢听批评。"男婴笔会"开会不一样，每次开会都充分讨论，横挑鼻子竖挑眼。"男婴笔会"这几个人身份不同，金波老师名望特别高，高洪波是中国作协副主席，白冰是总编辑，我和刘丙钧算是"白丁"，不过多少也有点儿名气。但是一到了"男婴笔会"这个团体里面，这些身份全没了，特别平等，真的忘了谁是作协副主席，谁是教授，谁是总编辑了，大家只认作品不认人。

在笔会上，我们否定的作品太多了，可以说，所有发表出来的稿子都改过，很少有一次就通过的。在笔会上，所有的稿子大家都可以互相提意见，语言啊，故事构思啊，方方面面都可以提意见，还可以否定。我们每个人都经历过稿子被否定的事情。我们从来没有考虑过这篇稿子是谁写的，该不该提意见，根本没考虑这些。讨论的是稿子嘛，只说这篇稿子好不好，哪些地方该修改。

有时候大家争论得特别厉害，都认为自己写得好，都认为自己的意见对；有时候否定某一篇稿子，否定得非常彻底，甚至相互调侃、嘲笑。这些人在外边都是有头有脸的人，到哪儿都让人特别尊敬，从来没有遇到过在这儿的这种情况。但是最后大家达成了一致，争论完了就过去了；会上吵得厉害，过了一会儿，到吃饭的时候就好了，没事了，还都挺高兴。

为什么争论完大家还挺高兴呢？因为争论的目的不是否定，是启发，"启发"是最关键的。我给你提意见，觉得你这个东西不行的时候，一定会给出我认为应该怎么样才行的建议，而不是单纯说你这个稿子不行。另外，我们讨论的时候，编辑都在旁边听着，有时候也会根据读者对刊物的反馈意见，说说读者对这篇稿子可能会有什么样的反应，这对我们也是一种参考。

我们不光相互提意见，而且相互出主意。笔会有两种交流方式。一种是每个人在会上念自己的稿子，大家听，听完了以后互相提意见。还有一种是私底下交流——我们一个人一个房间，有时候我到别人房间去，有时候别人到我的房间来，讲这个稿子怎么样，那个稿子怎么样，互相启发，然后再写。这就是互相取长补短了。写故事也好，写儿歌也好，我们彼此都无私地把自己的构思讲出来，互相出主意，发挥各自所长。比如说写诗吧，白冰、高洪波、金波都帮我改过诗句，有时候一句就改两三遍。写故事呢，我也都给他们提过建议，说说故事的构思之类的。

听意见的人不是照着别人说的点子写，而是受别人的点子启发，思路一下子打开了。这个特别关键。有的时候我们写东西，思路往往僵在那儿，钻进牛角尖怎么也出不来，别人一点拨，把窗户纸给捅破了，自己就能写了。经常有这种情况，别人出了个点子，自己受到启发，想到了更好的点子。

这种相互碰撞、相互包容、相互信任、相互提携的气氛，我觉得只有在"男婴笔会"有，这是一个特别的气场。

可贵在哪里呢？我们每次开笔会讨论，实际上是一篇作品有一大群编辑帮助作者修改提高。一般的编辑能进行最简单的文字修改，好编辑还能找出作品的毛病，给作者提出修改建议。我们参加笔会的这五个人，本身会创作，又有一定的文学修养，五个人里有四个是当过职业编辑的，金波老师主编过很多书，编辑经验也很丰富。可以说，我们五人个个都是高级编辑。所以想想看，一个人的作品，后面有一个高级编辑群体在帮助你找毛病，在帮助你修改作品，作品质量还能没保证吗？有的教育主题写过多少次了，故事越编越难，但是我们还是能写出来。

原来我不会写诗，加入"男婴笔会"以后会写诗了，也是靠他们几个。他们都说我能出点子，的确我也出了不少点子，他们也帮了我很多。有时候，编辑要求每个故事后面要编一首小诗或者儿歌，方便孩子记忆。我没写过诗，费半天劲弄出来以后，一上会，他们几个说你这个诗不行啊，应该怎么改，有时候干脆前两句三句都帮你写出来了。这么无私，在文人之间是特别少见的，"男婴笔会"做到了。

我觉得,"男婴笔会"这种氛围,就像创作中的原始共产主义。一进入"男婴笔会"的氛围里,创作就是集体的,没有谁说这是你的、那是我的,大家都不讲名利,所有的私心全没了,没有一个人是只想自己的。大家在一起,真的就是为了写出好的幼儿文学作品。为婴幼儿写作是神圣的,最容不得私心。在"男婴笔会"里,心灵都是无私的、纯净的,我们在一起之所以能维持那么长时间,这一点挺关键的。

所以,在这样的氛围中出来的作品,既是每个人独立创作的,同时也是大家增砖添瓦之后升华了的。这种运作方式,决定了"男婴笔会"不光能为一两本刊物服务,塑造一两个形象,而且能够为整个"大低幼"服务,塑造一系列的形象,这是单打独斗的作家很难做到的。

白冰:有商有量,取长补短

我们几个在一起时间长了,对一些问题的看法、价值观,都非常一致。最关键的是,我们在一起创作的时候不分彼此、不分你我。比如,我提了一个创意非常好,但是刘丙钧认为这个创意他来写更合适,没关系,这个创意就让他完成吧,我再想别的去;我写故事的时候,构思遇到问题了，就去敲葛冰的门，说这个东西太难写了，比如"不能挖鼻孔"这种题材，我已经写了五遍，第六遍太难写了，葛冰帮我出一个点子，故事的构思就出来了。

我们的作品都写完了以后，大家就一起讨论，这篇东西怎么改更好，大家有什么说什么，谁也没有什么顾忌。比如对金波老师，我们也都斗胆说真话。

金波老师在儿童文学界是旗手，引领儿童诗创作那么多年了，我从事儿童文学创作，受金波老师的影响比较大。我读的第一本儿童诗集就是金波老师的《回声》，那时我还在上中学。读了之后，我觉得这诗太美了，读起来朗朗上口，让人觉得语言竟然可以这么美，还给人想象和温情，太棒了。我自己也就开始练习写诗。在我这里，金波老师是偶像级的，但他特别谦虚，写完东西，如果编辑有意见，或者别人说怎样写更好，他马上去改。

金波老师对我们的作品，也会说这个韵脚怎么改，或者这个句子怎么调整更好。大家从来都是无私的，只想到这些作品是属于孩子们的，很少想到这个作品是谁写的。

我们几个坐在一起有商有量，互相出主意，取长补短。我想，这一点也是"男婴笔会"能够维持这么多年的原因吧！

刘丙钧：互相宽容、互相信任

"男婴笔会"这种文学现象，再出现恐怕很难了。我们这几个人性格各异，但为人、品质都比较好，都与人为善，能互相理解，互相包容甚至宽容。在文学观和教育观方面，我们都比较一致，虽然每个人的个性和写作风格不太一样，但是我们相互之间都有几十年的交情，在一起就是朋友，没什么身份上的区别。这些因素缺少哪个都不行，在这个基础上才有"男婴笔会"。

我们这几个人，互相之间说什么都没关系，怎么说都可以。每次开笔会我们都相互提意见，有时甚至争论，但谁都不往心里去，因为大家都知道争论是只对作品不对人，是为了让孩子能读到更好的作品。

稿子通不过的情况也很常见。张晓楠更多的是从她的刊物定位和读者需求的角度来看稿子，当然她也能理解作家对文学性的追求。我们作为作者，对张晓楠考虑的这些问题，肯定理解不到那么高的程度，对读者需求没那么敏感，有些东西写出来达不到命题的要求，和实用性好像不太吻合，这很正常。所以，"命题作文"式的这种写作，作家和编辑需要反复磨合。这也是"男婴笔会"的一个特点。我们每个人的稿子都有通不过的时候，都有被要求修改的时候，不会因为你名气大就将就着用。当然，如果稿子不是离主题太远，编辑也不轻易否定，编、创之间，大家互相宽容、互相信任。

　　回过头来想，一个作者不管是谁，很多时候就是自己写东西——自由发挥的那种，也有写着写着，自己就觉得这个东西写得不行，没写完就扔一边的情况，说不定什么时候拾起来再接着写。我写的东西，投稿命中率还挺高的，但也有不少自己拿不准的半成品。"命题作文"不能有半成品，不能写一半先搁下，哪天想起来再接着写，因为刊物有出版时限，孩子等着看，咱得负责任。所以，改稿，甚至推倒重来，在"男婴笔会"是挺正常的事，我们都习以为常。

　　说起"男婴笔会"这二十多年，还有一点是我们在创作上也互相影响。我们五个人里面，四个是写诗起家的，高洪波、金波、白冰和我一开始都是写诗的。葛冰从来没有写过诗歌，但是后来受我们影响，也写儿歌，写得也不错。最后我们在创作上占最大比重、花最大精力的，都是童话，在童话这个领域会合了。

金波：文人宜散也宜聚

文学创作要是从文人的角度来看，宜散不宜聚。文人相轻，所以不能相聚。但是，"男婴笔会"彻底地推翻了这个所谓的规律，说明"文人宜散也宜聚"。

为什么能推翻这个所谓的规律？我觉得可以从我们所从事的文学样式里找原因。儿童文学这个样式是给孩子写的，这一点决定了作者的心态或者培养了作者的心态，让作者的心理状态要适应这个样式的写作要求。

我们为孩子写作，跟为成人写作是不一样的。为成人写作，作家可以放开了写。为孩子写作就得照顾到孩子的接受能力，要回到孩子的视角上来。所以，开笔会的时候，我们一进入创作状态，脑子里全是孩子。大家一谈起来，哪怕是"小难题"，也是很愉快地商量怎么完成这个题目。我们努力的目标虽然没有说出来，但都觉得我们完全是为了孩子们，心里有一种很神圣的感觉，名利什么的，都没想。所以，大家绝没有保守的念头。

大家都是无私为孩子，彼此也就没有著作权属于谁的想法。有时看自己的稿子，最后的定稿跟初稿比，整个换了一遍，可能文字是我写的，作者署名也是我，但构思是葛冰的，葛冰替我想的故事，因为按我原来的构思故事编不下去了。葛冰故事里的儿歌，我们也替他改，甚至替他写，后面葛冰儿歌写得也不错。儿歌要押韵，有时一首儿歌里哪一句我押不上韵了，在会上一念，大伙听完就说，应该是用哪句话或者换个什么词押韵。有时候他们即兴说的也不行，我就说你这个还不如我原来的呢，但是大伙还接着说，接着出主意，一来二去，问题就解决了。我们几个经常是这样。

"米莉茉莉的故事"原来只有米莉、茉莉这两个形象，一个是白人女孩，一个是黑人女孩，后来我们又增加了一个莉莉，是中国女孩。这是我们的创作，用别人的形象，创作全新的故事；不仅创新，我们还发展了故事里的形象，增加了本土化的新形象。说起莉莉这个形象，我还写过一篇被否定的稿子。我写的是什么呢？写米莉、茉莉、莉莉三个女孩，找了一个邻居的男孩跟她们一块儿干活儿。突然，男孩不小心把莉莉的脑门给磕破了。莉莉说，完了，我会留下疤痕，长大了可能很难看。这个男孩说了一句话，说你丑点没关系，将来我跟你结婚。我写的就是这个故事，结果被他们否了。我自己还挺得意这个故事，我觉得幼儿没有太明确的性别意识，幼儿说结婚跟咱们成人理解的也不一样，就是单纯地表示诚恳和友好。结果他们给否了，而且还没有一个人替我说话，说我这篇稿子忽视女权，还容易诱发早恋。

我有点儿不服气，但也没办法，说那就听你们的，拿掉吧。这个稿子我现在还留着呢。我们几个人就是这样，稿子给你否定了，帽子还很大，但谁都不往心里去。我觉得大家提的意见不管你接受不接受，反正也代表了一种意向，至少能激发你思考。能从别人的意见里激发自己的思考，我觉得也是很好的。

左起：白冰、金波

树和喜鹊

　　从前,这里有一棵树,树上只有一个鸟窝,鸟窝里只有一只喜鹊。

　　树很孤单,喜鹊也很孤单。

　　后来,这里种了好多好多树,每棵树上都有鸟窝,每个鸟窝里都有喜鹊。

　　树有了邻居,喜鹊也有了邻居。

　　每天,天亮了,喜鹊们叽叽喳喳叫几声,打着招呼一起飞出去了。

　　天黑了,他们又叽叽喳喳地一起飞回窝里,安安静静地睡觉了。

　　树很快乐,喜鹊也很快乐。

金波手迹

第二编

「男婴笔会」的创作

第五章 从自由写作到"戴着镣铐跳舞"

高洪波："男婴笔会"的早期图像

我给《幼儿画报》写稿，从 20 世纪 80 年代就开始了。我记得当时《幼儿画报》副主编叫王明明，她老伴儿在中国作协所属的《人民文学》杂志工作，算是作协的家属，我们都给她投过稿。后来陈秋影当《幼儿画报》主编，我们也投过稿。但那都是个人行为，纯粹从自己的爱好出发写作投稿，跟刊物的关系也没后来这二十多年这么密切，没有作为一个团队成建制进入到《幼儿画报》的内容创作中。

婴幼儿文学真正引起我的重视，是从葛冰和吴带生这两位老编辑开始的，真是要感谢他们。《婴儿画报》向我们组稿始于 1999 年 4 月，最初在华利通大厦，他俩组织了第一次笔会，出席者有金波、白冰、刘丙钧、武玉桂、北董和我，都是大老爷们儿，在一起给"小不点儿"写童话、儿歌，一写就是供刊物使用一年的作品。我重视婴幼儿文学就是从那时开始的。

没多久，张晓楠到了《幼儿画报》，她迅速接管笔会，发展成"男婴笔会"。我记得第一次见面，她还请我们去打保龄球——那时还流行保龄球呢，到处是保龄球馆，后来保龄球馆不知道为什么突然就没有了。特别有意思的是，张晓楠根本就不会打保龄球，动作还挺笨，一扔球摔一个跟头，连人带球都扔出去了，被我嘲笑半天。这几个人里，就我和刘丙钧打得比较好，其他人都不行。

关于"男婴笔会"的早期形态，我从自己保存的资料里找到了四张珍贵的老照片。之所以珍贵，关键在于照片背面还记下了照片中每个人的名字，这等于是把"男婴笔会"最早的参与者从姓名到形象都记录下来了。那个时候手机还没有拍照功能，照相不像现在这么方便，是谁照的我忘了。我一共找到了四张，纯粹是为了回忆"男婴笔会"的早期形态。这是很珍贵的资料，展现了"男婴笔会"的早期图像。

当然照片里还缺了几个人，因为这几张只是一次活动的照片。早期"男婴笔会"的活动除了我们五个人外，还有其他人参加，我记得还有几个女作家也参加了，杨红樱、秦文君、郑春华都参加过，河北的作家北董、武玉桂和吉林的作家张洪波也参加了几次。再加上葛冰和吴带生两位《婴儿画报》的编辑。所以，"男婴笔会"最初的萌芽状态应该是源于葛冰和吴带生，人员构成也有那么一批，就像我们的照片上看到的那样。

"男婴笔会"最早聚会的华利通大厦还是我联系的，每次开笔会，我们去那儿住。华利通大厦在石景山，当时那里还是城乡接合部，环境和招待所的条件都很一般，但是能保证一人一间房，伙食还行，价格也不贵，服务也很周到。招待所还有一个保龄球馆，我们可以比赛打保龄球，我记得当时唯一的娱乐就是打保龄球。我们在华利通大厦住了很多次，印象很深刻。

现在回想，在华利通大厦那个时期，开笔会的目的就是让大家写东西，没有具体的要求，大家根据自己的兴趣，发挥自己的想象，写自己喜欢、开心的作品，是一种自由写作的状态。作品拿出来后，大家在一起讨论，通过了，编辑就采用。这个时期开笔会，编辑不出题目，没有后来我说的"命题作文"，就是编辑部为了组稿，把大家聚在一起，写几篇东西就完了。这是"男婴笔会"早期的形态。

张晓楠接手《幼儿画报》以后，因为刚当上主编，她的办刊思路还不是特别清晰，所以，刚开始接手笔会时，她的编辑主体意识也没有那么强，和我们都还处在探索、磨合的过程中。

"男婴笔会"的创作模式基本确定下来是在2003年。之所以说基本确定下来，一个是作家以我们五个人为主。我记得2003年我们在虎峪山庄开笔会，从那以后就以我们五个为主了。另一个是笔会围绕教育主题进行。2003年之后，《幼儿画报》与教育部基础教育司密切合作，一位分管幼儿教育的副司长还参加了好几次笔会。后来张晓楠还把一批幼儿教育专家、心理学家、营养学家和幼儿园园长发展成《幼儿画报》的咨询顾问团队，吸收他们对办刊的意见，进行了大胆的版面改革，让《幼儿画报》更加贴近孩子们的生活，贴近家长们所关注的教育问题，对接教育部关于幼儿教育方面的要求。

这种改版，等于一下子就把一个低幼类的文学期刊社会化了，需要办刊人和作家之间建立起一种特殊的互动模式，作家要针对幼儿教育的各种问题去创作，而这些问题又要通过编辑部在家长和幼儿园教师中去发现和征集。"男婴笔会"的创作模式从这以后，就越来越清晰了。

刘丙钧：第一次写『命题作文』

刚开笔会时，《幼儿画报》在同类期刊里的优势不那么明显，北京的《父母必读》、上海的《小朋友》，影响好像比《幼儿画报》还大呢，江苏的《东方娃娃》也创刊了，声势也不小。张晓楠当《幼儿画报》主编后，我在《幼儿画报》发的第一篇稿子是《狐狸钓鱼》，是根据一个寓言改编的故事。

头一次写"命题作文"，我记得是从"红袋鼠自我保护"的故事开始的，先在2005年1月《幼儿画报》的栏目里发了，后来汇编成了一套书，叫"红袋鼠自我保护故事金牌系列"[①]，书出版时已经是2006年下

[①] "红袋鼠自我保护故事金牌系列"，2006年9月中国少年儿童出版社出版。

半年了。这套书一共有五十个自我保护故事，由我们五个人创作。

刚开始写自我保护故事时，编辑部和作者有根据市场需求、家长需求进行创作的意识，但还没有找准方向，题材处在"泛主题"的状态中。"泛主题"是我概括的，意思是写的题材是面向所有人的，比如"地震来了怎么办""发生火灾怎么办"。这一类主题缺乏儿童性，不是专门针对孩子的，不是孩子日常生活中容易发生或者已经发生的事情，孩子也没有能力在这些灾难里自我保护。我们写过一篇东西，说楼里着火了，消防队还没来，红袋鼠带着跳跳蛙、火帽子逃命，先用湿毛巾捂住嘴，捂住鼻子，出家门后不坐电梯走消防梯。其实地震、火灾真的来了，大人很可能都不知道该怎么办，更别提孩子了。

后来编辑们下沉到幼儿园，跟家长聊，跟幼儿园老师聊；每期刊物都随刊发调查表，让家长和幼儿园老师提问；还请了一批幼儿园园长、大学里的幼教专家、儿童心理学家和营养学专家当顾问，对读者提出的问题进行筛选、把关。这下好了，创作主题直接对接读者需求，逐渐深入到孩子生活的细节里，教育的具体指向性很明确，具体措施、细节都有交代，而不是讲那种比较抽象、宽泛的道理。

到这个时候，幼儿作品的教育性跟文学性的矛盾，相对来说就比较突出了。有些选题确实很难写，很难把具体问题转化成一个文学性强的生活故事或者是童话故事。我们最痛苦的是，孩子所遇到的问题不会是无边无际的，因为他们的生活空间有限，除了家里就是幼儿园，孩子在家里和幼儿园里所遇到的、反复出现的问题总是那些。三年前三岁孩子遇到的问题，三年后的三岁孩子可能还会遇到。所以，有些主题在《幼儿画报》上是重复出现的。即使是出现过的主题，我们还得写，因为孩子一拨拨长大，老问题对后来的小读者来说，还是新问题。比如，"摸电门（电源插座）"，我们每个人都写过，有的人还写过不止一遍。这类问题，对《幼儿画报》的新读者来说，是新问题，但对我们这些作者来说，是老题材，又不得不写，因为读者需要。所以，高洪波把"命题作文"叫作"小难题"。

葛冰："命题作文"中的自由创作

我到《婴儿画报》后组织的几次笔会就是为了组稿，没有给作家布置主题，没有规定说该怎么写、写什么。包括用词什么的，大家都是按照自己原来的习惯，跟其他笔会没有区别。一年多后，张晓楠竞聘上岗，当了《幼儿画报》主编，笔会很快就由她来组织了。

刚当上主编时，张晓楠对怎么办好《幼儿画报》还在摸索，组织我们开笔会就是为了组稿。后来她到处调研，见了大量的幼儿园老师和家长，跟他们建立了联系。家长的阅读要求都收集来了，提出了好多写作的主题。张晓楠也就开始强调婴幼儿文学的教育性，强调《幼儿画报》内容要适合家长和幼儿园的需要，开始让我们按家长和幼儿园的需要写"命题作文"。最早是一个栏目，后来是两个栏目、三个栏目，越来越多。

开始我们对她还都有意见，觉得写文学性的作品怎么老强调教育，觉得让我们写"命题作文"，有点儿大材小用。我记得开始写"命题作文"时还有个折中呢。怎么折中呢？张晓楠布置完题目，我们说怎么都是教育类主题的，再来点文学性强的吧。张晓楠说，行，那咱们就给栏目写一点儿，再自由创作一点儿，等于给我们一部分自由活动的天地。

金波："命题作文"中的编辑含量

《幼儿画报》创刊的时候我就给他们写东西了，创刊号上就有我的作品，前几期都有，是副主编王明明、编辑胡建中约的稿。那时候作者都是自发地创作，有什么写什么，当时在我的概念里，给《幼儿画报》写稿就是写文学作品，编辑对这一点也很清楚。

葛冰到《婴儿画报》后找我们开笔会，命题的要求不太明显，主要要求写睡前故事或者儿歌。印象里，我们是比较自由地写作，这一点，看一看我们当时发在《婴儿画报》上的作品就知道了。

张晓楠当了《幼儿画报》主编后，来找我们，是因为意识到我们几个在儿童文学圈子里有一定知名度，有一定经验积累，适合写幼儿文学，能按照她的理念去为这个刊物写作。这是她最初的想法。至于在写作当中每个人的特点是什么，长处是什么，短板是什么，适合写什么，当时她并没有意识到，是后来逐渐了解的。所以，她当主编后开的前几次笔会，我们还是各写各的。

2002年11月，张晓楠找我谈了一次，给我的印象是她的办刊宗旨不一样了，她有一个非常明确的想法，叫"幼小衔接"，就是《幼儿画报》要帮助孩子在快乐学习中，顺利地完成从幼儿园到小学的衔接。

提幼小衔接当然对我们的写作就有限制了，虽然还不是很具体的限制。这时候不叫"命题作文"，但给了我们一个范围，让我们在写作时至少在脑子里得想一想，写的这个东西属于健康、语言、社会、科学、艺术这五大领域的哪一方面。从那个时候起，我就觉得，第一，张晓楠她有了一个理念，《幼儿画报》的版面结构，她要求内容题材要服从幼小衔接的宗旨。第二，她对我们这几个人也动了脑筋，哪个人适合写什么，认识虽然没有后来那么深入，但她脑子里已经有了一个概念，开始有针对性地出题目，后来题目多得我们应接不暇。

刚开始接到这些题目时我不太情愿，觉得文学作品不能这么创作，不能先给我一个题目，然后我就得去编故事。但好的是，编辑的前期工作做得非常细致，不是说我给你一个大题目，你自己去写吧，编辑都不做工作，就等着要稿子。编辑会事先做社会调查，告诉我们家长遇到的问题是什么，多么需要这个主题，还给我们提供非常活泼的、生动的例子，关于这个问题的概念和科学方面的知识也都提供给我们。所以，我们要做的是怎么把这些东西糅合成一个故事。我们每年在刊物上发表出来的作品，编辑含量是很高的。

白冰：从自由创作到集体讨论

1995年我就认识张晓楠了，那时她刚从黑龙江少年儿童出版社调到中少社不久，在文学编辑室当编辑。不知道她通过谁打听到我，就来找我，说白冰老师，我想跟您学做书，他们都说您做书做得特别好。那时候我在作家出版社当编辑，米兰·昆德拉的《不能承受的生命之轻》、尼古拉斯·埃文斯的《马语者》、迈克尔·翁达杰的《英国病人》这些畅销书都是我担任责任编辑的，所以张晓楠来找我。从那以后，张晓楠经常来作家出版社找我，跟我聊怎么做童书，包括她想做什么选题、找谁写、怎么营销，都会过来跟我聊一聊，让我给她出主意。我觉得张晓楠对图书出版非常着迷，非常投入，有灵性，又非常执着。张晓楠说我是她做图书出版的师父，大概是从那时开始的，不是到"男婴笔会"以后。

参加《婴儿画报》笔会，是葛冰直接找我的。他先找的高洪波，然后找我，找刘丙钧，拉上我们几个就去招待所了。没多久，张晓楠就接手《幼儿画报》了。张晓楠当上《幼儿画报》主编后，来找我，说她想为孩子们做点事，让我参加笔会，给《幼儿画报》写稿。我真正从事幼儿文学创作，是从参加《婴儿画报》《幼儿画报》的笔会开始的。

那时候，《婴儿画报》《幼儿画报》的笔会还不叫"男婴笔会"，参加的人除了我们五个，郑春华、杨红樱、北董、武玉桂、周锐、张洪波等都来过。大家在一起，自己写自己的，愿意写什么就写什么，主题、体裁没什么限制，儿歌、童话、故事都行，写完了，把稿子一交，就散会了。

但是有的时候，金波老师、高洪波，还有刘丙钧、葛冰我们几个会自发地在一起讨论一些作品。我写完东西以后，特别爱请金波老师或者是高洪波他们看。金波老师对作品的艺术性，对意境、形象、语言的要求非常严格,甚至会为了一个韵脚、一个句子的节奏,在那儿替你想半天,说这个不行、那个不好,怎么样才能更好,一边看一边跟我商量研究。有时候,我在金波老师房间里正讲的时候,高洪波来了,葛冰、刘丙钧也来了,我们就开始讨论了。

这些讨论是自发的,不是以正式会议的方式讨论,正式开会讨论是张晓楠组织的,会议的议题、议程等各方面的要求也规范了。再到后来,就有了一定数量的"命题作文",每次笔会都有一个专门的主题。

高洪波保存的"男婴笔会"早期图像

前排左起：武玉桂、白冰、吴带生、高洪波、周旭
后排左起：葛冰、金波、董天猷、刘丙钧

左起：聂冰、武玉桂、董天猷、刘丙钧、高洪波、葛冰、金波、白冰、吴带生

左排由近到远：刘丙钧、高洪波、金波、白冰

右排由近到远：聂冰、葛冰、武玉桂

左起：金波、白冰、高洪波、吴带生

第六章 儿童性、文学性和教育性的统一

白冰：「命题作文」更要源于生活的发现

说实话，刚开始我们对"命题作文"内心是有抵触情绪的。我们认为创作是最自由的，想怎么写就怎么写，作家想写什么就写什么，这种"命题作文"会带来创作上的一些限制，或者说，造成主题先行、概念化，让孩子不喜欢。但是慢慢地，经过磨合，我们就不再是被动地勉强接受，而是主动愿意写了，只要说孩子需要什么，幼儿园需要什么，有什么问题，我们就积极去摸索应该怎么写。

为什么会有这个变化呢？

第一，这涉及童年体验的问题。很多儿童文学作家是"生就"的，天性里就有为儿童写作的基因，或者是骨子里就"很儿童"，这样的作家才能为孩子写作，别林斯基也这么说。但是另外一点是什么呢？作家不能仅凭着自己的童年记忆、童年经验去写作，还必须不断更新自己的童年体验，不断强化自己的童年体验。

"男婴笔会"这几个作家，开始写作幼儿文学的时候已经四十多岁、五十多岁了。随着年龄的增长，我们已经远离孩子了，谁能让我们强化童年体验？是《幼儿画报》《婴儿画报》，是张晓楠和她手下的那些编辑。他们会把当下教育当中的问题、家长焦虑的孩子教育问题、幼儿园老师关注的孩子教育问题、现在孩子生活里容易发生的一些安全问题、孩子现在应该培养什么好的习惯讲给我们听，让我们根据读者的需求进行创作。实际上，他们是让我们像树一样长出根须，汲取生活当中的营养，帮我们强化自己的童年体验。如果没有这样的童年体验，不是这样不断强化自己的童年体验，我们写出来的东西可能会离孩子越来越远，看起来文学性、艺术性很强，但是孩子未必喜欢。我们是为孩子创作的，离开孩子，写出来的东西不管自己认为有多好，孩子不需要、不接受，那有什么用呢？

第二，我们找到了写"命题作文"的窍门。原来我们总觉得"命题作文"可能会写成主题先行、概念化的作品。实际上，一旦找到窍门，会发现有明确主题要求的作品，也可以写得非常灵动、非常鲜活，让孩子特别喜欢。为什么？写"命题作文"不能先想要给孩子讲什么道理、要培养孩子什么好习惯，而是先要找到一个非常巧妙的点子、非常智慧的创意、孩子非常喜欢的形象，在这个基础上，架构一个孩子能够非常喜欢的故事，然后再把所要表现的知识点放到形象里，隐藏到故事里，千万不要在故事当中很明显地露出要讲的主题。发现这个窍门以后，作品写完了再看，就会觉得这根本不是"命题作文"，而是一个非常好的幼儿文学作品。

我举个例子，《满屋都是小怪物》是一首趣味儿歌，编辑要求写引导孩子玩完玩具以后,要把它们全部收拾好,属于好习惯培养方面的主题。怎么写这首趣味儿歌?首先要有形象,形象要好,还有就是故事本身要有趣,要好玩。怎么写呢?我是从一个侧面来写的:

呼噜猪,回到屋,屋子里面黑乎乎。什么东西绊了脚,摔个跟头骨碌碌。爬呀爬呀起不来,急得呜呜掉泪珠。尖尖的东西扎了手,硬硬的东西硌屁股。什么叫,咕咕咕。什么响,突突突。满屋都是小怪物,小猪吓得直想哭。开灯一看是玩具,乱七八糟地上铺。不把玩具送回家,玩具变成小怪物。

这首儿歌朗朗上口,又有情节又有故事,刻画了一头小猪的形象,对小猪被玩具绊倒以后的动作和表现的描写,既真实又好玩。好习惯的培养和形成,是隐藏在形象和细节里边的。这首儿歌孩子很喜欢,家长和幼儿园老师的反馈也很好。这样我们就有自信了,觉得我们可以把教育孩子的需求和我们的艺术表达结合得非常好。

所以,我认为"男婴笔会"围绕《幼儿画报》《婴儿画报》和后来的"大低幼"创作的"命题作文",与概念化写作、主题先行完全不一样。概念化的写作、主题先行完全是一厢情愿的东西,它是凭空想象的,作者和编辑先想出来一个主题,然后编一个故事给孩子,创作是脱离生活的。"大低幼"的"命题作文",是从生活当中发现细节、发现故事,然后把在生活当中发现的这些东西提供给作家,让作家直接汲取生活的"活水"进行创作,把生活中的发现变成鲜活的富有生活气息的作品。"大低幼"的"命题作文"反对概念化,反对主题先行,反对给孩子空讲道理，空讲道理的作品在笔会上通不过。

如果比较自由写作和"命题作文"，可能自由写作可以更好地发挥我们的创作个性和艺术才华，"命题作文"受到的约束会更多一些。在这种情况下，我们为什么还能坚持二十多年呢？

首先，这是一种责任，是《幼儿画报》《婴儿画报》的责任，也是儿童文学作家的责任。孩子的启蒙教育很重要，孩子最早接触的是婴幼文学。很文学、很艺术、很美的东西，是孩子需要的，对孩子能起到熏陶作用；编辑部从幼儿园、家长中调查得到的选题，孩子更需要。一本刊物或者是一部作品，应该服务于孩子和家长，应该服务于幼儿教育。我们愿意让自己的作品和《幼儿画报》《婴儿画报》既成为家长、老师的帮手，又成为孩子的朋友。所以，后来写"命题作文"确实变成大家的自觉行动了，不是让我们写，而是我们想写，我们愿意这样写。

其次，非常重要的一点，也是我们最看重的，是通过及时回应读者的需求，我们与孩子和家长之间保持着心灵上的沟通，保持着"血脉联系"。我们的作品离孩子很近，离家长很近，离幼儿园老师很近，才能有生命力。同时，在这个过程当中，我们自己的心灵得到了一次又一次的净化，对儿童生命的体验得到了一次又一次的强化。如果没有这种净化和强化，不了解现在的孩子什么样，教育情况什么样，怎么能写出孩子和家长需要的作品来呢？我觉得一个儿童文学作家绝对不能失去和孩子的这种"血脉联系"，失去了这种联系，写的东西可能就是没有灵魂的，没有血肉的，只是一个空壳。

高洪波：经典性与当下性、现实性

客观地说，我们没有进入"男婴笔会"的时候，是不屑于写"命题作文"的。因为写这些东西挺吃力，还限制想象力，等于是要戴着镣铐跳舞，跳一种特殊的精神舞蹈。作家喜欢放开自己的想象力自由写作，追求永恒的经典，但是，也要注意儿童文学的当下性和现实性。

这二十多年，我们根据幼儿教育的要求，一个故事一个故事地写，一个栏目一个栏目地写，有汽车城的故事、自我保护故事、美食屋故事、好习惯儿歌、简笔画儿歌、成语儿歌、传统节日故事，等等。这里面确实有好多东西不可能再流传，但是也可能会有好多东西会永远保留，因为一百年前五岁的孩子和现在五岁的孩子，面对的很多问题是一样的，现在孩子遇到的问题，下一代孩子有可能还会遇到。比如，陈鹤琴早在 20 世纪 20 年代就提出了幼儿园教育的"五指教学法"[1]，类似于现在幼儿教育的五大领域，当然，具体内涵不完全一样。也就是说，

---

[1] 幼儿教育家陈鹤琴提出的一种幼儿园教学法，用整体的、相互贯通的方式组织健康、社会、科学、艺术、语文等幼儿园教学的五个方面的内容，就好像人的手，虽有五指之分，但彼此相互联系，共存于一个手掌。

一百年前的教育话题，现在仍然是教育话题，因为这些话题变不了。所以，从这个意义上讲，"命题作文"又是永生的，并不速朽。

我觉得在我个人这二十多年的创作里，有痛苦的主题创作，也有很多快乐的主题创作，"命题作文"里也出了不少精品。

"红袋鼠自我保护故事金牌系列"，一共五本，我们每人写一本，每本有十个故事，都是在《幼儿画报》发表过的。这套书是十多年前出版的，很受欢迎，社会反响也比较大。这套书是"命题作文"，但是有一定的自由度，写起来也比较挥洒自如，写得还是不错的。我觉得这套书集中体现了《幼儿画报》的创作特色，教育性很明确，文学性、儿童性也比较强，是"男婴笔会"和《幼儿画报》一次非常好的合作。

我们五个人还写了"红袋鼠幽默童话"系列，每人写一本，我那本叫《魔笔熊》，写一个特别爱签字的大胖熊。在落笔之前，我跟葛冰磨合出好多点子，写得比较幽默，孩子很喜欢。我们这套书后来还得了中国出版政府奖图书奖，白冰那本《狐狸鸟》还获得了第八届全国优秀儿童文学奖。

还有好几个写传统文化的系列，也很有意思。比如"学成语，唱儿歌"这个系列，我写过掩耳盗铃、守株待兔、八仙过海，等等，用我很熟悉的儿童叙事诗的方式给幼儿讲新的成语故事，写完之后都挺开心的，我估计孩子们至少能从这种故事中和这种韵律中找到一种互动的感觉。成语儿歌我写了不少，他们几个也写了不少，大家互相改。

还有就是传统节日故事，这是"中国红"这个大套系里的一组，也是"命题作文"。我们在笔会上写完之后，先在刊物上发表，再作为图书出版物发行。我记得金波老师写的是元宵节，书名叫《灯孩儿》；葛冰写端午节，书名叫《奶奶的丝线爷爷的船》；我写七夕，书名叫《喜鹊信使》。这些图画书反响都特别好。

刘丙钧：现实生活是儿童文学创作的源泉

虽然我的第一篇作品是发表在成人报刊的成人诗，但可以讲，随着女儿的出生，我的文学之路几乎是与女儿的成长同步而行的。我的作品中，有不少是与女儿相关的，这些作品来自女儿的生活，来自我在女儿成长过程中的教育体验。这些与女儿相关的作品，她都是第一读者，陪伴她成长。

长大成人后，女儿有了自己的事业。有一次在电视台做节目，她讲到自己的童年，回忆起我为她写作、讲故事的往事，动情落泪，说这些对她的性格培养、习惯养成起了很大的作用。

每个孩子都会有点儿小心思、小狡猾，以及需要校正、修剪的小毛病，为此我写了她偷懒耍赖的《我叫小慧慧》："我叫小慧慧，什么也不会，晚上不刷牙，早上不叠被，衣服让人穿，吃饭叫人喂……"对女儿的种种毛病小加嘲讽，她听了很不好意思，收敛了很多。

她小时候有些任性，发起脾气来就哭得惊天动地。有一次，在她哭够了、哭累了之后，我写了一篇叫《慧慧的眼泪河》的童话，讲她给自己哭出来很多麻烦，但也哭出了一条眼泪河，救了搁浅的大鲸鱼。我给她讲了这篇童话，还真有点儿实用效果，从此，她以哭闹为武器对付父母的事情很少发生了。

当然，关于女儿的作品也不全是针对她的缺点的。有一天晚上停电，她不能看喜爱的动画片了，噘着嘴闹情绪。我拉她在阳台上一块儿看星星，给她讲星星的故事，最后她说停电也挺好的。为此我写了一篇《停电的时候》："停电的时候，也不必遗憾，到阳台上去，看一看星天……尽情地舒展想象，然后把星星带进梦里，在梦里和星星亲切交谈，我们会睡得很香很甜。"

女儿大了一些之后，我开始与她探讨一些寓意深刻、带有思辨色彩的话题，写了《和女儿对弈》《棋思》《感悟生活》等，既怀殷殷之情，也蕴含我的一些人生感悟和体验。这时候，女儿在继续当好我的第一个读者的同时，也慢慢地会对我的作品评头论足，父女之间的交流也慢慢地变成平等互动式的。

我举自己教育女儿的例子，是想说明，现实生活是儿童文学创作的源泉，儿童文学的教育功能是一种客观存在，正因为有了这种教育功能，儿童文学才成为陪伴孩子成长的良师益友。

"男婴笔会"写的"命题作文"，主题都是来自孩子实际生活的小话题，而不是那种抽象化、概念化的大主题。那种大主题是成人给孩子设定的，对婴幼儿来说确实不合适。由于预先设定的主题不合适，作者写出来的东西自然也不适合。"男婴笔会"在创作中涉及的主题，都是孩子在成长中自身需要解决的实际问题、具体问题，针对性很强。比如《红袋鼠美食屋》这个栏目，产生的根源就是《幼儿画报》编辑下沉到幼儿园的时候，很多家长和老师都反映孩子不好好吃饭，偏食，不爱吃蔬菜，对这方面的故事有特别强烈的需求。所以，《幼儿画报》也是从家长的需求来设置主题的，但是这方面的需求怎么以文学的形式呈现出来的确很难，不好写。

"命题作文"是经过了长时间的实践的，也许它自身的文学价值不如作家自主创作的作品高，但是它有社会价值和实用价值，在某种程度上比纯文学对家长、老师更实用。当然，写好了，也能达到文学性和教育性两者的统一。有没有这样的作品呢？有。我有一篇《电梯里有只大狼》，是写儿童安全自护的，先登在《幼儿画报》上，后来被《儿童文学选刊》选上了。"命题作文"完全可以达到文学性和教育性、文学价值和社会价值的统一，但是相对自由创作来说，难度更大，因为有一个附加条件在里面，就是首先要考虑作品的教育性。

葛冰：幼儿文学中的"教"与"乐"

承认也好，不承认也好，幼儿文学实际上特别强调教育性。为什么呢？家长养孩子除了供他吃喝，就是培养教育。通过什么去教育呀？阅读是一种重要的途径。因为阅读不光能培养孩子的写作能力，还可以培养孩子的多种能力。一本好书，就是一个好老师。所以从小养没养成爱读书的习惯，可能会影响孩子的一生。这也是家长越来越重视婴幼儿阅读的原因。

婴幼儿要读好书，最早就要读《婴儿画报》《幼儿画报》。婴幼儿处于人生的学步阶段，脑子里还没装进什么东西，几乎是一张白纸，在这个发展阶段，给孩子什么他就吸收什么。对于一个孩子来说，你给他讲故事，他记住了，然后再模仿故事里的人物——这就是在教育他啊。教育性是儿童文学作品包括成人作品都有的，但是给婴幼儿的作品，教育性是放在第一位的。

"男婴笔会"创作的婴幼儿文学作品很多都是先有主题的，比如告诉孩子养成哪些好品质、哪些好习惯。尤其是孩子自我保护的问题，家长们都特别关注。他们要求《幼儿画报》多刊登这类作品，告诉孩子应该怎么做——那时候还实行独生子女政策，一家只有一个孩子，父母、爷爷奶奶、姥爷姥姥最担心的就是安全问题。

这一类主题，知识性、教育性很强。我们也看到过去一些写教育主题的婴幼儿作品，是灌输式、图解式的，用一个最简单的故事，直接告诉孩子应该怎么做，说教味很浓，缺少文学性。这些作品虽然也说要寓教于乐，但教育性和文学性不统一，是有教无乐。我们写"命题作文"时经常问自己，你觉得人家不行，你自己写写试试，写写就知道难了。我们开始写了，我们知道难，我们坚持，在崎岖小路上一步一步地走过来了。

经过一段时间磨炼，我们觉得，进入创作状态以后，寓教于乐，"乐"是最重要的。作品得告诉孩子一些好的情操、好的品质，得教他一些知识，但更重要的是以什么形式把这些东西给到孩子。

给婴幼儿的东西一定要通过他喜欢接受的、快乐的形式给他。给婴幼儿的第一篇童话、第一首儿歌是他喜欢听的，能够让他乐得起来，他就会觉得童话、儿歌是好东西，然后才会有兴趣继续听，逐渐养成阅读的习惯，潜移默化地接受作品里的道理。为什么有的孩子喜欢看书，有的孩子就不喜欢？跟给他看的第一本书有没有选好有很大关系。就跟吃苹果似的，没吃过苹果的人，吃到的第一口是酸的，那他就会认为苹果肯定是酸的。所以，给婴幼儿写作，要特别强调寓教于乐。策划选题时要想"教"，写作时最重要的是做到"乐"。

在这方面，"男婴笔会"里每个人都是高手。同一个主题，比如说小孩不许摸电门（电源插座），《幼儿画报》反映这个主题的故事可能先后刊登了七八个，我们每个人都写过。但这些故事全都不一样，看起来全不相同，虽然最后落脚点还是"小孩不能摸电门"这个主题。这就是属于故事的魅力。再比如，饭前要洗手，挺普通的主题吧，到了"男婴笔会"，可能我们五个人能创作出五个不同的故事，都是趣味性比较强的，而不是直截了当地告诉孩子：病从口入，不洗手容易得病，所以饭前要洗手。到后来我们开笔会讨论的时候，经常比谁写的故事更有趣，比一个很简单的主题，谁能通过一个更有趣的故事表现出来。说实在的，这个是挺难做到的。

把教育性和文学性统一起来，真正做到了寓教于乐，我觉得这是"男婴笔会"的一大功绩，也是"男婴笔会"的一大优势。"男婴笔会"给幼儿文学创作出了一批精品，这批精品文学性强，故事好听、好看、感人。

金波：引发、激发到焕发

"命题作文"作为一种创作方法，我有很多可谈的。

创作"命题作文"是"男婴笔会"的一个特点。所谓"命题作文",就是"大低幼"的编辑从读者调查、读者需求里提炼选题让作家去写作。很少有出版社为了给婴儿、幼儿写东西,让编辑去幼儿园调研,去家长中调研,调研完了以后,说你们需要什么,我们组织作家、画家一起给你们创作。据我了解,这样的事情在"大低幼"之前没有过,现在也少见。

这么做对不对呢?有一个常识,就是幼儿文学要接地气,能满足读者阅读的刚性需求。选题是从读者当中提炼出来的,当然是读者需要的。但对作家来说,就是一个新挑战:给你一个命题,还要写得有童趣,让孩子喜欢,这就不容易了,自由创作反倒显得更简单、更容易。

因为"命题作文"不好写,又都是张晓楠给出的题目,所以我们管它叫"小难(楠)题"。现在回过头来想,我写的"命题作文",经历了引发、激发到焕发这么几个阶段,经历了从不习惯到习惯这个过程。

刚开始写"命题作文"的时候,要说情不情愿,可能我比较不情愿。我擅长纯文学的写作,并不喜欢"命题作文"。刚开始的时候,我觉得"命题作文"与"遵命文学""主题先行"都是一个意思,都是儿童文学创作的历史教训,是应该作为反面教材的一种写作方法。

参加了《幼儿画报》的写作以后,我必须得服从"命题作文",你说不能写,编辑说就得这么写,你不习惯也得习惯。编辑给你出了个题目,你必须要思考,按照编辑给的方向去思考,不能按照你自己的灵感来写了。你按自己的灵感写,写出来的不一定是编辑命题的作文。所以，我觉得"命题作文"一开始绝对是引发的过程，编辑的命题引发我们思考的主题、思考的方向，这是第一个阶段。

第二个阶段就是激发灵感的过程。别小看"命题作文"，写"命题作文"也要有灵感，没有灵感，完全理性的写作是不可能的。那么，命题是怎么激发灵感的呢？这就是我们五个人共同的特点，我们会把编辑部给的命题转换成生活故事。故事的灵感来自哪儿？还是来自我们的生活。如果说自由创作在某种程度是灵感来找我们，那么"命题作文"就是我们去找灵感。这个灵感怎么找？找我们童年时代的故事和目前现实生活中孩子的故事，这样我们就会发现孩子当中会有哪些事情可以写。

我记得我写过一篇故事，讲孩子读书的时候注意力要集中，要养成阅读的好习惯。这个命题怎么写呢？我想到我的孩子小时候遇到自己喜欢看的书，吃饭时也不放下，边吃边看，结果米粒儿、菜叶儿都掉到书上了；忽然又听到窗外有两条狗为抢一根骨头在掐架，孩子就又放下书和饭碗出去看热闹，书还掉地上了。结果，书被弄得非常脏，没法看了。回忆起这些事，灵感来了：我从反面写，从不良行为带来的后果去写养成阅读的好习惯。所以我说，命题激发了我们的创作灵感。

有时候编辑也会给我们一些提示，从调研中、网络上搜集一些生活中真实存在的现象，有正面的材料，也有反面的材料，这些也启发了我们，激发了我们的创作灵感。

灵感被激发出来，脑子里有的不只是抽象的主题、抽象的道理，而是有形象、有情节、有细节了，这就焕发了我们的创作热情，让我们的思路变得非常活跃。这是第三个阶段。

我体会最深的是，在写"命题作文"的熏陶和锻炼之下，我自发地、自由地想写"命题作文"——不是编辑给我出题，是我自己给自己出题。

有一个命题是我自己想出来的：按照一年的十二个月来写花，十二个月写十二种花，每种花的名字要跟月份能对应上。比如，一品红是1月的，二月兰是2月的，三色堇是3月的……一直到12月。这也是个命题，虽然不是编辑给我的命题，是我自己找的，但我要遵守命题的规则，每个月都写一篇以当月数字打头的儿歌。

所以，我觉得讨论"命题作文"这个问题，不能只记住了"小难题"，只记住了太难了，太不自由了。回过头来想一想，这些写作实际上是从引发、激发到焕发，到最后是一种享受，这么一个过程。我一开始非常不喜欢"命题作文"，我适应这种写作方法用了相当长的时间，我们几个人当中我可能是最晚适应的，到后来就觉得不是很难的事。对写"命题作文"，从我个人的写作体会出发，也有一种新的解释、新的体会，觉得完全可以把"命题作文"作为一种写作方法来借鉴。

写"命题作文"是对我们的一种锻炼，锻炼了我们在不自由当中找自由，在自由中遵守规则。实际上，这也是写作的一个规律。

张晓楠：追求为孩童创作的最高境界

为幼儿创作的文章往往短小，虽寥寥百字，甚至数语，却会让孩子随着文字舞之蹈之。宝宝来到这个世界，母乳一点点滋养他的身体，为孩童的书写则是来滋养他们的灵魂的。所以说，我们做的是为孩子的人生打底的大文章。"男婴笔会"的工作便成为一项工程来推进。

"男婴笔会"的工作是为孩子的一生培根，为他们的未来铸魂的工程，因为他们的未来必然决定了国家的未来。所以，《幼儿画报》以"名家养育名刊"为办刊路径，其宗旨是"为了今天的孩子，为了祖国的明天"。

《幼儿画报》办刊的顶层理论是遵循教育部颁布的《学前教育指导纲要》，五大领域的教育目标是《幼儿画报》实现寓教于乐中的"教"的底层逻辑。幼儿期刊应该遵循幼儿教育的规律，于是我请了学前教育界的专家参与《幼儿画报》的栏目审订、内容审读等工作，2000年进行改版的第一期是由当时的中国学前教育研究会的理事长史慧中撰写开篇，她认同我办刊的教育方向并给予很大的支持；幼儿期刊是亲子共读的，专家们会有针对性地为家长撰写阅读指导；幼儿期刊是给孩子以视觉的审美愉悦的，于是，朱成梁、李全华、钱继伟等一批优秀的插画家浓墨重彩，助力故事栩栩如生；幼儿期刊是寓教于乐的，"男婴"团队深谙其道，他们写的故事让孩子们心悦之，动之以情，才能晓之以理。

《幼儿画报》里应有孩子们的朋友，孩子是离不开伙伴的，大家在《幼儿画报》里为孩子们设定了不同性格的伙伴，"红袋鼠丛书"中的红袋鼠不仅仅是作为图书的品牌而存在的，在《幼儿画报》中红袋鼠是一个机智、爱思考，善于发现问题、解决问题的积极乐观的孩子形象，是一个生动的IP。高洪波老师是"起绰号大王"，他想出了"火帽子""跳跳蛙"的名字。大家谈笑间就确定了他们的性格：火帽子急脾气，有些莽撞；与火帽子时有矛盾的跳跳蛙，也经常会犯些孩子们自身可见的小错误。他们在小小的冲突中碰撞出幽默的笑点，在快乐中领悟成长的智慧。这些鲜活的形象活跃在《红袋鼠的自我保护故事》《红袋鼠美食屋》《红袋鼠爱学习》等很多栏目中。

起初，《幼儿画报》的成长过程也如孩童一般，一路跌跌撞撞，可它还是顽强地跑了很远。渐渐地，它的市场竞争力增强，赢利能力也提高了，它在持续进步。

我虽然与"男婴"团队如亲人般其乐融融，但是，在选题规划与实施中绝不"手软"。因此，我也被善意地贴上了"小难题"的标签。我向往着令孩童心醉神迷的、合乎自然又超于自然的神化之舞，恰恰"男婴"团队与儿童亲近的自然天性触动了我，遇到他们，便如遇到了宝藏，挖掘即可。

二十余年的历程，近万篇稿件，他们创作的好故事不胜枚举。比如，在与"男婴"团队探讨的众多主题中，就如何给孩子讲科学，我们达成过共识：我们认为对孩童来说，科学的启蒙是引领孩子去认识世界上的万事万物，它不仅仅是让孩子掌握知识，更重要的是让孩子热爱自然，和自然进行顺畅友好的交流。

比如，大家以与孩童非常亲近的虫子为主角，小小的虫子与小小的孩童更易产生共鸣，所以，"我的日记"系列[①]以日记体的创作方式，以昆虫的视角，以"我"的口吻娓娓道来，在每个日子的记事中出彩、生趣，科普中满溢人文情怀。

高洪波老师创作的《蚂蚁的日记》中，"小快递"蚂蚁和"脚丫子大王"蜈蚣的形象跃然纸上。

白冰老师创作的《蜗牛的日记》中，构想出一百只蜗牛同时出生的盛大场景。

葛冰老师创作的《蜘蛛的日记》中，蜘蛛的网上电话瞬间发现"敌情"。

刘丙钧老师创作的《蜻蜓的日记》中，蜻蜓与蜘蛛两大捕蚊高手间互传技艺，传递着幽默与温馨。

---

① 一套能让孩子"在阅读中探索自然"的图画书系列，以日记的形式讲述了瓢虫、蚂蚁、蟋蟀、蜻蜓、屎壳郎、蜜蜂、蝉、蜘蛛、蜗牛、螳螂等小动物拟人化的生活趣事，2015年12月中国少年儿童出版社出版第一辑。

金波老师创作的《屎壳郎的日记》中,让人感觉屎壳郎推动的粪球是地球上快乐的发光球。

就这样,"男婴"团队在试写阶段,不断磨合,确定了这个项目的创作方向与基本标准。2015年第一篇《蚂蚁的日记》在《幼儿画报》上刊登,由他们"领舞",进而数十位著名儿童文学作家为之"舞蹈",让这个系列成为科普图画书的一道亮丽的风景。

"男婴"团队让我想起了庄子故事中的庖丁:这位大厨的刀法如行云流水,准确无误地找到牛的关节,将牛肉分割得十分整齐。"男婴"团队在处理文字时游刃有余,他们能够创造吸引孩子的情节,进而达到寓教于乐的目的。

他们是怎么做到的呢?我想,有以下几个原因:

第一,这源于"男婴"团队数十年的功底积淀,也源于他们对于为孩童书写心存敬畏。虽然他们已经具备足够的知识和创作技巧,但面对"命题作文",他们如技艺高超的庖丁般,每逢筋骨盘结处,没有半点儿麻痹大意,他们谨慎为之,且毫不懈怠。

第二,"男婴"团队的创作实现了合规律与合目的的统一。孩童的健康成长在于安全自护、好习惯的养成,在于对世界的好奇、探索与发现,在于对美的感悟与向往……而当孩童欣欣然张开了眼,所听、所见、所闻的世界是如此陌生而新奇,令其所思、所想、所感的空间也如万花筒般在幻化中重塑。为孩童创作的作家不仅仅要与他们之间有心灵感应——了解他们的悲喜、他们的敏感,甚至他们的混沌,还要有引导他们快乐向前、勇于向上的责任和使命。"男婴"团队具备娴熟的创作技巧，但他们并不囿于"技"，而是顺应自然，物我合一，进入幼儿的生命状态——此时，我仿佛看到了高洪波老师喷薄而出的快乐，仿佛看到了白冰老师扬扬自得地"显摆"他"熬"出的闪亮"经典"，仿佛看到了葛冰老师变戏法似的抖出了大大的"包袱"，仿佛看到了刘丙钧老师慢吞吞地吐出了半朵"莲花"，仿佛看到了金波老师悠然拈花生出了灿灿华章。

那时，在周末加班，我经常接到孩子的电话，有时我会扮作红袋鼠，当他们知道接电话的就是红袋鼠时，他们兴奋不已，开始滔滔不绝地问，我就天马行空地答：

"红袋鼠，你怎么这么聪明啊？"

"因为我有聪明魔力罩啊。"

"我怎么看不到？"

"魔力罩是隐形的，遇到问题，答案就出来啦。"

"我也想要魔力罩！"

"这容易啊，跟着爸爸妈妈读十本书，魔力罩就能有啦。"

"真的吗？"

"当然，读得越多，魔力罩就会不断升级，功能超级强大。"

"读高洪波写的故事，还是读白冰写的故事升级快啊？"

原来父母给孩子读《幼儿画报》的时候，很尊重版权，一并把作者的名字也读了，孩子与作者神交已久。

"高洪波、金波、白冰、葛冰、刘丙钧的故事都要读的,他们会给故事注入功力的。"

"我知道,我知道,还有咒语:稀里呼噜,变变变……"

这是《红袋鼠美食屋》里红袋鼠、火帽子、跳跳蛙的变身咒语,很多孩子通过阅读故事喜欢上蔬菜,不再偏食。

……

想想孩童们阅读时的欢愉,创作者怎能不满怀喜悦和满足?就如庖丁解牛后"提刀而立,为之四顾,为之踌躇满志","男婴"团队有奋笔时的忘我,更有"解牛"后的悠然自得吧?

"命题作文"虽然会给企望自由创作的作家们带来某种限制,但"男婴"团队在它面前认识它、顺应它,以他们独特的童年体验,生动鲜活地来表现幼儿的生活和他们纯净的心灵世界。他们自由的创作让孩子在快乐、轻松、幽默的阅读中得到教益,绝对没有"命题作文"带来的枯燥和乏味。他们孜孜不倦地追求为孩童创作的最高境界,他们进入这个境界,他们心满意足,一切都显得那么和谐美好。

天上有一颗亮晶晶的小星星，飞到这，飞到那，想要盖一间又香又甜的房子。

　　可是，什么房子是又香又甜的呢？她想呀想。

　　她飞到饼干旁边，一边想，一边说：

"我真想盖一间饼干房子，饼干房子又香又甜，可是，饼干房子里太干，也很容易碎。飞来飞去的时候，一不小心，把房子撞碎了怎么办？

　　她飞到雪糕旁边，一边想，一边说：

"我想盖一间雪糕房子，雪糕房子又香又甜，可是，雪糕房子里太冷，也太黏呀，粘到里边出不来怎么办呀？

　　她飞到一棵苹果树旁，一边想，一边说：

"唉，好想有一间又香又甜的房子，可是，太

白冰手迹

第七章

摆脱主题先行的框框
写『命题作文』

白冰：创作的关键在于创意

写"命题作文"最难的，就是怎么能找到孩子感兴趣的点，找到好的创意。成人感兴趣的很多故事、很多幽默的桥段，孩子可能不感兴趣。所以，要了解什么是孩子觉得好笑的、诙谐的、幽默的、感兴趣的，从而找准孩子的兴趣点，要从这个角度去创作。只要找到孩子的兴趣点，创意就来了，作品也就有了，满盘皆活，一篇几百字的作品，十几分钟、半个小时就写完了。

找到这个点很不容易。刘丙钧有一个毛病，他一着急嘴上就起泡。笔会上，我们一看他嘴上起泡了，就估计他是遇到了创作的难题，没有找到很好的创意。大家就一起聊，一起想点子。为点子、为创意着急上火的经历，我们每个人都有过。开句玩笑，幸运的作家都是一样的，不幸的作家各有各的不幸，不幸和幸运都是因为创意。

其实，所有的作家都一样，都要寻找独特的创意，一旦找到创意，作品马上就有了。创作一部长篇小说和一篇幼儿童话是一样的，都要从独特的创意开始，有了创意，整个作品的形象、情节、基调就有了，作家就可以开始叙述了。

写好"命题作文"，和自由创作一样，必须找到好的创意。比如前面我讲到过的，创作《吃黑夜的大象》这篇童话，创意就来自我女儿小时候说的"我真想把黑夜吃了"这一句话。一旦有了创意，一切灵感就都来了，作品也就有了。

有一次开笔会前，编辑跟我说："白冰老师，这次你得写一个教孩子刷牙的故事。"《幼儿画报》有一个栏目，专门给孩子讲培养各种好习惯的故事。刷牙太简单了，我们每天都刷牙，但怎么把刷牙写得让孩子感兴趣？不能上来就跟孩子说："坐好了，我告诉你为什么要刷牙，怎么刷牙。"这么讲他肯定不爱听。我想了好久，最后是这么写的：狐狸老师教小朋友们刷牙，每人发一把新牙刷，还要大家学会了再去教别的小朋友。丁当狗、草莓兔、呼噜猪学会了，赶忙跑到小鸭家，一看七只小鸭都在家，就说我们来教你们学刷牙。然后三个小伙伴一通忙，买来牙膏和牙刷，七嘴八舌地当起了老师。丁当狗教小鸭前排牙齿上下刷，呼噜猪教小鸭里面牙齿向外刷，草莓兔教小鸭每颗牙齿都要刷。鸭子没有牙，怎么刷牙啊？这就是孩子的兴趣点。只见七只小鸭举起牙刷，刷刷刷刷，使劲刷，泡泡飞得到处是，小鸭疼得嘎嘎直叫。刷了半天，白费劲，原来小鸭没有牙。

这样一来，故事就好玩了！它不是简单地教小朋友刷牙，这里面有几个知识点，一个是怎么刷牙，还有一个是鸭子没有牙。知识点巧妙地隐藏在有趣的故事里面，几乎看不出来，如果把知识点去掉，照样是一个很好玩的故事，孩子根本没有意识到这是在教自己刷牙，要养成刷牙的好习惯，但是他听了之后，就会记住"前排牙齿上下刷""里面牙齿向外刷""每颗牙齿都要刷"这些知识，还能记住小鸭子没有牙。

我还写过一篇自我保护方面的"命题作文"，讲小孩子不能自己去开热水器，开热水器容易被烫伤。这个道理谁都懂，生活当中有很多这样的事，但是，怎么把它写成孩子喜欢的故事？我就想起来我小时候给我们家那只黑白相间的花猫洗澡的事情。当时我也不懂，把暖壶里的开水倒进一个盆里，然后把猫放进去，猫"嗷"地一叫，跳起来就跑了。我妈说你不试试水冷水热就给它洗，它哪受得了这么烫的水？

我把这篇"命题作文"的要求和童年记忆结合起来，写了一篇给猫洗澡的故事：红袋鼠、火帽子和跳跳蛙在门口玩藏猫猫，突然听到有猫叫，过去一看，墙角有只小猫，又瘦又脏。三个小伙伴想把它训练成会演杂技的猫，把它抱回家了。见小猫太脏，就说先给它洗个澡吧。火帽子是个急性子，直接把小猫抱到热水器下面。红袋鼠说你不能开热水器，还是等你妈妈回来再给小猫洗澡吧。火帽子不听，说不行，不行，现在就要给它洗。于是，火帽子把小猫放在喷头下，一下子打开了热水器，滚烫的热水流下来，烫得小猫又叫又跳，眨眼工夫就跑出去了。跳跳蛙对火帽子说，都怪你，你要是不烫它，它肯定不会跑，那样我们就有了一只会演杂技的杂技猫。红袋鼠说刚才我们自己也差点儿被烫到，多危险啊。火帽子说对不起，以后再也不自己开热水器了。一个很生动的故事里隐藏了自我保护的知识点。

发现"命题作文"的写作窍门以后,我突然觉得这样写很好玩,很有意思,写出来的作品孩子非常喜欢,家长感到实用,具备了儿童性和教育性,而且不失文学性。

葛冰:从故事和细节出发,画龙点睛

我们发表在《幼儿画报》《婴儿画报》上的作品,相当一部分教育性特别强,关于幼儿自我保护的,关于培养孩子好习惯、好品质的,引导孩子不挑食、不偏食的,针对的都是家长最关心的育儿问题,属于"命题作文"。我在"男婴笔会"这些年写了约两千篇作品,至少有三分之一是"命题作文"。

当时《幼儿画报》跟读者的互动特别密切,家长一般提什么要求呢?有的说,我的孩子老看电视,眼睛都快看坏了,能不能给我们写一篇保护眼睛的故事?有的说,家里有电门(电源插座),最怕孩子去摸电门，能不能写篇故事告诉他不能摸电门？还有的说，我的孩子特别任性，能不能编一个故事，让他不那么任性？家长们教子心切，在反馈给编辑部的意见当中，出了不少题目，他们觉得，我们写的故事比他们直接说教管用。幼儿园老师也有要求，说过马路、踩上窨井盖，都容易对孩子造成意外伤害，特别希望我们写故事来提醒孩子：过马路要做到红灯停、绿灯行，小区里的窨井盖不能踩。所以，张晓楠和编辑们给我们出的这些"小难题"，真不是凭空想象的，都是来自家长、幼儿园老师的需要。

把一个教育主题转化成孩子喜欢的故事是非常难的。以往这一类的婴幼儿文学作品，大多是用一个最简单的故事来告诉孩子应该怎么做。一开始我们也走了一些弯路，比如说，写不让小孩摸电门的故事，我们构思的方法也是直截了当的：孩子不听大人的话，不让摸电门偏要摸，结果触电了，差点儿出大事。然后家长就告诉孩子，以后记住不要摸电门了，孩子说记住了。刚开始的时候，我们基本都是按照这种套路写的。

这么写我们觉得没意思，张晓楠的要求也比较高，说给孩子讲与教育主题相关的知识，要当成一个非常有趣的故事来讲。我们后来琢磨，虽然是"命题作文"，但我们构思的时候不能主题先行，不能老想着所谓的主题，被它牵着鼻子走，而是要牵着它走。我们琢磨出一套迂回的办法：你让我围绕这个知识点编故事，我先不考虑这个知识点，而是先写一个特别生动的、读者预料不到的故事，然后在某个细节上加上一个知识点。像画龙点睛一样，先把龙画出来，再把眼睛点上去，让孩子开始看的时候，觉得这个故事非常有意思，能够一口气把它看完，最后才发现故事里有知识点。当然，这个故事要发生在有可能造成意外伤害的幼儿生活场景中——摸电门应该在家里有电器的房间里，踩井盖应该在小区里的道路上。

比如，写不让孩子随便摸电门的题目吧，我不直接写孩子怎么样，而是写有一只小老鼠跟几个小伙伴在家里玩藏猫猫的游戏，玩到正得意的时候，在房间最隐蔽的角落，小老鼠一脚踩到电门上了，一下子被电得直哆嗦，晕过去了。"啊，这个电门不能碰！"小伙伴们一下子就明白了。前面写捉迷藏写得非常有意思，再用小老鼠一脚踩在电门上的细节把知识点带出来，这就是画龙点睛的写法。故事是整条龙，知识点是龙的眼睛。当然，给孩子写自我保护的故事，还有很多禁忌，比如，写摸电门，不能真写孩子触电之后的惨相，不能刺激孩子。

写《红袋鼠美食屋》的故事也是这样。《红袋鼠美食屋》是《幼儿画报》的一个栏目，教育孩子要不偏食、不挑食，其实就是给家长提供菜谱的。我们开始写这个栏目故事的时候，直接写这道菜怎么好吃，怎么有营养，怎么做，离不开菜谱这个方向。后来不光写菜谱，不光写怎么做菜，还写红袋鼠、火帽子、跳跳蛙每个角色都有一项特殊的做菜本领。他们一念咒语，一施魔法，就能做出好吃的菜，但这么写还是没有跳出做菜这个大方向。再到后来，就是编有趣的童话故事了。

我写过一篇叫《呼呼呼，吸吸吸》的童话，红袋鼠、火帽子、跳跳蛙的美食屋越办越好，三个小伙伴可以通过呼气、吸气，让美食屋还有自己的身体变大变小，来满足体形大小不一样的顾客的要求。有一天，他们用这个办法，分别接待了大象、狐狸和蚂蚁，几个顾客都很满意。这个作品，有想象，有情节，有人物形象，就算不放在《红袋鼠美食屋》这个栏目里，放在其他任何地方，都是一篇特别好玩的童话故事，而且"命题作文"所要求的教育性、实用性也都包含在里面了，一点儿都不缺。

这么多年，我们做了各种各样的探索，就是为了摆脱主题先行这个框框，现在基本上算跳出来了。我们觉得，在写"命题作文"这方面，我们已经得心应手了，我们每个人至少写了上百篇，都经过千锤百炼了，光是孩子不要随便摸电门的主题，我就写过五次，现在拿出来一看呢，相同主题的五个情节，创意完全不一样，但都是非常生动的故事。

金波：有益、有趣、有用

我总结出来写作"命题作文"得有这么几点：要有益、有趣、有用。有益当然是有教育意义，这都不用说了，因为"命题作文"本身就来自家长和幼儿园教育孩子的需求，当然是有益的。我重点谈谈有趣和有用。

先谈有趣。我们写"命题作文"的第一步是，拿到了题目之后怎样编故事。我是五个人里最不会编故事的，进入这种状态也最困难。最初的感觉是不会写，觉得这种命题太干巴巴了，一个教育的论点怎么可能把它变成故事？

葛冰特别擅长写故事，他告诉我，这类故事要从反面来写，不能从正面写。我一般习惯从正面写，葛冰说从正面写的话，就得写一个模范，讲这个孩子怎么听话，从来不让家长和老师操心，表现有多好，这样写就没故事了。要是从反面写一个不听话的孩子，故事不就来了吗？葛冰这么一说，我觉得这倒确实是个规律。因为孩子不听话，人物之间就有矛盾冲突了，有了矛盾冲突就有人物性格，有情节，有故事，有悬念，孩子就愿意听了。一开始就树立一个模范，吸引不了孩子。从反面写故事，这是让"命题作文"有趣的一个写作方法，掌握这个方法以后，我慢慢地适应了"命题作文"的写作。有的时候葛冰他们也夸我，说我的想象也很奇妙，也很不错。

"命题作文"光有趣不行，还得考虑命题的要求，跟有益结合起来。怎么把这两方面统一起来呢？我采取的办法是"若即若离"。"若即"是故事情节始终围绕主题展开，"若离"是在故事里不要把说教的东西放进去。

我写过一篇孩子不要独自到处去逛，避免走丢了的故事，"不要到处去逛，避免走丢了"这样的话始终没有写出来，就写了几个故事。开头是这么写的：红袋鼠、火帽子和跳跳蛙去春游，正往车站赶。跳跳蛙好奇心强，红袋鼠在前面带路，让火帽子盯紧了跳跳蛙，别让他走丢了。跳跳蛙听了很生气，说为什么要盯着我，我保证不会走丢。火帽子说你紧紧地跟着我就不会走丢，接下来跳跳蛙真的走丢了两次。

一次是跳跳蛙一直紧盯着火帽子往前走，突然发现路边有一大群"火帽子"，他走过去一看，原来这群"火帽子"是鸡冠花，正开得火红火红的呢。他以为火帽子藏起来了，就钻进花丛里，这里看看，那里看看，想找到火帽子，没想到火帽子没找到，还迷路了，急得又哭又喊，幸亏这时候火帽子找到了他。这次走丢，是因为跳跳蛙遇见了长得特别像火帽子的鸡冠花。

第二次走丢，是因为遇见了他的青蛙同类。他们在车站等车的时候，跳跳蛙东张西望，发现离车站不远的地方有一个池塘，许多小青蛙在游泳呢。他再也忍耐不住了，就偷偷摸摸地跑过去，一头钻进那个池塘里。小青蛙们都围上来，和跳跳蛙打闹在一起。打闹声被红袋鼠听见了，赶紧和火帽子一起把跳跳蛙带回车站，但是他们准备乘坐的旅游大巴车正好刚开走。

跳跳蛙这回老实了，规规矩矩地和红袋鼠、火帽子一起等待下一班车。车来了，他们排队按顺序上了车。有个小老鼠在车厢里跑来跑去，大喊大叫。跳跳蛙走过去，拉住小老鼠的手坐在座位上，说你不要跑跑闹闹的，这样很危险，我给你讲一个故事好吗？小老鼠点点头，安安静静地听起了故事。我没写跳跳蛙讲的是什么故事，而是在最后结尾处留了个悬念，问小朋友："你们猜跳跳蛙讲的是什么故事？"

这篇作品没有"别乱走，避免走丢"的说教，就写了跳跳蛙两次走丢的故事，但家长念到结尾的时候，让孩子猜跳跳蛙给小老鼠讲的是什么故事，他们一定会说跳跳蛙是在讲他自己的故事，这印象不就深了吗？"别乱走，避免走丢"的知识，孩子自然也记住了。

让孩子学会自我保护，是家长普遍面临的问题，也是家长最操心又最没有办法的问题。我们对这个主题也很感兴趣，写了很长的时间，幼儿日常生活中容易发生意外伤害的方方面面几乎都写到了。写这类主题都是从反面写的，这就要把握好度。不能为了有趣，把不注意自我保护的后果写得太严重，不能写孩子真出大事了，更不能出现暴力、血腥的场面，那样的话，会让孩子、家长在心理和情感上都接受不了。这一点，张晓楠和编辑们把握得很好，他们给我们出这些题目的时候，甚至请教了相关的幼儿教育专家、儿童心理学家。我们接受这些题目的时候，也都想到了不能写得太过。我写跳跳蛙两次走丢，但都得到了别人的帮助，同时也告诫孩子：看看，这几次要不是有人帮助跳跳蛙，他可能就真出大事了。

我还要特别说说有用。我在这里说的"有用"，就是作家在写作中，要有意识地给家长和老师创造一个怎么用作品的机会，帮助家长起到引领孩子阅读的作用。

有趣的幼儿文学一定要"有用"。因为幼儿文学不只是幼儿的文学，还是成人的文学，爸爸、妈妈和老师是幼儿文学的第一读者。所以，幼儿文学首先得让成年人感到有用，而且会用。

当然首先是内容要有用，"命题作文"内容有用不必多说了，问题是家长和老师拿到这篇作品后，要怎么做才能"有用"。我发现很多家长包括老师不会用这些作品。他们就一个方法，把故事给孩子念一遍，让孩子好好听。方法再多一点儿的，就让孩子复述故事，说出多少算多少。

用作品的方法有好多，比如儿歌，可以分角色朗读，或者是两人对口朗读；童话和故事，可以变成戏剧，父母和孩子一起演；等等。作家在创作时，就要考虑到怎样让家长和老师运用作品，让家长和老师读完之后能立刻想到怎么运用。而不是单纯的就一项，给孩子念一遍。那不行，要用很多方法让孩子记住内容。

记得我写过一篇蚂蚁小黑豆的故事，讲蚂蚁小黑豆叼着食物回家，一路上克服了好多困难。第一次是遇到了一块大石头。对小黑豆来说，这块石头就像座大山，它费了好大劲才爬过去。第二次是遇到了一条挡道的大黄狗，小黑豆设法通过了。后来有一个家长给《幼儿画报》编辑部写信，说他把这篇故事改编成了一个戏剧，拿枕头当成那块大石头，孩子演蚂蚁怎么过去的，妈妈演大黄狗，让孩子演蚂蚁怎么通过的。这样，孩子在游戏当中就把故事记住了，还记得特别牢。能把故事很容易地就变成剧本，让爸爸、妈妈和孩子一起演，这就是让作品"有用"的一种方法。

还有一种方法是启发式的阅读。我写过一篇东西，是讲孩子乱跑怎么办的。我怎么写的？孩子第一次看到别人玩，跟着跑了。第二次看到园子里有花，他又跟着别人跑去看花了，妈妈在那儿着急。第三次是回到家了，妈妈跟孩子说，今天我要给你讲一个你的故事——结尾就到这儿了。什么意思？就是让家长讲一讲孩子那两次跑丢的故事。这就等于给家长留了个作业，要家长学会讲这篇故事。我觉得，"男婴笔会"这么多年的写作，不光培养了小读者，也培养了一批能带领小读者阅读的大读者。

高洪波：好的主题创作 润物细无声

我个人觉得主题创作当中最忌讳的是直入的、浅白的说教，这是对孩子，对小读者最大的不尊重。好的主题创作应该是静悄悄的、润物细无声的，让孩子在不知不觉中，受到情感的、智慧的、理想的精神滋养。这是好的主题创作。标语口号式的、粗暴绑架式的主题创作，对孩子、对接受主体缺乏最起码的尊重。这一点，我们几个人在创作中很注意，始终坚持把教育性与儿童性、文学性有机融合在一起。我认为，这是考量一个优秀的儿童文学作家对主题创作把握度最好的试金石。

"命题作文"的主题主要来自张晓楠他们在社会调研中发现的一些迫切需要解决的问题，比如孩子不要把手指塞进易拉罐的小孔里，不要摸电门，不要把塑料袋往头上套，等等。这些都不是那种成人化、概念化的主题，但即使写这种主题，也不能直白地说教。

2017年，我接到一个"不要把手指塞进易拉罐"的命题。很多幼儿喜欢用手指去抠各种小洞洞，想知道小洞洞里有什么，孩子把手指伸进易拉罐小孔里拔不出来或者被割伤的事经常发生。所以，编辑部出了这么一个命题。

这个命题怎么编故事？写孩子手指塞进易拉罐被割伤，不仅太直白，受伤流血的画面还会吓到孩子。葛冰给我出了一个点子，建议我构思一个一只小瓢虫飞进易拉罐的故事。有了这个点子，思路一下子就顺畅了。

我写红袋鼠、火帽子、跳跳蛙，每人手里拿着一罐荔枝汽水，边喝边聊，好开心啊。突然，一只小瓢虫飞过来停在了火帽子的易拉罐上，它觉得荔枝汽水的味道很香，开始围着易拉罐的小孔转。火帽子很担心，盯着小瓢虫说道："瓢虫，瓢虫，小傻蛋，你可千万别往罐子里钻。"话音未落，小瓢虫一下子钻进了易拉罐。火帽子着急了，刚要伸手去抠，红袋鼠连忙制止道："千万别抠易拉罐，手指进去太危险，瓢虫自己会飞出来的,让它尝尝汽水甜不甜。"火帽子放下易拉罐,开心地说道:"对,让它尝尝汽水甜不甜。"这篇故事题目叫《往哪儿跑,小瓢虫!》,全文也就二百字左右,用瓢虫飞进易拉罐尝汽水的想象,儿童化地表达了手指不能塞进易拉罐的主题。

《红袋鼠美食屋》是《幼儿画报》专门推荐各种美食的栏目,其实就是根据不同季节、不同时令的特点,推荐符合幼儿营养膳食要求的菜谱,实用性很强,家长和幼儿园很需要。关键是怎么能让孩子也喜欢。如果仅仅是满足家长、幼儿园的需要,直接把菜谱给他们就完了,不用作家写。要让孩子喜欢,就得通过作家把菜谱变成孩子喜欢的故事。

2015年初,我接到《红袋鼠美食屋》的约稿单,任务是为当年8月出版的《幼儿画报》,写一篇以西瓜、黄瓜、绿豆为主材料的三种菜品的故事,要求体现补水、消暑的健康主题。具体要求有八项,包括故事场景、主人公、菜名、字数等,关键是要求"情节合理、有趣、幽默,充满想象力,同时又容易让孩子理解并接受""让幼儿想吃,父母想做,幼儿园可参考"。这些要求怎么实现?

我构思了一个吃啥都上火的小毛猴,他一上火,眼皮上沾满眵目糊,屁股红得坐不住,舌头往外吐,嘴巴直发苦。小毛猴来到美食屋,红袋鼠、火帽子、跳跳蛙三个大厨忙得满头大汗,每人为他做了一道补水、消暑的夏季时令菜。红袋鼠用西瓜、银耳、杏仁和蜂蜜,做了一碗"红袋鼠珊瑚西瓜羹";火帽子用黄瓜、鸡蛋、肉松和沙拉酱做了一份"火帽子翡翠沙拉卷";跳跳蛙用绿豆、鸡蛋、面粉和牛油做了一张"跳跳蛙绿玉千层饼"。小毛猴吃了这三道菜,眵目糊从眼皮上掉下来了,嘴也不苦了,就想回家美美地睡一觉。为了让孩子对这三道菜产生好奇心,我甚至把菜名都改了:"火帽子翡翠沙拉卷"原来叫"火帽子黄瓜沙拉卷","跳跳蛙绿玉千层饼"原来叫"跳跳蛙绿豆千层饼"。

《幼儿画报》还有一个栏目,专门介绍中国的各种传统节日,对孩子进行优秀传统文化方面的熏陶。我写过一个清明节的故事。清明节是祭奠先人的日子,怎么让这个日子跟孩子产生关联,而且只用五六百字的篇幅?这个时候就要动用作家的生活积累了。

我认识一些老红军的后代,听他们讲过一些自己父辈的故事,还写过《红军柳》[①]《爷爷的宝贝》[②],《红军柳》还获过奖。于是我决定,写一个小朋友跟着爷爷去祭奠老红军太爷爷的故事。场景就放在长城外的一片松树林里——当然放到八宝山也可以,但长城外这片松树林是老红军曾经战斗过的地方,背景更有历史纵深感。我还设计了通过几块弹片来引出对老红军经历的回忆。就是这么一个构思。

故事大意是:清明节到了,爷爷带着明明来到长城外的一片松树林,找到一棵松树,在树下摆好水果、点心、酒和鲜花,告诉明明,他太爷爷的骨灰就埋在这棵松树下,然后领着明明一起给太爷爷三鞠躬。鞠躬后,爷爷又取出一个小盒子,小盒子装着五块碎铁片,大小不一,黑中带锈。爷爷告诉明明,这是留在太爷爷身上的弹片。爷爷说,太爷

[①] 《红军柳》,2016年8月解放军文艺出版社出版。
[②] 《爷爷的宝贝》,2018年1月解放军文艺出版社出版。

爷参加过长征，打仗可勇猛了，每次战斗都冲在最前面，是一个真正的英雄。这五块弹片是太爷爷去世火化时，爷爷从骨灰里捡出来的，有日本人留下的，也有白军留下的，见证了太爷爷这一代老红军难忘的岁月。爷爷告诉明明，太爷爷留下的遗言就两条，一条是一半骨灰撒在江西兴国的土地上；一条是另一半骨灰葬在长城边一棵松树旁，不进八宝山。明明一下子明白了，他把酒倾倒在长城的青松下，他觉得从未见过面的太爷爷，一定能喝到这清明节的美酒。

这篇作品叫《松树下》，我主要是写红色基因的传承，把清明节这个传统节日和红军后代的红色记忆对接在一起了，但是很自然，孩子的感悟也是发自内心的，没有说教的东西。

刘丙钧：把主题融化在作品里

研究"命题作文"可以从两个方面着手：一个是从编辑角度去研究，看给到作家的是什么主题，想让作家说什么；一个是从作者角度来研究，看作家怎么写。"说什么"很容易从读者反馈中找到，是读者非常需要的，但关键在于作家怎么写，"怎么写"体现作家自身的观念追求和文学素养。

我们刚开始写"命题作文"的时候，面向的读者群比较宽泛，都是一些生活中可能会出现或者是出现过的问题，比如地震来了怎么办，火灾来了怎么办。这些主题也需要讲，但并不只是针对孩子的，而是所有人都需要知道的常识，不具有儿童性。再说，地震、火灾真要来了，大人都慌了，更别说孩子了。他们根本没有能力进行自我保护。所以，我说这些主题是一种"泛主题"。那个时候，张晓楠他们已经开始有根据市场需求、家长需要来办刊的意识了，但是还没有把自我保护这个主题跟幼儿生活结合在一起。后来张晓楠带着编辑们下沉到幼儿园，下沉到市场，带回来自市场的真实反馈，命题也就有了明确的教育指向了。

写这种具有明确教育指向性的命题，开始很难。"泛主题"的"命题作文"只讲那种比较宽泛的道理，不用深入孩子现实生活的细节中去，还好写一点儿。这种教育性确指某一点的"命题作文"，相对来说难写得多。因为知识点都得讲到，具体措施、细节都得有所交代，所以，有些选题确实很难写，很难转化成一个带点文学色彩的生活故事或者是童话故事。这个时候，作品教育性跟文学性的矛盾，相对来说就比较突出了。

刚开始写"命题作文"时，太痛苦了，感觉有难度。后来我们找到一个办法，就是摆脱主题来讲主题，既要体现主题，又不被主题牵着走，把主题融化到作品当中去。"男婴笔会"这么多年写"命题作文"，一直在想方设法摆脱主题先行的魔咒。实践证明，"命题作文"带来的作品教育性与文学性的矛盾，通过一定的构思，运用一些文学技巧、写作技巧，可以在一定程度上减少教育性所造成的对作品文学性的削弱。处理得好，主题甚至可以在作品中不露痕迹。

比如我写《电梯里的大狼》，在开始构思的时候，我没有过多考虑孩子在电梯里应该怎么自我保护这个主题，而是首先设定人物和场景。设定的人物要符合要求，就像导演选择演员，选中的演员在气质、性格、容貌，甚至语言风格等各方面，要比较适合演在电梯里发生的故事。我先构思好人物和场景，然后再考虑在设定的场景下，怎么让人物发生故事，最后再把所要表现的主题有机地融入故事里。

实际上，有的主题只要点到了，不用说孩子就明白，用不着赤裸裸地对孩子进行说教。"命题作文"的写作，就是作者通过自己的构思和讲述，把主题融化在作品里的过程。

《红袋鼠美食屋》和《红袋鼠的自我保护故事》一样，也是《幼儿画报》的一个品牌栏目，办了有十几年了，现在还办着。在我的印象里，这个栏目的"命题作文"是最难写的。

开始我们把美食屋设计成孩子的一种生活场所，孩子们在这个场所里面享受各种美食，感受到各种快乐，没有特别介绍各种菜谱，故事里幻想的成分比较多。后来因为家长老是反映孩子不爱吃什么、缺少哪方面的营养这类问题，提的要求越来越明确、越来越具体，我们就往实用性这个方向走。结果越搞实用性越强，写的东西里，怎么做菜写得比较详细，看起来跟菜谱差不多。这么一来，实用性是强了，但孩子又不爱看了。这就等于孩子不好好吃饭的问题还是没解决。我们自己也挺别扭，觉得推荐给家长的菜谱写得太实了，不像是儿童文学作品了。最后我们避实就虚，给家长的菜谱点到为止，主要还是把美食故事写好，在故事里把知识点给带出来。张晓楠他们在版面上也做了一些处理，菜谱采用知识链接的办法，附在故事后面。因为现阶段做菜是家长的事情，孩子只要知道故事里介绍的菜品好吃，潜移默化地对营养均衡、合理膳食建立起一些概念就行了。

这是个秘密

　　大雪下了好几天，恐龙幼儿园里积雪厚厚的。

　　小恐龙们聚集（凑）在一起，说着悄悄话。恐龙老师凑（走）过来问："你们在说什么？让我也听听。"

　　甲龙做了个鬼脸，说："这是个秘密！"

　　恐龙老师走进教抨，甲龙和狠龙像小尾巴似的，跟在恐龙老师身边，一步也不离开。

　　恐龙老师问："甲龙，大白天的，你拉窗帘做什么？"

　　甲龙笑嘻嘻地说："这是个秘密！"

第八章 把经典转化成适合婴幼儿阅读的作品

葛冰：让经典贴近婴幼儿的生活

"男婴笔会"所写的内容，可以这么说，婴幼儿生活的方方面面几乎都包括了，大到价值观和优秀传统文化教育，小到吃喝拉撒睡，没有什么题材是我们没有写过的。

这些题材，一部分是属于婴幼儿生活范畴内的，好习惯培养故事、红袋鼠自我保护故事、红袋鼠美食屋、红袋鼠智慧生活故事、睡前童话等，都属于这方面的。还有一些知识类、科普类的故事，也属于这个方面。

还有一部分内容不能算在婴幼儿生活的范畴里，但是应该对婴幼儿进行启蒙，我们也以适合婴幼儿的方式表现出来了。比如传统文化里的成语故事，我们改编成儿歌、童话故事，让原来很高深的东西，通过我们的手，转化成适合婴幼儿听读的内容。古诗小童话、十二生肖故事和儿歌、传统节日故事、《千字文》、《百家姓》、《弟子规》、《三字经》这些我们也都写过，反响还都挺好，显现了"男婴笔会"的功力。

当时为什么花这么大功夫对婴幼儿进行传统文化启蒙呢？中小学语文教材统一使用部编版后，因为古诗文的内容大量增加，家长们也很重视传统文化的教育，特别明显的是，都在强调读名著，给孩子阅读的古典名著版本五花八门，社会上到处都是。"男婴笔会"马上关注到这个潮流了，觉得让孩子接受优秀传统文化是社会的一种需要，"男婴笔会"必须拿出好东西来，就是走一条比较艰难的路子，也得把进行优秀传统文化启蒙的好东西拿出来。

把传统文化介绍给孩子，用什么形式去表现呢？现在的孩子读书，绝大多数喜爱现代的、贴近自己身边生活的、内容生动有趣的书。而介绍传统文化的书，内容往往和现实相距比较远，与孩子身边的生活也有一定距离，孩子不容易接受，如果故事性还比较差，孩子就更不愿意看了。

还有就是，介绍传统文化，给幼儿园孩子的标准和给小学生、中学生的标准是绝对不一样的。给幼儿园孩子介绍传统文化，讲得更确切一点儿的话，就是传统文化的启蒙教育，要特别强调适度，内容要比较适合他们，要用浅显的语言表现出来。

"男婴笔会"在向婴幼儿进行优秀传统文化启蒙方面，做出了很大的努力。我有三点感悟。

一是在传统文化中，要选择有价值的、故事性最强的内容。讲传统文化启蒙，有一个批判性吸收的问题，要区分哪些东西有意义，哪些东西适合婴幼儿，不能全文照搬。传统文化里的东西，有些是孩子不懂的，有些是孩子接受不了的，有些是在思想上、主题上有问题的，这就要有选择地介绍。比如《弟子规》里的"朝起早，夜眠迟""话说多，不如少""待奴仆，身贵端"这些内容，现在就不合适。所以，《弟子规》我们不是从头到尾地全文都给孩子介绍的，而是选择其中的部分内容，经过艺术加工变成故事。

二是在表现形式上，要加入现代因素。古诗文、成语产生的年代，距离现在比较遥远，所包含的人和物跟现在都不太一样。成语里有的角色，现在的孩子根本不了解，就得用别的角色代替。比如"杯弓蛇影"这个成语，现在的孩子怎么能理解呢？对现在的孩子来说，"弓"和"蛇"都很陌生，就算是用白话文把"杯弓蛇影"的故事讲一遍，孩子可能还是不懂。所以，就得寻找新的形象，根据这个成语本来的意思，重新创作故事。再加工后给到婴幼儿的东西，就适合他们阅读了，要不然他们不懂。"男婴笔会"介绍给孩子的古诗文、成语故事，还是原著本来的思想内涵，但故事是我们自己编的，都是经过加工的，等于是再创作了。

三是让传统文化贴近孩子身边的生活。"男婴笔会"写的那套"中国红"丛书中的"中国传统节日故事"系列，就是贴近孩子身边生活的作品。这套书出版以后还挺受欢迎的。我创作的《奶奶的丝线爷爷的船》是写端午节的。一般写端午节都会重点写纪念屈原、吃粽子、划龙舟这些事。我写城里的一个小孩跟着爸爸妈妈到乡下和爷爷奶奶一起过端午节，通过一系列细节，突出了亲情、民俗、乡愁这些因素，让孩子更容易体会到端午节的味道。比如，孩子怎么跟着爷爷划小船到芦苇荡里采摘苇叶，祖孙三代怎么包"最新鲜的粽子"，奶奶给孩子看五十年前用丝线缠成一串的小粽子的照片，奶奶给孩子戴上漂亮又能"驱邪"的小香囊等细节，我都写得比较细致。这套图画书也证明，"男婴笔会"即使是写中国传统节日这种题材的"命题作文"，呈现出来的也是文学性很强的故事。我们几个都有不少这样的作品。

白冰：从幼儿的感觉出发，用幼儿的心灵去感悟

优秀传统文化启蒙这方面的内容，我们写过一些作品，有关古诗、成语、《弟子规》、《三字经》、十二生肖的童话、童诗、散文、儿歌，我们都写过。

写这些东西很费劲。首先必须把古诗文、成语读懂读深，这是前

提。编辑把题目给到我们之后，在开笔会之前，我们要反复阅读原文，要把原文吃透，掌握它的精髓，这样，才能准确地表达古诗文和成语的原意，这个是最重要的。

在把题目交给我们之前，编辑已经做了选择，去粗取精，汰劣存优，把像"二十四孝"中"卧冰求鲤""为母埋儿"这类不适合孩子阅读的内容删除。我们给孩子选的古诗文和成语，都是传统文化中的精华，内容适合孩子阅读。但是，时代变了，生活环境也变了，有的古诗文和成语内容虽然适合孩子，但是，里面讲到的有些人和事，现在的孩子很难理解。因此，在写作的过程中，我们要找到孩子的兴奋点，从幼儿的感觉出发，用幼儿的心灵来感悟。然后，用幼儿的幻想、幼儿的语言，把古诗文、成语变成孩子容易读懂、能够喜欢的童话、童诗、散文、儿歌。

有一次笔会，交给我的作业是把清代郑燮的《竹石》改写成古诗童话，怎么改呢？原诗是这样的："咬定青山不放松，立根原在破岩中。千磨万击还坚劲，任尔东西南北风。"怎么把这首以竹写人，歌颂刚正不阿、宁折不弯的高贵品质的古诗，变成幼儿能够读懂的童话呢？首先浮现在我眼前的是竹子，然后是小蒲公英。于是，我写了《了不起的小竹子》，通过小蒲公英对竹子的不解、和竹子的对话，以及对竹子的夸赞，来写竹子的坚毅和勇敢：

小蒲公英举着小伞，在山崖旁飞呀，飞呀，玩得很高兴。她一边飞，一边唱："东边的风，西边的风，轻轻吹着我，到处去旅行！"突然，她看到一根竹子从石缝里钻出头和身子，风一吹，就晃啊，晃啊，好像要掉到山崖下边去。

小蒲公英对竹子说:"哎呀,这太危险了,风一吹,你会掉下去摔坏的!快找一块平整的地方去安家吧!"

小竹子说:"不用怕,不用怕,别为我担心,我的根早已经扎在岩石缝里了,扎得好深好深,东西南北风,吹了我好多次,也没把我怎么样。我就要在这大山的石缝里长啊长啊,长成一根好大好高的竹子!"

小蒲公英围着小竹子,飞呀,飞呀,说:"你真是一根了不起的小竹子!"

"死去元知万事空,但悲不见九州同。王师北定中原日,家祭无忘告乃翁。"南宋诗人陆游的《示儿》这首诗虽然很短,一共才四句,但牵扯的历史背景、表达的思想感情很复杂。怎么能让幼儿对这首诗产生共鸣呢?要找到新的形象,写成新的故事,还必须和这首诗原来的意境是一样的,蕴含的思想意义也应该是一样的。

怎么写呢?我用了狮子的形象,写了一篇叫《狮王》的小古诗童话。我为什么用狮子的形象呢?因为孩子喜欢动物,很多孩子都爱看电影《狮子王》。狮王木法沙、小狮子辛巴这些形象,孩子都很熟悉,用狮王和小狮子的形象来演绎《示儿》的内容和意境,比较贴切,现在的孩子容易懂。在《古诗小童话》这个栏目中,把这篇小童话和陆游的《示儿》白话译文放到一起,孩子如果听家长念了这篇童话,再听家长讲《示儿》的白话译文,很容易就把童话的内容和古诗联系起来,从而产生共鸣。

古诗小童话《狮王》是这样写的：

山下，传来了狮子的吼声和叫嚷声。山洞里只有一只最小的狮子守着病重的狮王。

小狮子给狮王叼了一块肉，狮王摇了摇头："我吃不下，这时候吃什么也不香了。"

小狮子叼来了一朵山花："您看看这花多漂亮，我把它戴到您头上吧，肯定特别美。"

狮王说："不用戴了，我要永远离开你们了，花你留着，戴到自己头上吧。"

小狮子说："我能为您做点什么吗？"

狮王说："我死了，就会变成山上的泥土。我放心不下的是我们能否夺回外来狮子占领的山冈。"

小狮子说："会的，我们打过好多胜仗啊！"

狮王说："要是你们打了胜仗，夺回了山冈，我死了，你们也要告诉我一声啊！"

小狮子说："一定，我们一定会告诉您的，狮王。"

狮王永远闭上了眼睛，小狮子一边流泪，一边听着山下狮子的吼叫，他在等着胜利的喜讯。虽然狮王永远闭上了眼睛，但，他要把喜讯告诉他们最爱的狮王。

我还写过成语儿歌《亡羊补牢》，是从母羊生羊羔开始写起，写到丢羊、修理羊栏，老狼没有办法偷吃羊羔，完全是从幼儿的视角，用幼儿的感受来写的：

母羊下了羊羔羔儿，羊倌乐得"哈哈"笑。羊栏缺几根木条条儿，羊倌乐得忘了找。羊栏有个大空隙，老狼过来瞧了瞧。看着空隙老狼笑，吃羊的机会来到了。黑夜来了老狼到，叼走母羊和羊羔。羊倌哭了好半天，泪珠"吧嗒吧嗒"掉。羊倌找来了木条条儿，羊栏钉得密又牢。老狼老狼又来了，进不了羊栏"嗷嗷"叫。亡羊补牢不算晚，老狼再也叼不走羊羔羔儿。

我们创作了一系列对婴幼儿进行传统文化启蒙教育的儿歌，有成语儿歌、《弟子规》儿歌、《三字经》儿歌、十二生肖儿歌，等等。好多内容是用叙事儿歌来表现的，一首儿歌讲述一个很完整的故事，二三十行、三四十行一首儿歌，朗朗上口，易懂易记，家长用几分钟就可以给孩子读完。儿歌这种形式，很适合对婴幼儿进行传统文化启蒙。

高洪波：把经典写出新意

"男婴笔会"的创作还大量涉及婴幼儿传统文化认知这个领域，比如涉及古诗词、古典名著、《弟子规》、传统节日等，我也写了不少这方面的题材。

我特别喜欢、特别得意的一个作品是《喜鹊信使》。我在日记里记了："2013年12月25日至27日，马上要过元旦了，我们到稻香湖宾馆开笔会。事先用电子邮件给我们发了一个《幼儿画报》的约稿单，包括约稿材料、约稿主题，都非常完整。我们带着这个去开会，到了现场再给你一份纸质的，写完一篇就勾掉一个题目。"我记得这次笔会还策划了一套讲中国传统节日的绘本，是"中国红"这套丛书中的一组，为了宣传中国优秀传统文化，向世界讲好中国故事。我们五个人都写了，我写的那本就叫《喜鹊信使》，是写七夕的。

七夕是牛郎织女会面的日子，是中国民间的传统节日。七夕的故事流传已久，民间对七夕的传说已经固化了，很难写出新意。

我编的这个故事把叙述故事的视角转化为喜鹊的视角，实际上是孩子的视角。故事里有一个喜鹊奶奶和三只小喜鹊。三只小喜鹊实际上是三个孩子，两个男孩一个女孩。故事里的喜鹊家族不是一般的喜鹊，而是喜鹊信使。每年七夕前夜，喜鹊信使都要叼着羽毛去送信，通知所有喜鹊出发，到银河上去搭一座鹊桥。为什么要搭鹊桥？是为了让牛郎织女相见，也是为了让他们的孩子能见到妈妈。七夕是一个古老的爱情传说，故事的角色一般只有牛郎织女，为了让这个故事能够贴近孩子的生活，我增加了牛郎织女的孩子，也算是童话创作中的合理想象吧。

七夕前夜，三只小喜鹊听从喜鹊奶奶的号令，把一片片羽毛信送出去，让天下的喜鹊使劲往天上飞，一直飞到银河上，齐心协力搭起一座鹊桥。然后，牛郎织女见面了，他们的孩子也见到了妈妈。这时候，一颗流星从天上划过，喜鹊奶奶知道，这是织女妈妈见到牛郎和孩子们以后，流出的幸福的眼泪。

经历了高空飞翔的三只小喜鹊，变得更加健壮和成熟了，喜鹊妹妹头上还有一朵小红花，是织女的女儿送给她的小礼物。

《喜鹊信使》把传统民间故事变成一个非常好玩的童话，体现了孩子成长的主题，但是又和传统相融，"中国红"的特色和儿童性都很鲜明。这本书到2016年8月才正式出版，可谓"千呼万唤始出来"，金波老师做了点评，我自己也非常喜欢。

除了改编传统民间故事，我们也常常对经典名著进行再创作以适应当下的幼儿阅读。

幼儿都非常喜欢面具，喜欢戴着面具模仿自己喜欢的人物。我们小区有个三四岁的小男孩特别逗，他有两个面具，一个是孙悟空的，还有一个是奥特曼的，自己没事就两个面具换着戴，经常会在孙悟空和奥特曼的角色转换当中，弄混了自己扮演的角色，特别可爱。教育专家把幼儿的这种行为叫作"角色扮演"，认为对培养孩子的阅读兴趣和想象力很有作用。

"大低幼"受专家意见的启发，策划了一个《西游记》睡前故事系列，把《幼儿画报》的几个形象和《西游记》的故事结合起来，让红袋鼠、火帽子、跳跳蛙戴上孙悟空、猪八戒、沙和尚和唐僧的面具，重新演绎《西游记》里的人物。

我不知道《西游记》睡前故事系列一共有多少篇，我写了四篇，除了唐僧师徒四人外，我还设计了小兔一家，有小兔和兔爸爸、兔妈妈，主要写火帽子怎么以孙悟空的身份讲《西游记》的故事。

《骑马挑担上西天》是第一篇，红袋鼠、火帽子和跳跳蛙唱了《敢问路在何方》这首《西游记》的主题曲后，成了取经队伍中的一员。火帽子变成孙悟空，挥舞着一根被他当成金箍棒的竹棍，在前面一跳一跳地开路。突然发现一只小白兔从草丛里跳出来，火帽子举棒就要打，唐僧一看是小白兔，连忙叫道："悟空住手，不许欺负小白兔。"三人决定把小白兔送回家，火帽子还摘了一朵小红花送给小白兔，表示歉意。

第二篇是《兔爸爸是大专家》，写扮成唐僧师徒的红袋鼠、火帽子、跳跳蛙把小白兔送回家里后，受到兔爸爸、兔妈妈的热情款待，但兔爸爸是看了十八遍《西游记》的大专家，觉得三人扮的唐僧师徒有点儿假，要他们在家里住几天，每人讲讲自己的来历，让他确认一下。于是，火帽子讲了孙悟空从东海龙宫抢了金箍棒的经历。

第三篇是《最喜欢哪吒》，写火帽子对托塔天王、哪吒、二郎神这些人的评论：托塔天王有点儿凶，但喜欢他的儿子哪吒，因为哪吒生起气来还会变出三头六臂，他演杂技肯定一流，脚下的风火轮跑起来满场风光；对二郎神比自己的七十二变还多一变耿耿于怀。这完全是幼儿的视角。

第四篇是《随地小便的猴王》，写孙悟空被如来佛压在五行山下的故事。孙悟空一个筋斗云翻出十万八千里，以为自己翻到了天边，还撒了一泡尿作为记号，没想到却还在如来佛的掌心里，被骂了一句"随地小便的泼猴"，就被压到了五行山下，一压就是五百年。

这四篇小故事都以火帽子戴着孙悟空的面具来讲述，从一个幼儿的视角重新诠释了孙悟空这个人物，形式也非常符合幼儿的特点，既可以作为《西游记》睡前故事系列中的内容，也可以自成一个小系列，不少家长和孩子觉得很好玩，太有意思了。也有人开玩笑说，我写得太热闹、太好玩了，孩子越听越兴奋，会影响入睡，不适合作为睡前故事来读。

金波：幼儿传统文化启蒙的选择和转化

对幼儿进行传统文化启蒙非常有必要，但是要对传统文化内容进行研究，哪些是适合幼儿的，要认真选择。

比如说《弟子规》里面的内容，不见得都适合幼儿。再比如成语很多，但是有些成语哲理性很强，不见得能编成故事，而有些成语原来就有故事，不管这个故事现在能不能让幼儿听懂，总是可以启发你把原来的故事转换成现在幼儿能懂的生活故事。

还有就是选择的传统文化的内容对幼儿来说要有趣味。很多家长和老师都很愿意让幼儿背一点儿古诗，我是赞成的，在古诗中，也的确有不少是适宜幼儿背诵的，如《山村咏怀》："一去二三里，烟村四五家。亭台六七座，八九十枝花。"诗人巧妙地把数字嵌入诗中，描绘出一幅幽静美丽的山村小景。这样的诗对幼儿来说，不仅易诵易记，还很容易在他们的想象中，勾勒出一幅生动的图画。但古诗并不是特意为幼儿创作的，也有很多不适宜幼儿学习，逼着他们死记硬背，反而会使他们失去学习古诗的兴趣。高洪波写过一首题为《鹅鹅鹅》的儿童诗，道出了幼儿被迫背诵古诗的窘态："背得结结巴巴，气得妈妈说我'笨脑壳'。"孩子为什么"背得结结巴巴"？原因是："其实，我压根儿没见过白鹅。"应当说，骆宾王写的《咏鹅》是很贴近幼儿理解力的，但不少城市孩子的确没有见过白鹅，"曲项"这个词也是脱离他们口语的。

所以说，对幼儿进行传统文化启蒙要对内容有所选择。

对幼儿进行传统文化的启蒙，还应该注意把握幼儿的年龄特征，循序渐进。不同年龄的幼儿，对语言的接受程度是不一样的。就拿诗歌来说吧，幼儿可以接受的诗歌体裁有儿歌、古诗和新诗。幼儿的阅读就诗来讲，我根据这三种体裁的特点，给分了三个阶段。

三岁左右的幼儿多读一些浅显生动的儿歌更好些，因为儿歌押韵、音乐性强，又都是口语，没有语言障碍。

四五岁的幼儿可以读一些古诗了。古诗讲究押韵和节奏，音律和谐悦耳。对于幼儿来说，他们开始学古诗，声音比意义更重要，他们更感兴趣的是古诗的音乐性而不是内容，内容他们不一定了解。比如李白的《静夜思》，"床前明月光"他可能懂，"疑是地上霜"就不一定懂；"举头望明月，低头思故乡"，这就不懂了，因为一般来说，四五岁的孩子没有离别的痛苦。但是凭借这首诗柔美的韵脚和五言的节奏，幼儿可以把它背下来。至于内容，幼儿可以在成长中慢慢消化。

再大一点儿的孩子应该读一些新诗。这里讲的新诗，是指"五四"以来诗人用现代白话文专门为儿童创作的诗歌，也就是"儿童诗"。

新诗是用现代白话文写的，尽早让幼儿接触新诗，有利于他们学习语言，体会母语之美。另外，新诗想象力丰富，是抒情的艺术，幼儿读点新诗，有利于他们发展想象力，丰富自己的情感世界。

新诗是一种更接近散文的文体，但是也要讲究音乐美。幼儿感知诗的方式，总是借助于听觉。音乐美，可以说是引导幼儿进入诗的花园的一位向导，给幼儿写诗，读者的年龄越小，越是要注意音乐性。要有和谐的韵律、鲜明的节奏和大体整齐的句式，最好押韵；语言要规范、纯洁，并在这个基础上做到自然、简洁、流畅；在词语选择上，要多用象声词，用音响模拟形成一种听觉的真实感；在句式安排上，多用短句，多用反复、排比的句式，营造一种重叠复沓、回环往复的旋律感。

为什么把新诗排在了最后呢？实际上新诗并不好懂，既没有古诗听觉上的那种节奏和音乐性，又没有民间童谣贴近生活的那种幽默感，虽然文字不难懂，但是让六七岁、七八岁的孩子理解，受到感染，并不容易，所以我把它放在第三阶段。

当下诗歌界争论得特别厉害，什么样的作品是好的，都没有标准了。比如，不押韵，不讲究诗歌的叙述方式，诗歌的语言也不讲究，只要分行就是诗，这就没有标准了。这种混乱也使儿童诗的创作和阅读推广进入一种非常窘迫的境地，让人无所适从。

对幼儿进行传统文化启蒙是"男婴笔会"创作的一个重要方面，我们涉及的领域有成语、古诗词、古代幼儿启蒙读物、传统节日、古典名著等。我们主要是把这些内容经过选择和再创作，转化成当下幼儿能理解的故事、童话或者儿歌。

有的内容不是太好转化，比如说唐诗。最后我们也摸索到经验了，就是把诗里的一个句子或者是一个情境转化成一个小童话，与原作若即若离，而不是创作一个小童话来解释那首诗，实际上就是起到一个导入的作用，让幼儿知道这首唐诗里还有这样的新鲜事。我们给幼儿写的小童话不完全是原作内容的解释，也不见得读了之后幼儿就能记得住原作，但是他慢慢长大之后，知道了唐诗是怎么回事，再联系他在幼儿时期读到的这个小童话，就觉得至少有一些感性的东西来帮助他理解唐诗了。我们创作的唐诗小童话，就是帮助幼儿理解唐诗的一个切入点。

刘丙钧：赋予传统文化故事新的含义

中国的传统文化，是老祖宗留下来的东西，里面确实蕴含着很多精华，作为一个中国的孩子，应该有所了解。但是，不能把老祖宗的东西原封不动地直接拿给孩子。

就拿成语来说吧，好些成语为了说明问题，把某种情感或者想法推到了极致，从逻辑上、从生活常识上都很难跟现在的孩子讲明白，更别说让他们接受了。

另外，现在有的家长将教育的焦虑投射到方方面面，以致他们对自己孩子阅读的儿童文学作品的期待和要求也不一样了。比如说"一举两得"，这个成语是从一个典故引申来的，讲一大一小两只老虎为了争夺一头牛打起来了，因为这两只老虎伤过人，有一个人就想上去把这两只老虎制伏，另一个人却把他拦住，说两虎相争，小的会被咬死，大的也会受伤，等两只老虎分出胜负，我们就可以轻而易举地打死受伤的那只老虎了，一举两得。现在这个故事怎么讲？古代打老虎很正常，我们现在有了野生动物保护法，打老虎肯定不行，老虎是国家一级保护动物，连打狼都不行。我有一个童话,写一只老虎欺负别的小动物,兔子拿枪要打他,但不是用真子弹,而是不断地把花生子弹打进老虎嘴里,老虎越吃越香,高兴得连声对兔子说"谢谢你",最后矛盾化解了,老虎也不欺负别的小动物了。

所以,对传统文化里的故事,不加任何转化拿给现在的孩子是不适合的,在转化过程当中,还得努力把可能有负面影响的内容给淡化了。我写的十二生肖故事,就不是原来的传说故事,而是把咱们老祖宗留下来的好多关于十二生肖的传说、典故、儿歌、谚语都消化了,从我的角度,赋予这些故事一种新的含义,里面既有传统文化的知识,还有一定的思辨色彩,再加上好玩的故事,传统文化故事很少有人这么写。

"男婴笔会"作家走进河南幼儿园,开展学习成语故事,弘扬民族文化的活动

睡前故事之六

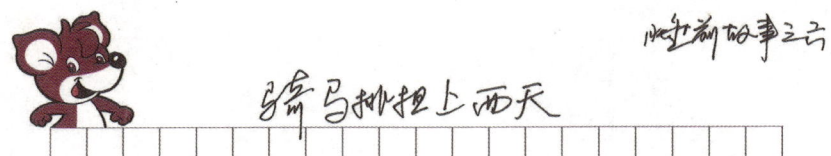

骑马挑担上西天

今晚讲故事之前，咱俩共唱一支歌："你骑着马，我挑着担，——"如果会唱这支歌，你也是取经队伍中的一员。

法师藏骑着白龙马，你可千万不许笑话小男孩腿中间的竹棍儿，它真的是一匹上天入地的白龙马！后面是挑担的唐八戒挑着一副扁担，孙悟空一跳一跳地在前面探路，大声喊道："俺是孙悟空，专门打妖精，手提金箍棒，西天取真经！"

正在闲晃的时候，一只小白兔从草丛里跳出来。火焰子大喝一声道："呔，大胆妖怪，哪里走！吃俺老孙一棒！"

小白兔吓得净在草丛里，一动也不敢动。法师叫住孙悟空道："悟空不可欺负小白兔！"

高洪波手迹

第九章 「男婴笔会」的艺术探索

高洪波：由指尖游戏到心灵阅读

"男婴笔会"的创作，后来不局限于创作《幼儿画报》《婴儿画报》的作品，也不局限于"命题作文"了，因为后来中少总社组建了"大低幼"，把几本婴幼儿期刊和低幼图书编辑部全部整合到一起，不仅办刊，还出书。从这个时候开始我们写一些有意思的书，比如"红袋鼠自我保护故事金牌系列"。还有好多作品在刊物上发表之后，很快就编成了非常好的书。从期刊到图书，这个衔接特别好，中少总社当时的规划非常到位，这是一般出版社做不到的，之前也没有出版社这样做。

"大低幼"出版了很多幼儿文学改编的精品图画书，我们几个人的作品在其中占了很大比重。这些书有的是先在刊物上发表，后来汇编成书的，比如"红袋鼠的自我保护故事""红袋鼠幽默童话"；有些是先出书，书出来之后与刊物配合互动的，比如"植物大战僵尸"系列图书、"美丽中国·从家乡出发"系列图画书；还有就是我们自主创作的个性化作品，比如我的"快乐小猪波波飞系列"[1]图画书，金波老师的《我爱

---

[1] "快乐小猪波波飞系列"，2013年4月中国少年儿童出版社出版。

妈妈的自言自语》，白冰的《换妈妈》《挂太阳》《一颗子弹的飞行》，葛冰的《梅花鹿的角树》，刘丙钧的《笨小熊的魔力电话》，等等。

"美丽中国·从家乡出发"系列一共三十五本，三十四个省级行政区各有一本，还有一本是"中国总说"。我在内蒙古出生，童年时光主要是在那里度过的，所以就选择写内蒙古这本。

初稿写完之后改了很多遍。原来我写一个蒙古族小孩，生在北京，长在北京，家也在北京，但爸爸妈妈总是提到"老家"这个词，让这个小孩感到很奇怪，他不知道"老家"是什么。后来他和爸爸妈妈一起，在一个暑假回到了呼伦贝尔大草原。在这里，他见到了爷爷和很多穿着蒙古袍的兄弟姐妹，还参加了那达慕大会，浓浓的亲情和乡情，使他终于理解了"老家"这个概念。

我确实有一个蒙古族的好朋友，他一直在武警部队服役，直到退休。他的小孙子就是我初稿中那个小孩的原型，我是以这个蒙古族小孩的视角来写内蒙古的。我当时写得很得意，但被否定了，要求重新写。最后改了四五稿，改成现在这样，用拟人化的手法，让内蒙古以第一人称的身份来讲述，介绍了呼伦贝尔大草原、生态天堂哈素海、煤城鄂尔多斯、草原钢都包头、内蒙古的特色美食，以及一些风土人情和名胜古迹，体裁也由故事变成了散文。

"快乐小猪波波飞系列"图画书不是"命题作文"，是我自己创造的形象，原来叫小花猪。起源也和"男婴笔会"有关系。这个系列的第一个故事是《帐篷小猪》，源于张晓楠在一次笔会上讲的一件事情：她住的房间飞进了几个蚊子，怎么打都打不到，后来她干脆主动伸出胳臂让蚊子随便叮，一厢情愿地想让蚊子吸足血把自己撑死，这样就不会再叮人了，结果当然没有如愿。我说这个事好玩，然后就写了一个故事，把生活故事转换成了童话故事。当时写作的时候没有主题，就是因为我喜欢写自己童年记忆里面的故事，想给《幼儿画报》每月写一个小猪的故事。张晓楠说那就写两年吧。计划如约完成，两年写了二十四个，后来出了一套系列图画书。

我最初创作"小猪波波飞"的时候，还实行独生子女政策，波波飞没有弟弟妹妹，只有表弟表妹。现在一对夫妻可以生育两个甚至三个子女，原来的独生子女可能会有弟弟妹妹了。

独生子女原来是集万千宠爱于一身，现在突然有人要分享他的爱，分享他的食物，分享他的爸爸妈妈和祖辈亲人，他会怎么办？从独生子女跨越到多子女家庭，无论孩子还是家长都面临一系列很现实的问题。所以，我创作了《波波飞的小难题》，讲波波飞要当哥哥了，他将有一对双胞胎的弟弟或妹妹，但他不知道自己该怎么办，也遇到小难题了。我用文学的形式，对生育政策调整后，原来的独生子女面临的问题做了一些表述。后来陆续又写了不少，现在"快乐小猪波波飞系列"已经有四五十个故事了。

还有大量的图书是从动画片、电子游戏转化过来的，"火车宝宝""植物大战僵尸""保卫萝卜"这几个系列的图书，都是通过电子游戏转化而成的。

这些图书里，最重要的是"植物大战僵尸"这个系列。原来我们都不玩电子游戏，为了写这套书，编辑专门对我们进行训练，先让我们下载游戏软件，然后教我们玩。

熟悉了游戏之后，我们进入了创作的过程，这倒没有什么难度。我们一起商量故事，一个一个地商量，反正大的脉络是清晰的，就是植物要打僵尸嘛。这是原来游戏里面就设定好的，已经定性了，不能突破。但是，原来游戏里边的人物都是呆板不动的，不会说话，不会思考，没有语言，我们要赋予它们一种内在的精神内涵，赋予它们语言、形象、动作、趣味性，让孩子们发现游戏里的形象还挺有意思。也就是说，我们得把游戏里的人物性格塑造出来。这个得靠作家的艺术功力来完成，需要一种高超的写作技巧。

我们首先对游戏中的人物关系进行分析。游戏里的人物分成植物和僵尸两类，这两类人物是对立面，但是也不完全对立，无论是植物还是僵尸都像一群小孩子，它们是孩子世界里特殊的伙伴。也可以把僵尸想象成现实生活中一群调皮捣蛋的孩子，老欺负别人。但僵尸也可能有某些温馨的、好玩的表现，因为僵尸有时很坏，有时又很蠢，它们之间也有各种各样的矛盾。所以，有时僵尸们的捣乱行为看起来就像是恶作剧，令人发笑。当然，植物和僵尸最终还是有正义和非正义之分、善与恶之分，植物一方以善为主，僵尸一方以恶为主，最终肯定是植物们要战胜僵尸。这些是当时我们和编辑们一起讨论，就游戏里的人物关系达成的基本共识。

对游戏里的人物关系达成基本共识后，我们进一步对不同的僵尸、不同的植物，分别赋予它们不同的性格、不同的命运、不同的经历。

最后是进入写作过程，我们以中国式的方式，植入中国式的价值观、中国式的教育理念，塑造了一批中国孩子能够理解和接受的人物形象，把《植物大战僵尸》这款游戏变成了一系列"立体的"、有血有肉的童话。所以，第一批故事书2011年初上市后，当年就成为超级畅销书。

"植物大战僵尸"系列故事书的出版，把一款从国外引进的游戏转化为本土原创的儿童文学作品，是一种充满创意的大胆尝试，富有创新性，也是"男婴笔会"和电子游戏的一次成功对接。

这个选题应该是有一定风险的，因为家长本来就对电子游戏敏感，"僵尸"这个词也让人有所忌惮，但当时我们没什么顾虑。为什么呢？因为经过这么多年和中少总社的合作，我们对中少总社的社风、选题判断能力，还有营销策划，一直充满信任，觉得中少总社一旦决定做这个选题，应该就没有问题。正是编辑和作者、出版社和作家之间的相互信任，通力合作，再加上有力的营销和发行，还有这款游戏原来就已经和孩子对接所带来的放大效应，使得"植物大战僵尸"系列图书的出版取得非常好的效果，实现了我们引领孩子完成"由指尖游戏到心灵阅读"的转变的初衷。

金波：美文 美绘 美听

从我个人体会来讲，我还要说《幼儿画报》不单纯是让我们写"命题作文"，还在很大的一个范围内尊重了作家的个性化写作。

比如《美文 美绘 美听》这个栏目，就是我策划、执笔的。我写了一年，这一年里每个月我都写一篇，每篇都是美文，要配上非常美的绘画，还要请人朗读。所有作品都要突出一个"美"字，要有画面感，要有音乐性，要能对孩子进行美的熏陶，让孩子在审美中喜欢上汉语，喜欢上汉字。我当时写的这个叫"小美文"，要说是散文诗也行，但有时候散文诗这个概念说不清楚，就叫小美文了。在给《幼儿画报》写作之前，我长时间地从事这种文体的创作。

写美文是为了培养孩子的文学趣味，如果孩子只是听故事，不管多大了还是只能听故事，听故事还要听破案的，还有就是"闹鬼"的，那这个孩子的文学趣味绝对提高不了。所以，孩子要想养成纯正的文学趣味，一定要各种文体都读，其中散文非常重要。我觉得如果孩子们会欣赏散文了，再去欣赏童话、故事就都没问题了。反过来说，如果孩子只欣赏童话、故事，不欣赏诗，不欣赏散文，最终他的审美趣味也不会是最纯正的。从培养孩子的审美趣味来讲，不能缺失小美文。

另外，也有一部分孩子喜欢散文，有这方面的阅读需要。举一个例子，高洪波也写过一些小散文，其中有一篇叫《樱桃雨》，写樱桃成熟的时候是什么样的，写得很美。这篇散文我最初是怎么读到的？我写过一组文章，为一个少儿杂志举办的征文活动点评孩子们写的小散文。其中有一篇《樱桃雨》，我觉得非常好，但那会儿我不知道这是高洪波创作的，以为真是孩子的征文，加上点评就在杂志上发表了。高洪波看到了，说你点评的那篇《樱桃雨》是我写的。

这个例子说明什么呢？说明确有一部分孩子喜欢散文，也愿意把小散文写得非常漂亮。但孩子写作水平的提高得有一个过程，而且往往是从模仿开始的，就像写好毛笔字得从描红、临摹开始一样。我说的那个孩子就是模仿了高洪波，他主观意识里不认为这是抄袭，可能就是他把高洪波的《樱桃雨》背下来了，妈妈把他背的记录下来，完了就投稿，我就给点评了。

我写的小美文，读者反馈不像童话、故事那么热烈，可能有些家长自己就没怎么读过散文、诗歌，不知道怎么给孩子读。如果这些小美文能够配上幻灯片来朗诵，那效果就不一样了。

孩子的文学趣味要有意识地培养，不能是自发的。从创作上讲，我觉得对孩子还是要进行正面审美的教育，这很重要。有人写屎尿屁的诗，拿这个去特意追求一种诗歌的风格，引发了广泛的讨论和争议。

我觉得，屎尿屁是人的生理现象，写这个是出于孩子们的好奇心，因为孩子还不了解这些现象，不了解就愿意读，所以可以写，但是要有限制。一个是限制在低年龄段孩子的范围内，因为只有这个年龄段的孩子对这些生理现象有好奇心。再一个是限制在知识普及的范围内，孩子不知道屎是怎么回事，屁是怎么回事，所以要给他讲清楚，但是这里面有一个界限，一定是写得满足孩子的求知欲和想象力就够了，而不能把这些东西写成正面的。

从引导阅读方面讲，要让孩子阅读各种类型的书。图画书当然非常重要，它可以让孩子欣赏文学，欣赏绘画，放慢阅读节奏，培养孩子阅读的专注能力、观察能力等。但是，图画书绝对代替不了儿童文学的全部，也不能等同于幼儿文学的全部。现在把图画书都说成是幼儿文学，是不对的。从内容讲，有很多图画书是普及知识的，文学性并不强；从读者对象讲，图画书不光是给幼儿看，甚至还有给老年人看的。

一个孩子如果只读图画书，到了中年级还是只看图画书，语言表达能力就会很差。所以，不能把图画书当成儿童早期阅读的唯一读物，当成主要读物也不行。至于说不读图画书就没有童年，那就更夸张了，图画书在中国热起来也就是这二三十年的事，不能说那以前的孩子都没有童年。

除了在《幼儿画报》上开专栏外，其实还有一种不知道算不算"命题作文"，比如说"植物大战僵尸"这个系列。要说是"命题作文"，就是我们用了人家的形象，但内容是我们全新的创作，又好像不是"命题作文"。这个方式在我的印象中，在这之前，其他出版社、其他作家没有这么做过，是《幼儿画报》的一大创新。这个选题张晓楠策划得非常好。当时，对于"僵尸"社会上否定的意见还是很多的，说我们制止孩子喜欢僵尸的形象还制止不过来，你们还写？但是我们用作品说话，用《植物大战僵尸》的形象编织新的作品，引导孩子完成了从指尖游戏到心灵阅读的转变。

我之前从来没有玩过电子游戏，《植物大战僵尸》是我玩的第一款游戏，张晓楠他们推荐给我，说你玩玩试试。可能是岁数大了，玩得不像小孩那么快，开始我自己也没信心。可是一玩起来，就觉得那些形象很漂亮，不仅是植物，哪怕是僵尸也画得不那么恐怖，甚至有些可爱，动作也很有趣。慢慢地，我脑子里就有了形象，觉得这些植物都有自己的个性特征，都有自己的智谋、自己的智慧。

形象是把游戏变成故事书的关键。文学创作要从形象入手，假如脑子里有了形象，有了人物，情节反倒是比较简单的。我们是从形象入手的，不同的形象有不同的性格。我们就沿着这样一个思路来设计，每一集里都有一个主人公，比如某一集里的主人公是向日葵，我们就抓住这个形象的性格特征，给它编个故事，同时赋予意义，把一些中国孩子应该具备的品德、生存智慧比较巧妙地嵌入故事里，使我们编的故事不仅好玩，还有一定的教育意义。

从"植物大战僵尸"系列开始，我们也还有不少类似的创作，用动画片或者游戏的形象，创作全新的故事，出版了"百变马丁""保卫萝卜""神奇阿呦"几个系列的图书。

"美丽中国·从家乡出发"这套书里也有我写的一本，我写的是北京。这个题目很大，因为北京是首都，是政治中心、文化中心等。但如果这么去写，三言两语就完了，而且孩子也不懂这些概念是什么意思。我尽量"大题小作"，抓住北京是首都，她是古老的也是年轻的，她是传统的也是现代的城市特征来写。我写了天安门，写了故宫；也写了高楼大厦、奥林匹克公园；还写了北京的胡同，写了糖葫芦，写了风筝。尽量找能体现北京的声音、北京的味道的点点滴滴。"大题小作"，可能是儿童文学的特点。

葛冰：小切口、大主题、巧构思

2007年中少总社成立低幼读物出版中心即"中少大低幼"以后，"男婴笔会"更加忙碌了。原来我们主要是为《幼儿画报》《婴儿画报》写稿，"大低幼"成立了以后呢，写的稿子特别多，还出了不少书。

最明显的，是做了很多大选题。开始是做引进的，后来做原创的，有"中国红""我的日记""美丽中国·从家乡出发"等系列图画书。

我觉得最难的，是写"植物大战僵尸"这个系列。说实在的，在中国人的意识里，"僵尸"两个字是忌讳提的，谁都觉得有点儿别扭，出现在给婴幼儿写的作品里就更不得了。但是呢，不可否认，这个游戏当时特别火爆，大家都关注这个游戏，好多孩子都喜欢玩。所以，当时有一个动机，想社会效益和经济效益兼顾，想办法把一部分玩游戏的小孩拉拢过来，成为我们的读者。

我们研究了这款游戏，觉得《植物大战僵尸》里面有一部分形象和故事还是比较有趣的，里面有各种各样美丽的植物，大都是小英雄，我们可以换药不换汤，把游戏里面的内核给它换了，专门讲真善美。

讲真善美呢，那就要有取舍了。怎么处理这种特别难处理的题材？本着寓教于乐的原则，还是要把教育性放在第一位，就是要让游戏里的形象体现真善美，给它们赋予心灵美，通过创作展示出来。这个立意定下来了，我们就有选择了。僵尸不太容易写出真善美来，所以最后决定写美丽、智慧、好玩的植物故事。当然，写"植物大战僵尸"，不可能不出现僵尸的形象，但它们都是作为陪衬。

这个体例确定下来以后呢，故事就好编了。比如，可以写英雄怎么闯关，英雄怎么做好事，英雄怎么同情帮助好人、惩罚坏人，就是把儿童文学里常见的那些主题移植到里面去。从孩子的角度看，"植物大战僵尸"里的人物，也可以分成"敌人的阵营"和"我们的阵营"。敌人的阵营呢，是属于阴暗面的，我们的阵营是光明面的。我们只写光明面，阴暗面的东西点缀一下，作为陪衬。这样呢，孩子看完我们写的"植物大战僵尸"故事，想到的都是一个个勇敢美丽的植物形象。

"植物大战僵尸"这套书为把游戏成功转化成图书提供了一个范例，说明一旦社会上有了吸引孩子的IP，即使可能看起来不太符合人们的审美，也要注意分析，把它引导到好的方面来，而不是一味地限制甚至禁止。其实孩子看了这些书以后呢，因为喜欢，慢慢地注意力也会从游戏转移到书上面来，甚至养成爱看书的习惯，不爱看书的孩子有可能变得爱看书了。

"美丽中国·从家乡出发"这个大选题，我们也花了很多心思，从策划到正式出版前前后后有四五年时间。这里头有一个运作过程。

最开始是张晓楠在笔会上讲有这么一个选题，要出一套图画书，让孩子通过认识家乡美来认识美丽中国，对孩子进行爱国主义教育，三十四个省级行政区，一个地方一本，让我们一起讨论，帮着出主意，然后呢，我们五个人每人写一本，就在笔会上写。

我是辽宁人，就写辽宁这一本。金波老师写北京，高洪波写内蒙古，白冰写河北，刘丙钧写青海，让我们几个先做样本。为什么说是样本呢？因为这套书规模比较大，张晓楠还约了好多其他作者，我们写出来在会上讨论，通过以后，她开始向其他作者约稿。写什么内容，怎么写，把我们写的初稿拿给编辑和其他作者做参考。

我记得除这套书之外，还有"植物大战僵尸""我的日记""中国红"这几个系列，我们都是最先写出样稿的，当了开路先锋。现在回想起来，好多大的选题最终能落实，还真的跟"男婴笔会"有关系。

白冰：诗意和想象

"男婴笔会"作家笔下的作品有一个共同的艺术特点，就是想象和诗意。像高洪波的童话《樱桃雨》《月光蜗牛》、刘丙钧的童话《追呀追》、葛冰的童话《小小和泥泥》，都是充满童心的想象，很美，诗意浓郁。"男婴笔会"作家不管写童话、故事还是图画书，里面都有浓浓的童趣、充满童心的想象和诗歌的意境，这不仅体现在作品的构思、形象、故事上，还体现在语言上，这些作品有一种语言美、节奏美、韵律美，很多作品中穿插了儿歌，很适合幼儿阅读和亲子共读。

我想，其中一个很重要的原因，是金波老师、高洪波、刘丙钧和我都是从儿童诗开始进行儿童文学创作的，习惯在童话和故事中追求诗意，习惯在语言上追求韵律美、节奏美。我想，这是"男婴笔会"作家作品的艺术特点，也是我们在幼儿文学创作上所做的艺术探索。葛冰后来的一些幼儿文学作品，也很有诗意。

在童话创作中，我们特别注重诗意的想象、诗意的表达。我举两个例子。

一个是我创作的《小木马的生日》。幼儿园里有一匹小木马，每天都有小朋友骑在它身上摇啊摇，一边摇一边唱："摇啊摇，摇啊摇，摇到姥姥家，又吃瓜，又吃糕。"小木马每天就这样摇啊摇，一眨眼，来到幼儿园快一整年了。小狐狸说："我们天天骑小木马，小木马一定很累，它来这儿都快一整年了，我们给它过个生日好不好？"小动物们都说好。小熊用毛巾把小木马擦得干干净净，小鹿给小木马戴上了花环，小狐狸买来了一个生日蛋糕，大家围着小木马唱起来："祝你生日快乐！"唱着唱着，小熊说："好奇怪，我看见小木马在流眼泪。"小鹿说："我听见了小木马的笑声，它一定是高兴得哭了。"

小木马的辛苦，小朋友们对小木马的感谢，小木马的生日、生日蛋糕，似真似幻的小木马的眼泪和小木马的笑声，我力求用幼儿的感受，诗意地表现幼儿纯真的情感世界。

还有一篇是我写的《又香又甜的房子》：

天上有一颗亮晶晶的小星星飞到这儿，飞到那儿，想要盖一间又香又甜的房子，可是什么房子又香又甜呢？它想啊想，想啊想，不知道。雪糕说："你来吧，我给你盖个雪糕房。"小星星住进去说："不行，你太黏也太冷，你把我粘到里面，我出不来怎么办？"后来小星星飞到苹果树旁边说："我好想有一间又香又甜的房子，可是太难找了，我住到哪里去呢？"

一个挂在树上的红苹果知道了小星星的心愿，对它说："嘿，可爱的小星星，你住到苹果里来吧，把我当小房子吧，我又香又甜。"这颗小星星就住到红苹果里来了，房子里又甜又香，也不冷，不容易被粘住，住在里边真好玩，真舒服。小星星在又香又甜的苹果房子里唱起了歌："得得得，得得得，我的房子真不错，香香甜甜又结实，高兴得好想唱个歌。"

好多小星星都知道了苹果房子最好，它们也想住到苹果里来，就到果园里飞啊转啊，说："我也想有一间又香又甜的苹果房子。"小苹果们都愿意变成小星星的房子，就这样，小星星们就住进了一间间又香又甜的苹果房子里。

不信，你让爸爸妈妈横着切开苹果，一定要横着切，就能够看到住到苹果里的小星星，也许它还会给你唱支歌呢，它不唱你也别失望，它肯定是唱累了，那就让它歇会儿吧。

雪糕、苹果、苹果里边的芯儿，都是幼儿在生活中熟悉的事物，雪糕房子、苹果房子是幼儿童稚的想象，小星星寻找又香又甜的房子的过程，实际上是寻找友情、寻找爱、寻找温暖、寻找希望的过程，在这些作品中，我们都追求诗意的想象和诗意的表达。"男婴笔会"这样的作品很多，即使是"美丽中国·从家乡出发"这样的主题创作，我们也在追求诗意和想象。金波老师写北京，他用冰糖葫芦、风筝等各种意象，体现北京古老的文化、北京的可爱、民族的文化传承，写得很有想象力，很有诗意。

因为我是河北人，所以张晓楠让我写河北，怎样找到一个小的切入角度，把能体现河北特色的元素与孩子的兴趣结合起来，写得贴近孩子的生活，写出美的意境呢？我决定用拟人化的手法，把河北作为一个老爷爷的形象来写，让这个老爷爷跟来河北玩的姐弟俩对话，告诉他们河北美在哪里，应该先去哪儿玩，怎么才能玩得有意思。姐弟俩按照河北老爷爷的指点，去了沧州看吴桥杂技；去了山海关爬长城，感受山海关的壮美；去了承德避暑山庄，欣赏古代皇家园林的美丽；去了赵州桥，体悟祖先的智慧；还去了野三坡、狼牙山、雄安新区和西柏坡。姐弟俩还看了乐亭的皮影戏，品尝了著名的平泉羊肉汤，吃了保定的驴肉火烧，等等。在离开河北之前，姐弟俩争论河北哪里最美，什么最美，虽然没有结果，但河北的美已经成为他们永恒的记忆。

刘丙钧："大题小作"，儿童视角

"植物大战僵尸"这个系列在"大低幼"发展过程中挺重要的，实际是"大低幼"快速发展的一个重要的转折点。

"武器秘密故事"是这个系列的第一套书,我们每个人都写了。写这套书之前我没有接触过这款游戏,对这款游戏在市场中、在孩子中间的受欢迎程度都不了解。张晓楠建议我们都接触一下,高洪波、白冰是最投入的,他俩像小孩,新奇感、好奇心很强,玩得特别投入。葛冰和金波老师也玩了。我没那么积极,就是看一看游戏,自己一次也没玩过。说实在的,我对电子游戏不感兴趣。

没玩过这款游戏怎么写?作家在创作时,有的人写的都是自己非常熟悉的、完全投入的、有深切感受的那种题材,也有的人包括城市小说作家的有些作品,写的并不是自己熟悉的生活,写历史小说就更不可能是自己熟悉的生活了。不管借助什么东西,作家写作实际上还是写自己心中的感受,讲自己心中的故事,所谓"借他人杯中酒,浇自己心中块垒"。这就像武侠小说里写的武功高手,练武练到一定程度了,就无所谓用什么兵器,飞花摘叶,万物皆可为我所用。我写"植物大战僵尸"的故事,实际上就是借助一种外来的形式、一个外来的框架来讲中国故事,体现带有中国情感的生活,从各个角度融入中国的元素。比如我写的《植物必胜故事》里的双胞胎向日葵乐观、充满爱心,土豆特别坚韧、有耐心,地刺富有团结友爱的精神,它们团结合作,打败了僵尸,看起来完全是中国孩子喜闻乐见的故事。

说实在的,写"植物大战僵尸"我确实顾虑很多。僵尸本身老百姓就忌讳提,很多人都觉得僵尸不适合中国的文化背景和社会环境,写这个题材,在某种意义上讲,是有一定风险的。所以,在创作中,我们弱化了僵尸的形象，突出了植物的形象，但在某种程度上也赋予僵尸一些淘气孩子的东西，让它具有一些淘气孩子的性格特点和心理活动。我们很多人小时候都遇到过那种淘气孩子，看谁有好的东西，心里嫉妒，就想把他的东西弄坏，甚至采取某些不太正确的方法弄到自己手中，这种心理和行为其实就很像僵尸扮演的角色。所以，弱化僵尸形象，也包括在某种程度上不完全把它作为反面的人物去处理。

写"植物大战僵尸"有一定的难度，因为游戏里面的人物不管是植物还是僵尸，每个形象的特点都是给定的，作家只能在游戏原有的那种要求下发挥，不能违背形象原来设定的性格特点。比方说那个铁桶僵尸，就是头上戴着一个铁桶，有点儿顽固，又有点儿愚蠢，我们只能在它的性格特点的基础上进行发挥，有些调整和改变也只是在合理范围之内进行。从这个角度讲，写"植物大战僵尸"也是"命题作文"。

但是，这个题材跟"自我保护""好习惯培养"那些题材相比，指向性不是特别明显、特别强。所以，我们就有了自由想象和发挥的空间，每个人可以根据自己的文学素养和生活积累去想象和发挥，感觉要比"命题作文"好写一点儿。所以，我觉得"植物大战僵尸"这个题材的写作，是介乎"命题作文"和自由创作两者之间的。

"美丽中国·从家乡出发"这套书的创作也是介乎"命题作文"和自由创作之间的。题材是规定好的，但是怎么写没有要求，完全是作家自由发挥，主题也没有具体的指向性要求。我写的是《青海正在说》，听编辑说，审核通过还是比较顺利的。

这种大主题的创作确实是需要的,说实在的,一个人不爱父母,不爱家乡,不爱国家,对民族没有感情,那在做人方面,就立不住了。但这种大主题的创作又是针对孩子的,要"大题小作",从点上入手,选择一些有意义、有价值的风景名胜来讲青海,文字也可以轻松一点儿,不用特别一本正经、特别严肃。当然,知识性的内容要实打实地介绍,一点儿都不能编造,一个字都不能错。

视角的选择决定了作品的叙述风格,从哪个视角入手去讲述呢?我设计了一个青海的精灵女儿作为切入的视角。这个精灵有时是山,有时是水,有时是孩子的朋友。为什么要这么设计呢?首先,叙述的视角必须定位于孩子的视角,因为是给孩子看的,精灵化身为一个孩子,跟小读者更容易亲近,更容易沟通。其次,叙述语言可以轻松一点儿。如果让一个导游来讲的话,干巴巴的,有的东西没法发挥。再次,在写作上发挥空间更大,叙述方式可以更加灵活。如果用一个导游的视角来叙述,这个导游就要贯穿文本的始终,因为不可能游客走到半路上,导游没有了。但导游老是在故事里面,变成主角了,那就更不行了。所以,我用精灵,需要的时候它出来,不需要的时候它不出来,它可以是山,可以是水,也可以是一个小孩,如果需要的话,还可以是任何东西,因为它是精灵,可以依附在任何东西上。

《青海正在说》开头几句是这么写的:"我是青海的精灵女儿,有时我是一座青青的山,有时我是一道清清的水,今天,我是你的朋友,一个叫青青的女孩。"这几句带点童话色彩,青海的精灵女儿化身成了孩子的朋友，游青海成了孩子跟孩子之间的沟通，再加上句子本身比较抒情，还是排比的句式，有节奏感和韵律感，孩子很容易接受。这样，《青海正在说》的儿童化视角就自然而然地建立起来了。

接下来，我写了三江源、可可西里、青海湖、西宁、日月山、塔尔寺、柴达木、祁连山、青藏公路这些最有青海特点的地方。因为是从一个精灵的视角来写的，精灵可以时隐时现，所以，需要的时候它就出现，不需要的时候它就不出现，叙述方式可以虚实结合。可可西里有藏羚羊、野牦牛、西藏野驴，青海湖的鸟岛有斑头雁、黑颈鹤、鱼鸥、鸬鹚，这些都是孩子特别喜欢的，我就让精灵出现，而且让精灵跟孩子对话："想不想变成一只鸟，和它们一起飞翔？"青海的特色美食糌粑、发菜、酸奶、焜锅馍馍等，孩子也可能感兴趣，我也写得比较细。

日月山是两座不起眼的小山，传说与唐朝的文成公主有很大关系，写青海要提到这个日月山，但是又不可能介绍很多，而且，作为传说，离孩子的生活比较远，我就用虚的场景，只讲唐代文成公主路过这里时，她的宝镜变成了日月山，她的眼泪变成了倒淌河，介绍到这里就完了。总之，有简有繁，有虚有实，叙述方式尽量有所变化。

"植物大战僵尸""美丽中国·从家乡出发"系列都是有策划的大选题。其实，"男婴笔会"每个人都在"大低幼"出版了不少体现个人风格的作品，我印象特别深的是"红袋鼠幽默童话"那套书。

幽默文学作品是特别受孩子欢迎的，而且，让孩子通过读幽默文学作品潜移默化地受到影响，提高自己的幽默感，对一个孩子的理解力和情商的提高，都是很有益处的。一个具有幽默感的人，不管是大人还是孩子，他的沟通能力和亲和力肯定会更强，和别人相处肯定会更融洽。

我们这五个人都具有幽默感，但是每个人在作品中体现的幽默感不一样。比方说高洪波，他本人的性格就带有幽默感，幽默就是他作品的风格。金波老师并不刻意追求幽默感，更多的是在追求美感的过程中自然流露出一种会心的幽默。我们几个爱跟白冰逗，高洪波是发起人，金波老师是敲锣边儿的那种，不动声色，慢条斯理地来上一句，补上一刀，跟捧哏的似的。白冰爱嘚瑟，孩子气十足。葛冰不爱说话，但内心很幽默，童话、武侠小说都写得很幽默。所以，"红袋鼠幽默童话"也可以说是为我们五个人量身定制的。

这套书一共五本，我们五个人一人写一本。在这套书里，红袋鼠会"百变术"，火帽子是"大力士"，跳跳蛙有"千里眼"，每个角色都有不同的魔法本领，他们跟不同的小动物在一起，发生了很多有趣的事情。我写的那本叫《白猫白猫红鼻头》，讲一只长着红鼻头、会魔法的白猫偷了笨小熊的蜂蜜，红袋鼠、火帽子、跳跳蛙跟白猫"斗智斗法"，终于让蜂蜜失窃事件水落石出。白猫的"偷"我处理得更像是恶作剧，红袋鼠、火帽子、跳跳蛙在破案中有时也出点洋相，让整个故事看起来特别轻松有趣。

"红袋鼠幽默童话"这套书质量是不低的，还获了大奖，2009年底出版的，现在还在卖，成了常销书。其实，"大低幼"还有好些资源也是可以重新整理、重新整合的，常销书做好了，说实在的，比做新书好，事半功倍。

张晓楠：为孩童写大文章

回顾我做出版的这一路，有过纷繁复杂的经历，付出了很多辛劳，似乎总在捕捉出版的规律，希望洞悉出版的真谛。在执着的追寻中，我有幸与高人为伍，而且是三百多岁的高人。在与他们的交往中，我就像悄然触碰到了玄机，得以飞驰在出版之路上。数十年，好似眨眼之间。

为孩童创作，这支"三百多岁"的"男婴"团队没有漠然、蔑视，只有热爱、敬畏。

2000年，中国原创图画书才刚刚开始探索，我读到一些国外优秀的图画书，兴奋不已，感觉国外作家、插画家以其独特的视角、独特的书写方式，可以为小读者打开一个新的阅读空间。有了这一想法我就与"男婴"团队探讨，他们认同在《幼儿画报》开设一个专栏，在征得授权后，由他们改编，向《幼儿画报》的读者打开一扇窗，看一看国外图画书的美丽风光。令人唏嘘的是，在每月的调查问卷排名中，读者投给这个栏目的票数往往都是倒数一二，远远不及"男婴"团队创作的《红袋鼠的自我保护故事》。

这是为什么？应该怎么做？"男婴"团队在思考，更在行动……

刘丙钧老师说："图画书对婴幼儿的启蒙非常重要，因为图画书是孩子认识世界的第一扇窗，如果在引进译介国外优秀图画书的同时，我们创作一些中国原创图画书，那不是更接地气，更容易让孩子喜欢吗？"

白冰老师马上举例说明："好的图画书一定有好的创意、好的形象、独特的文学语言和视觉语言，图文珠联璧合，产生一种奇特的艺术效果。如果我们在原创图画书方面进行大胆探索，把文化元素和艺术元素结合得非常好，中国原创图画书会有一个很大的发展，幼儿也会有更多好的图画书阅读资源。"

葛冰老师频频点头："既要有引进图画书，也要有原创图画书，引进和原创相互促进，《婴儿画报》《幼儿画报》有很多图画书创作的作家、画家资源，有它独特的优势，所以'大低幼'能够推出更多优秀的原创图画书，这是'大低幼'的贡献。"

"孩子的阅读需求是多元的，少儿出版也应该是多元的，为孩子提供的阅读资源也应该是多样的，既要给孩子好的童话、好的儿歌、好的科普读物，也要给孩子好的图画书，在这个方面我们可以先做尝试，这也是'大低幼'应该做的。"高洪波老师颇为认同。

金波老师说："图画书是幼儿阅读过程中某个阶段的重点读物，但不能替代其他类别的书。图画书不能代替其他品种的书。图画书是直观的，以色彩吸引小读者。它可以让幼儿享受发现的快乐。色彩是最大众化的审美方式。但随着幼儿渐渐长大，阅读的图书品种也要日渐丰富。

文字书之所以不能被图画书所代替,是因为文字语言的阅读是想象的艺术。文字语言在想象中培养我们再创造的能力。"

后来,"大低幼"开始组织作家、画家创作原创图画书。《幼儿画报》开创原创图画书专刊,作家画家们的原创图画书先在《幼儿画报》刊载,然后再出书,书刊联动。"大低幼"陆续推出了"中国原创图画书一百种",还组织策划了"中国红"系列、"中少阳光图书馆"等系列图画书。

金波老师创作了图画书《两只棉手套》,高洪波老师创作了诗歌图画书《我想》,葛冰老师创作了图画书《梅花鹿的角树》,刘丙钧老师创作了图画书《笨小熊的魔力电话》,白冰老师把他自己的童话《吃黑夜的大象》改编成了同名图画书。"男婴"团队尝试着中国原创图画书与时俱进的表现方式,拓展孩童多元的阅读体验,在潜移默化中达到寓教于乐的目的。

2009年,正值新中国成立六十周年之际,"男婴"团队在《幼儿画报》已经耕耘了多年,他们怀着童心为孩子们创作有趣的故事,给孩子们带来了无限的幻想和快乐。彼时,月发行量超过了100万册的《幼儿画报》已然成为一个承载着许许多多孩童欢喜阅读的平台,"男婴"团队心心念念婴幼儿这个撬动未来的磅礴力量,金波先生曾动容地说:"唯其'小',才需要给他们一个文学的大世界,才需要'大手笔'。"

我想召开一个研讨会,对新中国成立以来幼儿文学六十年的发展进行研讨,同时,在这次会上,以"男婴"团队为引领推出中国原创图画书系列，以带动整体幼儿文学的繁荣。这个想法得到了高洪波老师的赞许和李学谦社长的支持，高洪波老师题写"天籁之韵"作为这个活动的主题。

2009年，中少总社与中国作家协会儿童文学委员会联合召开了"天籁之韵——幼儿文学60年研讨会"，国内优秀儿童文学作家、评论家以及幼儿教育专家济济一堂。"中少大低幼"在会上宣布推出中国原创图画书一百种，开启了中国原创图画书的"百团大战"，预示着幼儿文学站在了一个新的起点上。

这个大项目由金波先生担任总顾问，时任中国作协副主席的高洪波担纲主编，该丛书收录"百部佳作、百位名家、百种绘画"，几乎涵盖了新中国成立以来流传最广、影响力最深的经典幼儿文学作品。从此，曹文轩、白冰、徐鲁、汤素兰、王一梅等一批优秀的儿童文学作家在幼儿文学的道路上披荆斩棘、挥洒才华，他们踏上了繁荣幼儿文学的征程。

在人世间所有成长的模式中，祖国、家乡是绵延在骨血中的纠缠，如何让孩子从小热爱家乡、热爱祖国，系好人生第一颗纽扣？于是，我策划了"美丽中国·从家乡出发"这个项目，这个系列由中国作家协会儿童文学委员会主编，得到了中宣部宣教局和团中央宣传部的大力支持，并作为指导单位。

但是，要在一本图画书中把家乡的文化名人、风土人情、名胜古迹、建筑地标、特色美食、科技成就等这些人与物具体可感地讲述出来，很难；要让孩子们从对家乡的爱，上升到对祖国的爱，达到循序渐进、春风化雨的效果，很难；要把涉及三十四个省级行政区的内容统一到一个出版系列中来，就更难了。

每一位创作者都有其独特的行文风格，有其对家乡、对祖国深情理解的语言表达方式，要保证这个系列的整体性和统一性是这个项目要解决的一个重要问题。这不仅仅需要制定一套创作标准，更需要有几个在统一框架下凸显不同风采的样板。

于是，"男婴"团队风风火火地走来，他们成为开启"美丽中国·从家乡出发"宏大工程的先锋队。

于是，心中本就怀揣着童心的"男婴"团队，凭借他们广博的知识背景和深厚的创作功力，以家乡为第一人称，自述耀眼的地标性景观、典型的人文特色、有趣的历史故事、伟大的发展成就……讲述美丽中国、美好家乡的精彩故事。

金波老师感悟道："作品要充满童真、童趣，用亲切的口吻、儿童化的语言娓娓道来，好像创作者就在面前讲述。另外，多用设问句，比如，你记得吗？你来过吗？吸引孩子读下去。"

高洪波老师创作的《内蒙古正在说》，广袤的草原铺陈着气势磅礴的诗行，欢乐的节日飞驰着万马奔腾的歌唱，以时间为表征的空间展示着对内蒙古的颂扬。

白冰老师创作的《河北正在说》，以一对兄妹之眼让吴桥杂技、山海关、皮影戏、西柏坡、保定驴肉火烧、平泉羊汤……成为有灵魂的实体,成为穿越故土家园的骄傲与自在。

葛冰老师创作的《辽宁正在说》,沈阳故宫里的大碗,千朵莲花山,乘风破浪的军舰,美丽的红海滩,大缸里的黏豆包、冻饺子……每一处都承载着辽宁的味道、辽宁的声音、辽宁的快乐、辽宁的集体记忆与情结升华。

刘丙钧老师创作的《青海正在说》,以一个叫青青的女孩的寻觅之旅展开,读者跟着她走进三江之源、青海湖、天空之镜……在人文关怀和生命意识中,张扬着美丽青海人与自然和谐共生的伦理价值。

金波老师创作的《北京正在说》,北京充满了他儿时的记忆与今日的观照,故宫、四合院、兔儿爷、长城、鸟巢、冰糖葫芦……记忆构筑与时空转换投射出北京的历史底蕴与国际风尚。

在全国范围内启动这个项目的时候,我们约请了国内儿童文学界首屈一指的作家和插画家,按照"男婴"团队创作的样本模式,让作家们一目了然地明白我们的出版方向与形式。

就这样,儿童文学界各路大家"八仙过海",在"规定动作"中,用自己擅长的文风,尽显不同的风采,合奏出了这部"美丽中国·从家乡出发"的天籁交响曲。

"美丽中国·从家乡出发"图画书系列受到各界好评,它入选"十三五"国家重点出版物出版规划项目,入选2019年主题出版重点出版物,入选"2022年丝路书香工程",入选2022年向全国青少年推荐百种优秀出版物,荣获第五届中国出版政府奖……它成为陪伴许许多多孩童成长的闪闪星光，照亮着、温暖着他们人生的心路历程。

"美丽中国·从家乡出发"图画书系列如一粒种子，发芽、生长、开花、结果……看着她蓬勃的生命活力，张扬着的影响力，我又策划了"美丽中国·从家乡出发"漫画版，中少总社牵头中国出版协会少儿读物工作委员会、中国编辑学会少年儿童读物专业委员会、全国三十七家专业少儿社合作出版，项目汇聚各单位分布在不同省级行政区的地域优势和资源优势，帮助孩子们涵养家国情怀，打好精神底色。高洪波老师在"美丽中国·从家乡出发"漫画版新书发布会上，充满感情地说："我还有一个特殊的身份，'美丽中国·从家乡出发'发起于十年前，第一批五本，我写的是《内蒙古正在说》。当时有一批作家，一个省份由一位儿童文学作家执笔，金波写的北京，我写的内蒙古，都是找各自的老家。'美丽中国·从家乡出发'的种子是那时开始萌芽的。我还记得当时我认为写图画书一千多字，很轻松，结果不断地改，改了三四遍。后来听说我们五个创作的图画书居然成为样本性的读物，其他省份的作家都参照着写。现在的漫画版，很厉害，我也感觉到了，这是一个'双百'图书：各地少儿出版社逐一亮相，真是像'百团大战'；也像'百科全书'，孩子一旦读了以后马上就有百科全书式的对家乡的认知……"

"双百"图书，如在中国各地插上的一面面迎风招展的红旗，谁能想到，这火种源自"男婴"团队呢？

"男婴"团队走过二十多年了，如今五人相加已有三百八十多岁了，他们是播种者，一粒粒种子，发芽、生长、开花、结果……郁郁葱葱中绽放着璀璨光华；他们是传道者，耀眼的光亮指引着行进的道路，在风雨中会听到孩童的笑声，在崎岖中会看到孩童的坚韧，在彩虹中会欣慰于孩童的欢喜……

为孩童书写，为孩童出版，启智润心，凝神聚魂，功德无量！

左起：张晓楠、金波、白冰

左起：白冰、高洪波、金波、葛冰、刘丙钧

第三编

『男婴笔会』的感悟

第十章

金波的感悟

幼儿文学的三个概念

到现在我还非常怀念"男婴笔会"。每次开笔会时间都很短，第一天来，第二天是完整的一天，第三天早上就回去了。我们都感觉这个时间不够。为什么觉得不够？除了在笔会上没写完的作品回家还要接着写之外，还有一个就是舍不得大家相聚时那种情境和氛围，觉得大家一起没有待够。

到后来，"男婴笔会"已经不是个纯粹写作的集体了，它变成了一个包含很多情感的集体，还是一个交流的平台。每个人在工作上遇到什么问题，谁有什么见闻，都会在笔会上说一说。尽管我们几个岁数都不小了，甚至进入老年了，但是这个集体让人感觉到非常温暖。这种温暖是我常说的一句话："老了以后，没有衰老，只有成长。"也就是说，加入"男婴笔会"以后，我还在成长，真的是在成长。在"男婴笔会"，我不仅回到了童年的状态，对幼儿文学与人的关系、与幼儿教育的关系，我也摸索到了一些新的东西；对于幼儿文学在整个儿童文学当中的地位，幼儿文学的写作规律，我有了更多新的认识。

在参加"男婴笔会"之前，我对幼儿文学就很有兴趣，对幼儿文学情有独钟。我写了很多理论文章，有谈幼儿文学理论问题的，有为别人作品写的序，有评论别人作品的，也有谈自己创作经验的。这些文章后来汇编成了一本幼儿文学评论集，书名叫《幼儿的启蒙文学》，由接力出版社于2005年出版。这本书里大部分的文章是我在参加"男婴笔会"以前写的，参加"男婴笔会"以后的只有一篇，是2002年11月张晓楠采访我的访谈，这也是发表时间最晚的一篇。

在这些文章里，有几篇比较典型，体现了我参加"男婴笔会"以前对幼儿文学的一些基本认识。

第一篇文章是《幼儿文学的特殊性》，最早发表在1987年7月11日的《文艺报》上。在这篇文章里我谈到，幼儿的特殊性决定了幼儿文学无论是题材内容还是表现方法都有特殊性。幼儿如同一张白纸，对他们来说，生活中到处都有"为什么"；幼儿的思维又是形象思维，这些问题都需要形象的文学语言给予解答。因此，幼儿文学的题材是极其广泛的，这就决定了幼儿文学内容的多样性。

对幼儿文学在表现方法上的特殊性，我提出，幼儿文学特别重视情趣，应当是快乐的文学；幼儿文学具有科学性，作品的深浅程度与读者的年龄段必须一致，教育的原则与文学的规律必须在作品中得到水乳交融的结合；美术是幼儿文学的重要组成部分，作家在文学的构思上应该给美术更多的表现自由；幼儿文学的第一读者往往是成人，因此，它还是家长和老师的文学，应该让孩子和大人都喜欢，除了内容精当和表现手法新颖之外，还必须有一定的思辨性，能让成人看到其中的内涵。

第二篇是1988年10月我在全国第一次幼儿文学研讨会上的发言，题目叫《关于幼儿文学的教育作用》。这里我首先提出：明确儿童文学有教育儿童的功能，是儿童文学作家应该确立的基本准则，但儿童文学实施教育的特殊方式是形象性的，作家应该形象地、巧妙地、含蓄地体现儿童文学的教育性，而不是直白浅露地说教。

接下来，关于幼儿文学如何发挥教育作用，我强调幼儿文学首先是情感教育的文学。作家的创作过程，就是把他体验过的感情以艺术的方式传达给读者的过程，文学作品要想使读者受到教育，必须使读者在情感上产生共鸣。幼儿也有感情交流的需要，而且，幼儿的行动更多的是受感情的支配，而不是理智的支配。所以，幼儿文学首先要作用于孩子的感情。幼儿在欣赏作品的同时，如果受到了感动，这种感情上的触动就会储存在他们幼年的记忆里，逐渐培养他们的趣味和爱好，一直影响到他们的情操和行为，最后形成他们的道德观念。

然后，我进一步谈幼儿文学怎样作用于情感。幼儿感受文学的过程，有一个由低到高的发展过程，培养他们对文学的感受能力应该循序渐进。首先，幼儿最易于感受到的是语言的音乐性，幼儿文学的语言应该好念、悦耳、动听、易记，有音乐美。其次，幼儿会饶有兴味地感受到富于动感的形象，给幼儿创作，要善于把静态的叙述转化为动态的描绘。再次，是引导幼儿对情调的感受，发挥出欢乐、悲伤、幽默等多种情调对幼儿的感染作用。

第三篇是《诉之于听觉的文学》，这篇文章发表在1987年10月第

3期《幼儿读物研究》上。我顺便说一下，那个时候在中国出版工作者协会下边成立了一个幼儿读物研究会，鲁兵是会长，《幼儿画报》的编辑胡建中是秘书长。《幼儿读物研究》是幼儿读物研究会办的一个内部刊物，在当时影响比较大。在这篇文章里，我提出对于不识字的幼儿来说，为他们创作的作品要靠听觉感知。这就是说，幼儿文学的媒介材料不是文字，而是有确切含义的声音。因此，幼儿文学便有了听觉艺术的一些特色：便于听，听得懂，记得住。便于听，就是要有音乐美；听得懂，就是要多用活在孩子们口头上的语言；记得住，就是要讲究句式安排、篇章结构。

这些文章都是在参加"男婴笔会"以前写出来的。怎么写的？读了市面上的幼儿文学作品之后提炼出来的。当然，在参加"男婴笔会"之前，我也写了很多幼儿文学作品，也有自己的体会。但是，我并没有把写作的体会结合到理论研究当中，主要的着眼点是别人的写作、别人的作品，从别人的作品中提炼出理论。参加了"男婴笔会"之后，再写理论文章，我感觉思考的问题是从我的写作实践当中来的，是根据我自己的切身体会写的。过去我是从作品到理论，现在我是从实践到理论，有很多我自己的心得，这就很不一样了。

参加"男婴笔会"，对我个人来讲，收获最大的是对于幼儿文学这个样式，我更多地抓住了它的规律——它的写作规律、表现规律，以及认识了它在整个儿童文学当中的地位，从实践当中，我自己体会、提升、提炼出了几个概念。

幼儿文学是儿童文学中的文学

加入"男婴笔会"前,我写过一些幼儿文学作品,《幼儿画报》创刊号上的第一篇故事就是我的作品,之后连续几期都有。但我感觉那个时候我是在自发地写作,进入"男婴笔会"后,我是自觉地写作。我的脑子里有了很多概念,对自己的写作有理性的要求了。如果说,之前我给《幼儿画报》写作是从兴趣出发,那么进入"男婴笔会"后的写作,除了从兴趣出发,也有了理论支撑。没有理论的支撑,作品仍然写不到位。

幼儿文学在儿童文学中的地位是什么?从"男婴笔会"成立开始,我们逐渐意识到这个问题的重要性。那时候社会上也好,儿童文学界也好,对幼儿文学不太注意、不太重视,坚持从事幼儿文学创作的,没有知名度很高的作家。不重视的原因,我认为,实际上还是人们没有了解到儿童文学中最微妙的东西,如果不了解幼儿文学的话,儿童文学是不好写的。

我觉得，幼儿文学是儿童文学中的文学。

为什么我提出这个观点？因为儿童文学鲜明的年龄特征，使它有别于成人文学。写作对象的年龄段越低，作家在写作中的感情、情绪和方法，包括运用的语言，就越接近儿童文学。给初中、高中学生看的少年文学、青春文学，与成人文学的界限就逐渐模糊了，而幼儿文学与成人文学是截然不同的。

给不同年龄段孩子阅读的儿童文学作品，写作技巧也是不一样的，写作对象的年龄段越低，需要的技巧越多，在各个年龄段的儿童文学当中，幼儿文学所需要的技巧是最高的，也是最多的。比如说，反复、拟人、拟声、顶真这些技巧，少年文学、青春文学用得少，但是幼儿文学、婴儿文学常常用，因为这涉及婴幼儿对语感的体认、对母语的情结。

所以，我认为幼儿文学全面体现了儿童文学的特征，是最典型的儿童文学，就像我们说诗歌是文学中的文学一样，幼儿文学是儿童文学中的文学。一个人如果从事儿童文学创作的话，提高到极端一点儿的程度说，没有幼儿文学创作的锻炼，就不是一个很完整的儿童文学作家。鲁兵、圣野、陈伯吹他们这一代人，从事儿童文学创作，都是从幼儿文学开始的。

幼儿文学还是启蒙文学。婴儿来到这个世界上，依偎在妈妈的怀抱里听到的每一首儿歌，每一个童话故事，都是从听觉上培养婴儿的语感和审美趣味的。

所以，幼儿文学非常重要，是大文学。我经常举列夫·托尔斯泰的例子，他是世界闻名的大作家，创作了《战争与和平》《安娜·卡列尼娜》《复活》这些名著，但他八十多岁回到故乡的时候，开始写幼儿文学作品，他说："我试着给孩子们写点东西，我死而无悔。"对他给小娃娃写的《爱说谎的孩子》(《狼来了》)、《狼和山羊》、《三只熊》等故事，他甚至认为"这些作品在我的作品中占的地位，高于我所写的其他一切东西"。怎么理解他的这句话呢？如果单从读者的角度看，没有看过他上述几部大部头代表作的会大有人在，但小时候没听过、没看过《狼来了》的故事的，恐怕很少很少。

我认为，看一个国家儿童文学发展得怎么样，先进不先进，甚至包括这个国家的教育怎么样，要看它的幼儿文学发展得怎么样。

幼儿文学是听觉的艺术

为什么幼儿文学是听觉的艺术？这是由幼儿的年龄特征和心理特征决定的。幼儿不认识字，自己不能阅读，要靠听觉来感知。因此，幼儿文学是视觉的艺术，更是听觉的艺术。幼儿文学要适宜听，能让幼儿听得懂、记得住。怎么适宜听？这里面就有很多纯技巧的东西了。

首先，语言要口语化。幼儿还处于学习语言的初级阶段，他们掌握的词汇量还很少，大半是日常生活用语，为了能让幼儿听懂，幼儿文学使用的语言要口语化。

除了语言的口语化，作家还要具备在有限的词语里选择句式和调配词语的能力，使平平常常的口语变得生动活泼：

要用短句子。有人甚至说，幼儿文学里不能有长句子。因为句子一长，幼儿听到后面就忘了前面说什么了，大人也不好念。如果作品里有长句子，就要想办法把它切割成短句子。这个说法我也同意，至少我写幼儿文学作品不用长句子；在润色翻译作品的时候，看到有的句子在主谓语之外，中间还插了十几个字、二十个字，我一定会把它切分成三个短句。

语言要有音乐性。幼儿文学要用短句子，但是也要有音乐性。叙事性的作品，无论是故事还是童话，都会穿插儿歌。这是为什么呢？主要是考虑语言节奏的变化。因为故事和童话是叙述的口吻，虽然也有节奏，但是它的节奏不像儿歌那么整齐，儿歌有三言、五言、七言，听起来的感觉跟故事和童话是不同的。所以，当故事或童话里穿插进一首儿歌的时候，节奏就发生变化了，立刻给人以不同的听觉享受。儿歌不负责情节的演变、推进，而是负责强化故事和童话里的意境、趣味，让孩子在情节停留当中去享受儿歌，大部分情况是这样的。当然也有通过儿歌把情节推进的，但是比较少。

除了在听觉的变化上要用一些儿歌外，有时候为了便于幼儿记忆，也要用儿歌。比如我们给《幼儿画报》写的《牛牛手工故事》，是教孩子做手工的。我们用儿歌写，幼儿就容易记住，记下来之后再动手，手工就好学了。所以，儿歌的作用，一个是美听，一个是记忆，一个是流传。故事、童话里使用儿歌，能使其语言节奏感增强，帮助幼儿记住故事、童话中的内容。如果一篇童话里有七首儿歌，幼儿记住了其中两三首，大体上这个童话的故事情节，他就能比较快地记下来。

在词语的选择上，"男婴笔会"作家经常使用象声词。象声词是声音的形象化，比如"啪嗒"是比较小的物件掉落的声音，"吱扭吱扭"是轮子转动的声音，等等。为什么幼儿文学要用象声词呢？是考虑了幼儿的接受程度。写推小车如果说"车轮不停地在转，不停地发出响声"，那不行，幼儿没感觉，用"小车'吱扭吱扭'地往前走"，就把车轱辘不停转动的声音形象化了，幼儿觉得好玩，一下就记住了。

其次，要特别重视情趣。孩子阅读有一个心理秩序。幼儿，包括小学低年级的孩子，一首童谣、一个幽默的故事、一首小诗、一篇生活故事，他都可以读，但非常重要的是作品要有情趣，因为吸引孩子的首先是情趣。等到孩子长大点，能够自主阅读了，会读完整的故事了，这个时候，情节就变得非常重要了。孩子再长大一点儿，到了小学高年级或者初中了，能深深打动他们的，往往是书中的情感。他们阅读的时候，不仅仅是读书，也是在读自己，读自己的感受，读自己的心灵。情趣——情节——情感，是孩子从幼儿到高年级阅读的一个非常重要的心理秩序。

作家要了解孩子阅读的心理秩序，尊重孩子阅读的心理秩序。幼儿包括小学低年级的孩子年龄小，知识面比较窄，生活经历也很欠缺，但是正因为这样，他们的幻想反而更丰富，好奇心、新鲜感更强，给他们看的东西，一定要有情趣。对中年级的孩子来说，他们对情节更感兴趣，给他们看的东西，一定要编织一个非常好玩的故事，通过曲折的情节去吸引他们。到了小学高年级以后的少年阶段，给他们的东西就需要有情感，要有一些内心活动的描写，甚至要给他们一些哲理性的思考。

对儿童阅读心理秩序的这些认识，我们都是通过个案，通过一个个真实的故事总结出来的。对幼儿的发现使我们决定，在幼儿文学里要特别提出情趣的问题。

情趣包括情调和趣味两个方面。

所谓情调，是作品通过形象显示出来的一种情绪色调，或欢快，或悲伤，或幽默，能够引导读者的情感体验，引发读者的情感共鸣。引导幼儿欣赏文学作品，让他记住故事的情节固然是必要的，但更重要的是要让他能感受到作品的情调。《岩石上的小蝌蚪》写两只小蝌蚪在一块表面有积水的岩石上等待一个小朋友，一直等到岩石上的水在烈日的炙烤下完全蒸发。作者用抒情的笔触，细腻地表现了两只小蝌蚪对友情的珍视和忠诚，显现出一种纯真、感伤的情绪，有很丰富的内涵。这种情调，可以深入幼儿的心灵，丰富他们的心灵世界，伴随他们成长。

所以，我们为幼儿创作，要善于引导他们通过理解情节而最后感受到情调。

对于幼儿文学来说，趣味性是吸引孩子的基础。幼儿首先要对作品感兴趣，受到感染，然后才能产生情感上的共鸣。除了语言文字上的技巧以外，还要注意几个方面。

要注意题材的选择。给幼儿写作，还要使他们听了之后能记得住，甚至能复述出来，不单单是写作技巧问题，还有一个选材问题。如果你的作品是从幼儿的生活中来的，写的是他们感兴趣的事，他们就容易记得住。

要塑造富于动感的形象。优秀的幼儿文学，人物的性格特征不是靠作者的介绍，而是由其动作来显示的。作家要善于把静态的叙述转化为动态的描绘，使形象在孩子的听觉里活起来。还拿《岩石上的小蝌蚪》举例。两只小蝌蚪的出场，原稿是这么写的："忽然有了两只活活泼泼的小蝌蚪，他们把小小的身子愉快地扭动着，眨着两只黑晶晶的眼睛，打量着四周黑灰色的岩壁。"作者用了"活活泼泼""愉快"等抽象的形容词，基本上是从成人的视角来看小蝌蚪，而不是孩子看到小蝌蚪时的直觉。定稿把这一段改成："忽然来了两只小蝌蚪，身子一扭一扭，尾巴一摆一摆，游过来又游过去。"这么一改，就把小蝌蚪给改活了。

还有就是在具体写法上，要有幽默感，要有一些好玩的情节和细节，就像我在前面说过的，从反面、从矛盾冲突中讲故事。

再次，篇章结构不能太复杂。许多适宜成年人的结构方法，幼儿并不一定都能接受。"花开两朵，各表一枝"，往往使我们的小听众顾此失彼；大故事里套小故事，往往使幼儿主次不分；插叙、倒叙的方法，往往使幼儿如坠云雾之中，而抓不住情节的主线。幼儿更喜欢主题单纯、情节直线发展的故事。

幼儿童话、故事的情节发展常常是三段体，就是咱们中国人讲的"一而再，再而三"。孩子读故事，一次不过瘾，刚入了这个情境，第二次是他期待的，第三次是加强。所以，这个"三段体"的结构在幼儿文学中，只要是叙事性的作品，大多是用三段体，民间故事很多都是三段体，我觉得幼儿文学叙事一定要遵循这个方法。

口语化、短句子、音乐性、拟声（象声）、三段体的反复，这些写作技巧都是"男婴笔会"作家在实践当中的体会，我把这些总结出来了。我们几个人都很自觉地认可这些技巧，开笔会互相看稿的时候，主要是在这几个方面互相提意见。

说到幼儿文学是听觉的艺术，我还想说说童谣和儿歌。我编了一个十卷本的民间童谣系列"中国传统童谣书系"。我说的童谣就是民间童谣，传播方式是口口相传，儿歌是文人写作的，通过媒体传播，两个概念不一样。

现在家长对童谣和儿歌的重视程度降低了。我觉得一个原因是现在给孩子写的书太多了，有的家长认为童谣、儿歌跟其他的文类比起来，太小儿科了；再一个原因是有些家长的记忆当中童谣和儿歌太少，特别是现在的很多年轻家长，脑子里面没有童谣，儿歌也很少。我们小时候主要靠童谣来培养诵读能力，现在很多人不太重视这些了。所以，在当下的生活中，童谣和儿歌的位置被淡化了。这是很不应该的。

童谣和儿歌肯定是听觉艺术，培养孩子的语言能力也好，培养孩子对儿童文学的兴趣也好，哪一个孩子不是从依偎在妈妈的怀抱里听童谣或者儿歌开始的？除非是有先天听力障碍，否则没有哪个孩子是没听过童谣或儿歌的。所以，童谣和儿歌在儿童文学和儿童早期阅读中的作用无法替代。

儿童文学年龄段越低，越需要浅语的艺术。拿童谣和儿歌来讲，用了多少技巧？比如说拟声，在童谣、儿歌里广泛运用，可以用拟声的手法模仿鸟叫的声音、开车的声音、风的声音，对幼儿来说，这种手法，给他们带来的是乐趣。还有拟人、重叠、反复、起兴、排比、夸张、对比、问答、幻想等手法，技巧非常多。可是，现在有的家长、教师、作家，对童谣和儿歌不太重视，这是需要引起注意的。

现在，为什么有的孩子喜欢"灰色儿歌"？因为现在原创的儿歌缺乏幽默诙谐，写得一本正经、童趣不足。孩子就自己编，来宣泄压力和情绪。有的孩子喜欢"灰色儿歌"，正说明孩子非常需要好玩、诙谐幽默的儿歌，我们应该重视儿歌，为他们创作富有童趣的儿歌。

从事儿童文学创作是在修炼自己

我们很留恋在一块儿写作的那一段时间,笔会所给予我们的,不止是我们产生的作品。从完成工作任务来讲,笔会是一个很好的方式,但这还是第二位的,我觉得笔会真正留给自己内心的感受,是怎么给孩子写作。给孩子写作应该具备什么样的条件?除了外部的写作技巧之外,作家的内心世界应该是什么样的?应该用什么样的感受去给孩子写作?这些是儿童文学非常重要的问题。

我为什么一辈子给孩子写作?我在想这个问题。童心、责任心、教育孩子的使命,这些当然都是原因,但我一开始写作实际上真是从感情、从兴趣出发的。

我四五岁的时候,家里没那么多书,好像也没有特别有学问的人,最有学问的是我姑姑。我爸爸那时候已经离开家,参加革命去了。家里有一本杂志,是我爸爸留下来的,叫《诗歌季刊》,1934年出版的,里头有一组儿歌,叫《河北民间歌谣一束》。妈妈劳累一天后,晚上就在

昏黄的灯光下给我念这组儿歌。妈妈一念,我就觉得太好听了,至今还记得其中两首。一首是:

秋风起,天气变/一根针,一条线/急得阿娘一头汗/"娘哎娘,这么忙"/"我给我儿做衣裳"/娘受累,不打紧/等儿长大多孝顺。

我听了心里很感动。我爸爸参加革命后,跟我们断了音信,我哥哥又早死了,家里就我们娘儿俩相依为命,我妈为我吃苦受累。在当时那个处境下,她给我念的这首童谣,说到我心坎里了,"等儿长大多孝顺",这句话我一下子就记住了。

另一首是:

腊七腊八/冻死叫花/有米的腊八腊八嘴/没米的拉扒拉扒腿。

为什么我能记住这首童谣呢?我小时候亲眼看见一个老乞丐背着个小乞丐,背着背着,"咕咚"一下就给他扔下去了,因为小乞丐死了。那会儿是冬天,快过年了。这个场景让我感受到穷人真的是饥寒交迫。我念这首童谣的时候,会想到这个场景,很自然就带着感情念。

记得妈妈还为我唱过这样一首童谣:

拉箩箩,扯箩箩/收了麦子蒸馍馍/蒸个黑的,放到盔里/蒸个白的,揣在怀里。

那时候,我和妈妈面对面坐着,手拉着手,一来一去地拉着,一边拉,一边唱。当唱到最后一句"揣在怀里",妈妈便猛地把我揽入怀中,我们就在笑声中结束了这首童谣的诵唱。

我小时候没少听童谣。民间童谣太好了,有生活的体验,有很浓的感情，不单给了我生活知识，帮我树立了最早的是非观念，还是我的文学摇篮。毫不夸张地说，民间童谣就像诗的种子埋在了我的心里，这颗种子在岁月的孕育中长成了诗的大树，我是在这棵大树的庇护下长大的。上大学的时候，不少同学利用课余时间写评论、搞创作，我的课余爱好是翻阅抄录古代童谣，我最早发表的作品就是儿歌。民间童谣还好在有音乐性，容易让人记住。所以，直到现在，我特别讲究幼儿文学的音乐性，不仅是诗歌要有音乐性，幼儿文学都要有音乐性。

回想起来，我从事儿童文学创作，实际上是带着感情写的，带着趣味写的，带着童年的记忆和体验写的。

童年体验不光是培养了我对诗歌的兴趣，对我创作的审美倾向也产生了很大的影响。回顾我的童年生活，我觉得孩子不只是纯真的，也是非常智慧的。小时候我被别人欺负过，也欺负过别人，不管是被人欺负还是欺负人，里头都有纯真和智慧。

先说一件被人欺负的事。我上小学的时候也遇到过校园霸凌。怎么化解这种霸凌呢？我用的方法是，欺负我的，我先去找他，上他家找他去，说咱俩一块儿上学吧。我一找他，整个气氛就变了，他觉得我很亲近他，就不欺负我了。我就用这个办法化解了霸凌，还挺灵。

再说一件欺负人的事。我欺负人不是打人，打人我也没那力气。我欺负过一个孩子，不是骂人家、打人家，而是不理他，还让别人也别理他，孤立他。我用的是冷暴力，谁也看不出我在欺负人。后来我突然发现被我欺负的那孩子，是我们班里弹球弹得最好的，又远又准，技巧特别高，他在这方面真是天才。我就要跟他学，问他怎么弹的。他很耐心地教我，我就不好意思了，感到太不应该欺负人家了，太不应该孤立人家了，何况人家还家境不好。

我小时候经历的这些事，最后跟儿童文学的联系来看，这里头有对人的善心的问题。善心怎么来的？对欺负你的人，不是要死磕，非要跟人家分出个胜负来，这里还有智慧——我找你，约你一块儿上学，问题一下就解决了；对你想欺负的人，也别老看人家不顺眼的地方，还得发现人家的长处，看到了人家的长处，就不想欺负他了。从事儿童文学以后，我在创作中对人的认识，比较偏向于友善、亲情，我觉得跟小时候不知不觉中养成的同情心、善心有关吧。

儿童文学作家的创作，很自然地会融入自己的童年记忆和童年体验，但是这种童年记忆和童年体验又是加载了成人智慧的，所以，儿童文学作家不仅要记得童年，不断地回忆自己的童年，还要善于养育自己的童年。养育什么呢？当然是不断地回忆自己的童年，这样好多童年往事你都会记得，越老记得的越多。养育还有另外一个含义，就是要坚持用童年的自己观察现在的生活，亲近儿童，发现儿童，思考儿童。我一直认为一个人能"永葆童心"，既是一种天赋，又是一种修炼，帮助我们修炼的是孩子。

有一次我到一所小学讲阅读和写作，下课后，孩子们拿着我的书，排着长队，要我签名。不久，我就感觉我身后还站着一个人，回头看了看，一个小男孩冲我笑了笑。我继续签名。过了一会儿，我听见背后一个老师和那孩子说:"给你签过了吗?""签过了。"孩子答道。又过了一会儿,老师又说:"签了,就回教室吧,别老站在这儿。"孩子沉默了一会儿,说:"我等着,金波爷爷的签字笔没水了,就用我这支笔。"我又回头看了看他,他举起手中的笔让我看了看,又冲我笑了笑。这次老师没有赶他走。可是,直到我在最后一本书上签完名,我的笔还有水,只好用微笑向他表示歉意。那个男孩似乎估计到了我可能会用不上他的笔,他把写好的一张纸条迅速地缠绕在笔杆上,递给我说:"金波爷爷,我把这支笔送给您吧,您回家就用我这支笔给我们写书。"我收下了他的笔,看见纸条上写着他的名字、班级,还有家里的电话。

这个故事一直装在我心里,我不断地琢磨,最后我得出了结论:孩子送给我的是"童真"。这是孩子们天真的本性,我们每个人小时候都具有这种本性,只是随着年龄的增长,逐渐消失了。我们要唤醒这种天性,让童年的种种天性在记忆中回归,在思考中加深对童年的认识,特别是要在与孩子的交往中,把自己的童年和当下现实生活中的童年融合在一起。我记忆中留下了很多跟孩子交往的故事,对我来说,这些不只是有趣的故事,更是一种生命的体验。我体验到了孩子们纯洁的心灵带给我们人生的温暖、甜蜜、喜悦和幸福。那是一种境界,在这个境界里,孩子是我们最好的朋友、知己和老师。他们不仅仅是花朵,我们更愿意走进他们的心灵,就像走进一座花园。我想,这大概就是永葆童心的生命体验吧。

养育童年和从事儿童文学是我根深蒂固的一种修为,就是我的生活。我觉得人有了爱好儿童文学的兴趣，就不会太悲观。人的生老病死是一个规律，我不是说我不悲观，我也遇到过伤心的事，也有感觉到很悲伤的时候。但是只要一涉及儿童文学，只要一思考、一写作或者一阅读，我的这种精神面貌就会马上改变。

儿童文学作家需要一种独特的修行，从事儿童文学创作，是在修炼自己。儿童文学界乃至整个文学界都要重视这个问题，不能只看到儿童文学热闹的表面，看不到儿童文学所需要的作家内心的那种修养。"男婴笔会"这二十多年时间够长的，现在冷静地回过头来想，其实真的有很多话题可以总结。

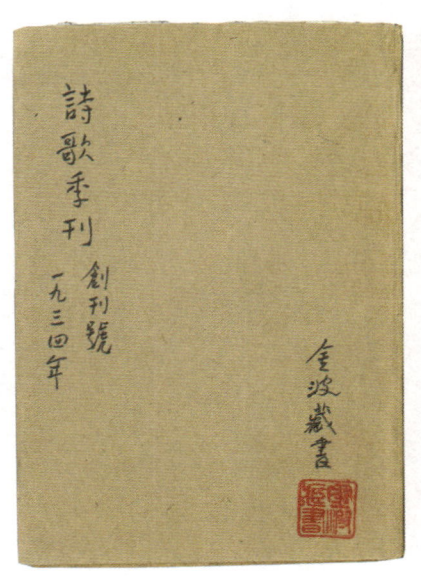

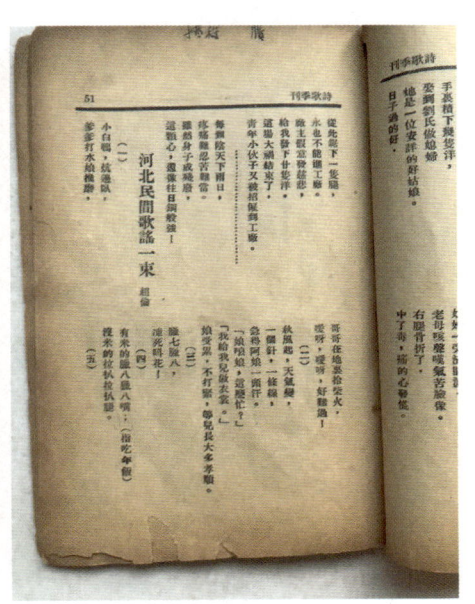

金波至今保存着童年时期妈妈给他读的《诗歌季刊》

第十一章

高洪波的感悟

为幼儿培育精神味蕾

我原来主要写儿童诗,读者对象基本上是小学三年级到初中一年级的学生,也就是八九岁到十二三岁的孩子。我写的《我想》《鹅鹅鹅》,都是小学三四年级的孩子才能读懂的;《飞龙记》《琵琶甲虫》《鸽子树的传说》,都是三百行一首的童话诗,在诗歌界产生了一种轰动式的效应。我当时认为,五千字以下的文章都不算文章,根本不屑于给《婴儿画报》《幼儿画报》写文章,认为这种给"小不点儿"的东西根本不值得写,即使写,也是偶一为之。

为《幼儿画报》《婴儿画报》写稿之后,我的读者对象基本成了6岁以下的孩子,婴儿是0—3岁,幼儿是4—6岁。这两个年龄段的孩子,知识结构、阅读能力和我原来的读者对象都不一样,给他们写的东西都是二百字到六百字一篇的,千字文就算大文章了,还经常写一些三五句、五六句的小童谣。写的全都是这样的,连"豆腐块"都不是了。二十多年来,我就这么给一拨又一拨的"小不点儿"写作。

刚进入《婴儿画报》《幼儿画报》创作的时候,我的写作状态处在有意无意之间,对幼儿文学的认识也不是很明确,认为写幼儿文学就是给"小不点儿"写东西，对"小不点儿"进行一种精神抚慰，反正朋友们都写嘛，我也写就是了，写完之后编辑能用就可以了。但是到了后来呢，就不再是有意无意这种状态了，而是觉得必须认真对待，觉得给"小不点儿"写作是一项值得为之付出的工作、事业，写作的目标、尺度甚至心态，都做了很大的调整。

我觉得，幼儿文学创作，是为幼儿培育精神味蕾的一项重要工作。

每个人都有舌头，味蕾依附于舌头，能分辨苦酸甜咸等各种滋味，而且有自己的记忆，形成了"口味"这种对滋味的偏好。这是人的特殊生理功能。人在童年时期的饮食习惯对味蕾的影响极大，童年喜欢的滋味几乎与一生为伴。比如我是北方人，吃饺子在北方是特别开心的事情，但是我的女婿是浙江诸暨人，当我们吃完饺子，他就会很谦虚地和我爱人说："妈，能再给我一碗米饭吗？"因为他认为饺子是菜，是吃不饱的，他小时候过年吃的是米饭炒菜，和北方过年吃猪肉炖粉条、包饺子不一样，这就是味蕾的养成。

味蕾的养成在于一个人小时候吃了什么东西，精神味蕾的养成自然跟一个人小时候的阅读有密切的关系。

我记得1958年那时候全民写诗，当时我上小学二年级，学校突然要求每个人写一首诗，写不出来老师还不让回家，这让我对诗很恐惧。但是后来语文课本里有了诗和散文，有贺敬之和张志民的诗，还有杨朔的散文《荔枝蜜》等，这些课文把我带到特殊的天地，对我阅读品位的养成有特别重要的培育作用，也让我对诗的印象有所改观。

我对诗歌印象特别深的就是当年获得了一本萧三主编的《革命烈士诗抄》[①]，这本书让我对诗歌的恐惧一下子消散了。这本书里有很多革命烈士的诗作，比如我党早期重要的军事领导人刘伯坚在狱中写的《带镣行》，他的字也写得非常漂亮；帅开甲的"民多菜色仕多讧，敢把头颅试剑锋。记取豫章城下血，他年化作杜鹃红"，这首诗是他在被押赴刑场的途中吟诵的，念完他就被杀害了。还有新四军军长叶挺的《囚歌》、《挺进报》的陈然写的《我的"自白书"》等一批革命烈士的诗歌。这本书让还是小学生的我，对诗有了新的认知，阅读的味蕾一下子有了特殊的滋味，所以我现在对好的诗歌有先天的认同感。

《说岳全传》《水浒传》《西游记》也是我小时候特别喜欢读的书，现在如果让我给孩子们推荐书，我依然希望他们能看到我童年非常喜欢的这几本书。说来有些不可思议，我喜欢上这些书竟然跟我奶奶有关。我奶奶是个不识字的文盲老太太，但是她喜欢别人给她读各种各样的书，所以我的姥爷也就是我奶奶的亲家经常给她读《说岳全传》《说唐》。奶奶是最佳听众，我是忠实的旁听生，在旁听中喜欢上了这些书，养成了自己良好的阅读习惯和放飞自我想象力的能力。能自己看书后，我喜欢对一些书进行默读，但经常感到背后有我奶奶热切的目光，她会要求我一定读出声来，不能一个人看，这就让我一度感到很苦恼，但是奶奶的要求我又不得不遵守，祖孙之间时常因为阅读而发生小"对抗"。

[①] 《革命烈士诗抄》，1959年4月中国青年出版社出版。

在我的少年时期，奶奶在不经意间成为我阅读的督促者，我对古典文学的爱好，就在这种氛围中被培养起来了。

回顾我的早期阅读经历，我觉得，一个人如果在童年时期就接触到人类精神史上最美的花朵，就会留下永难消失的口味记忆，这种精神味蕾与口味记忆将决定他一生成长的精神高度与宽度。

幼儿期是人生的起点，精神味蕾最早的养成要从这个时期开始，从"小不点儿"开始。亲子阅读实际上是培养精神味蕾的一种特殊的方式，每个爸爸妈妈一定要注意到这点。金波老师曾经说过："孩子的阅读分两种：一种是自然生态的、自发的，或者说消遣性阅读；另一种是追求纯正审美趣味的阅读。"婴幼儿不认识字，没有能力进行自发的消遣性阅读，他们在这个阶段的阅读方式主要是亲子共读，家长应该抓住这个关键期，为孩子选择高品位的图画书和婴幼儿期刊，培养孩子的阅读兴趣，培养孩子纯正的审美趣味，促进幼儿精神味蕾的发育。

近二十年来，我为低幼年龄段的孩子写作最多，具体说是0—3岁、4—6岁。我把自己的儿童观、文学观、生活体验以及写作风格转化成文学作品，让孩子在婴幼儿阶段就接受文学作品的熏陶，培育精神的味蕾，打下灵魂的底色，这本身就是一个作家最为快慰的事。我和金波老师、白冰、葛冰、刘丙钧五个人给《幼儿画报》《婴儿画报》写了二十多年的专栏文章，常说自己是"小儿科"作家。这么说完全没有失落感，而是一种自豪的口气，展现我们淡定、自信、平和的写作姿态。尽管我在中国作协担任过若干职务，但这些都可以略去，我现在印在名片上唯一的身份标志就是"儿童文学作家",因为儿童文学创作是我特别喜欢和骄傲的一项事业。我认为,在诸多的文学门类中,儿童文学作家是一个幸福指数很高的职业。

我出生在 20 世纪 50 年代初,还依稀记得当年长辈们唱着《兄妹开荒》《夫妻识字》进行扫盲的情景,现在我们已经进入数字化时代,全社会在大力提倡全民阅读,只有重视全民阅读,才能夯实民族文化的根基。这几十年的跨度如此之大,我们为这个时代讴歌,为这个时代自豪,我们要对得起自己手中的笔,也要对得起嗷嗷待哺的孩子们。

儿童文学作家要有"三心二意"

怎样才能算是认真对待幼儿文学创作?这几年我总结出一个"三心二意"的标准,还专门写了一篇文章《"三心二意"作得天真诗篇》发表在《人民日报》2015 年 5 月 15 日 24 版上。

中国目前已经拥有一支庞大的作家队伍,从事儿童文学的作家也越来越多，但并不是每一个作家都适合为儿童写作。要成为一名合格的、称职的儿童文学作家，必须具备"三心二意"。"三心"是童心、诗心和爱心；"二意"是感恩意识和敬畏意识。"三心二意"的阐述，支撑起了我的儿童文学创作观的框架，是我对儿童文学作家朋友们的一种重要的期待。

童心是对儿童文学作家的基本要求。只有平等而真诚地面对小读者，与他们对话，而不是高高在上地教训指责，老气横秋地妄加批评，才能让自己的作品走进小读者心中。

曾经有一个军旅作家给一家出版社写了一部战争题材的小说，讲红军时期几个孩子的成长故事。看了他的这部儿童小说之后，我很认真地对他说："你的小说写得非常好，但我感觉这部小说像包子一样，皮太厚，孩子不容易读进去，而且，结构像线团一样，线头太多，也让十岁左右的孩子有阅读障碍。"我建议他，如果真要为孩子写东西，首先要定位好读者对象的年龄段，再寻找自己在相应年龄段时的感觉，给六岁的孩子写作，就寻找自己六岁时的感觉；给十岁的孩子写作，就寻找自己十岁时的感觉。当然，十五岁以上的少年，已经是高中生了，给他们写的作品，可以放开写。

我真诚地告诉这位作家，给孩子写的作品一定要认识它的特点，读者年龄越小的作品越难写。这就像小儿科大夫给孩子看病一样，很多"小不点儿"不会像成人一样叙述自己的病情和痛苦，小儿科大夫对他们的观察就要更加细心、更加敏锐，这样才能对症下药。儿童文学作家面对的也是这样的问题,只有找准自己的写作对象,才能写出孩子喜欢的作品。这就需要儿童文学作家保持童心,能够回归童年,把握好儿童视角。

这位作家得过"五个一工程"奖、茅盾文学奖等一系列大奖,创作成就很大,但写儿童小说就没有把握住童心,所以出现了我指出的那些问题。他也很谦虚,说他再好好修改,不行再重新写。

童心是一种接近美学范畴的定义。明朝思想家、文学家李贽曾大力倡导过,他有一篇文章叫《童心说》,在这篇文章里他说:"童子者,人之初也;童心者,心之初也。夫心之初,曷可失也?"李贽认为儿童是人生的开始,童心是心灵的本源,心灵的本源是不可以遗失的。他还说:"夫童心者,绝假纯真,最初一念之本心也。若失却童心,便失却真心;失却真心,便失却真人。"他认为童心就是真心,而人一旦失去真心,不以真诚为本,就永远丧失了本来应该具备的完整人格。做人尚且如此,作为为天真烂漫的儿童写作的作家,葆有童心更是创作之本。

我特别敬重和喜爱的老作家丰子恺先生,他一辈子坚持画儿童、写儿童,对儿童充满怜惜和真爱,他在一篇名为《儿女》的散文中这样感叹道:"近来我的心为四事所占据了:天上的神明与星辰,人间的艺术与儿童,这小燕子似的一群儿女,是在人世间与我因缘最深的儿童,他们在我心中占有与神明、星辰、艺术同等的地位。"从李贽到丰子恺,中间有几百年的跨越,但在对童心礼赞、对儿童尊重这一点上,应该说一脉相承。

诗心是儿童文学作家的基本素养。苏联著名作家帕乌斯托夫斯基在其名著《金蔷薇》中说过这样一段话:"对生活,对我们周围一切的诗意的理解,是童年时代给我们的最伟大的馈赠。如果一个人在悠长而严肃的岁月中,没失去这个馈赠,那他就是诗人或者作家。"我非常认可这段话,儿童文学作家一定要有诗意情怀,要敏感、敏锐地发现生活中的珍贵诗意,并且能够用自己特殊的方式把这种诗意借助文字,传递进儿童的心里。要知道,孩子们可是对诗意有特别领悟力的群体。

诗意固然离不开诗歌这种文学体裁,但真正的诗意要广泛得多,小说、童话、散文甚至报告文学都应该追求内在的诗意。诗意既是内容也是形式,是好的儿童文学作品的一种重要品质,是对粗制滥造的一种反拨。

一个缺乏诗心的儿童文学作家肯定不是好作家。郑振铎在《新月集》的"译者自序"中通过安徒生谈到诗心:"安徒生的文字美丽而富有诗趣,他有一种不可测的魔力,能把我们从忙扰的人世间带到美丽和平的花的世界、虫的世界、人鱼的世界里去;能使我们忘了一切艰苦的境遇,随着他走进有静的方池的绿水,有美的挂在黄昏的天空的雨后弧虹等等的天国里去。"郑振铎是中国最早的儿童文学期刊《儿童世界》的首任主编,他的这段话可视为对诗心的注解。

爱心是一个儿童文学作家的必备品格。冰心说过一句特别著名的话:"有了爱就有了一切。"她还说过:"爱在右,同情在左,走在生命路的两旁,随时撒种,随时开花,使得这一径长途,点缀得香花弥漫,使穿枝拂叶的行人,踏着荆棘,不觉得痛苦,有泪可落,也不是悲凉。"冰心老人的一生是大爱的一生，她视孩子为民族的希望、祖国的未来，她用爱，一种浓得化不开的爱培育了中国几代人的成长。所以说到爱心，首推冰心，她是儿童文学界的老祖母，是这个队伍中爱心的体现和化身。

爱是人类得以种族延续的重要原因。"爱"字的前面，我们可以加上若干关联字，譬如怜爱、喜爱、珍爱、关爱等，不过我更认可两种和儿童文学最贴近的爱：母爱与慈爱。母爱无疆，且无私；慈爱温暖着晚辈的身心，让他们无比感念，甚至涕泗交流。在儿童文学作家的辞典里，爱心是大写的黑体字，代表非常重要，不可能想象一个儿童文学作家是冷酷无情、自私卑劣的。爱心是检测剂，是方向仪，没有爱意充盈的儿童读物不可能长存，更无法传世。

感恩意识、敬畏意识，是儿童文学作家放下身段、摆正位置的起点，也是以出类拔萃之笔为孩子们的灵魂打下坚实底色的动力。

"感恩，感恩"，感谁的恩？我认为一是时代，二是祖国，三是党和政府，还有我们伟大的人民。身为儿童文学作家，四十多年来，我亲历了儿童文学因为弱小而苦苦挣扎，又因为党和政府的关怀、天下父母的期许而进入黄金期的全部历史，感恩之心时常油然而生。我认为，如果说忘记历史与过去是一种灵魂的背叛的话，感恩则是应对这种背叛行为最有效的手段。儿童文学作家从本质上说是真诚善良、感恩气质浓郁的一批写作者，我们知道在市场大潮中摆正和寻找自己的位置，也知道自己的职责是为孩子们的灵魂打下坚实的底色，培育精神味蕾。虽然社会乃至文学界同行中有"小儿科"的讥笑与嘲讽，但感恩意识促使我们定力十足，底气充沛，物质文明与精神文明的双重发展使我们认识到自己存在的价值。所以，如果说"儿童是永生的"，"是人类整个伟大事业的继承者"（高尔基语），懂得感恩的儿童文学作家则是同样具有永生意义的伟大事业继承者的培养人，是诸多笔耕者中的出类拔萃者。

"敬畏，敬畏"，敬畏什么？敬畏传统，敬畏文化，敬畏历史，敬畏自然，甚至敬畏我们所观察与描写的对象——儿童。五千年的传统、历史与文化使中华民族拥有超拔的自信；古老中国近代以来，特别是这四十多年来经历的沧桑巨变，为儿童文学创作提供了丰富的素材；"中国梦"的提出与"中国故事"的讲述，使得我们拥有了创作的动力与潜能。面对当代中国儿童卓异的成长环境与发展空间，我们唯有放下身段，以敬畏之心去深入了解、去真诚感知，然后才有资格认真描摹与刻画：从他们的身体成长到心灵成熟，从他们的个体生命到群体生存状况，从他们的快乐游戏到认真学习，从他们的家庭环境到社会氛围。这些都是儿童文学作家面临的快乐的挑战，也注定了处于黄金时期的中国儿童文学将再次闪耀，迎来命运的又一次辉煌。

"三心二意"是我一直倡导的儿童文学作家应该具备的五个标准，我在创作中一直秉持这些标准。如果不坚持这些标准，可能我的文学创作，尤其是儿童文学创作走不了这么远，我所创作的题材也不会这么丰富；而且，由于拥有了"三心二意"作为支撑，我所看到的孩子、我所选择的题材、我在作品中表达的创作主题，都会有一种为儿童所喜闻乐见的气息，这种气息是装不出来的。

儿童文学是快乐文学

我一直主张儿童文学应该是快乐文学,并且始终在自己的创作中贯彻这种主张。我的这种主张,在很大程度上是由我的儿童观决定的。

童真、好奇心和对未来世界的渴望,是不论任何年代的孩子都共同拥有的特质。抗日战争时期,环境那么恶劣,条件那么艰苦,丰子恺笔下的孩子依然有童年的特质。

有一件小事我印象很深。2000 年我和几个作家访问某中东国家,这个国家刚走出战乱不久,有的坦克还扔在马路边上。我们几个作家走着走着,突然发现路边坦克的炮塔转动起来了,一下子头就大了,不知所措。我说里面有人。不一会儿,一个小男孩从坦克里钻了出来,这小男孩调皮,觉得坦克好玩,反正没有人管,自己就钻进去,不知道按了哪个按钮,让坦克的炮塔转动了。他好像对战争的创伤还不太懂,也不在乎,这是我亲眼见的。

我觉得,中国儿童的生存状态还是不那么令人满意的,他们的童心、好奇心和对未来世界的渴望被压抑了。太多的父母喜欢把自己当年没有实现的愿望全搁到孩子弱小的肩膀上,弄得自己和孩子都很焦虑,除了分数、证书,眼里看不到其他,孩子也因此过早地失去了自己的童年。还有很多孩子,为了实现父母未竟的理想,学奥数、学书法、练钢琴、习绘画等,好像不是为了自己,而是为了家长的"面子"在无可奈何地苦练。我邻居家有一个小女孩在弹钢琴的时候,不断地发出愤怒的叫喊;还有的小孩学拉小提琴的声音,让你感到神经几乎被锯断了。2019年,社会科学文献出版社出版了《儿童蓝皮书:中国儿童发展报告(2019)》,那里面披露的数据触目惊心:我国近80%的中小学生睡眠不达标;近70%的儿童参加课外培训班;因为作业和培训负担过重,中小学生无暇阅读、锻炼、劳动和发展兴趣特长。

这几年开始施行"双减"(减轻义务教育阶段中小学生作业负担和校外培训负担),情况开始好转,但冰冻三尺非一日之寒,家长教育观念的转变、学校教育的转变,都还要有一个过程,甚至还会出现反复。

我也是家长,能理解那些焦虑的父母。但我和冰心、陈伯吹、严文井等前辈都有交往,他们对孩子的期望无一不是健康快乐,这种教育观深深地影响了我。女儿降生后,我就希望她健康快乐,从不强迫她做什么。由于不断搬家,我女儿读了三所小学,每一所小学都有不同的要求、不同的校风和不同的教育方法,所以,对女儿的小学生活,我没有更多的要求,她倒是和我说过她的理想是当"两员"。什么"两员"呢?一个是到托儿所当保育员,一个是到动物园当饲养员。她这两个愿望使我非常开心,我一直在鼓励她,因为当保育员必须了解孩子、热爱孩子,当饲养员必须与动物有一种特殊的爱的交流和互动。现在她是一名普通的技术工作者,虽然没有成为"两员"中的任何一员,但过得很快乐,这就够了。

对于那些处于焦虑和压抑状态却又无可奈何的孩子,我从内心同情他们,尽管我同样无可奈何。我经常想,孩子们究竟怎么了?是在偿还他们远不该在小小年纪时就偿还的债务吗?还是未来的生存竞争提早进入了他们的生活领域?我感到惶恐,感到迷惑,同时,开始了思索。我觉得孩子的童年不应该是这样的,决定用自己的笔针砭这种充满焦虑和压抑的状况。《懒的辩护》《热》《小》《十八时的哥哥》和《亮亮弹琴》这些诗,就是在这种状态下写出来的,它们是我对当时儿童生存状态的思考的结论。从某种意义上说,这些诗也是一种宣泄,为孩子的苦恼,也为自己的困惑。

幸运的是,我的这些努力在孩子们当中找到了知音。我有个习惯,新作出版后,喜欢题上字直接送给身边的朋友、同事的孩子。久而久之,我拥有了一批真诚的小朋友读者,他们把我题赠的书带在书包里、放在枕头下,读得津津有味。这是对我最大的鼓励。

有件趣事值得说一下。《我喜欢你,狐狸》①这本诗集出版后,我送给何志云一本。何志云是我在北京大学作家班的同学,当时他儿子上五年级,小名叫都都,所以我送他一本。但送的时候比较匆忙,忘了给都都题字。何志云是文学评论家,主要从事成人文学的批评研究,他拿到

---

① 《我喜欢你,狐狸》,1990年8月湖北少年儿童出版社出版。

书后，觉得更适合都都阅读，自己还没看，就转手送给了都都。没想到几天后，都都又一本正经地把《我喜欢你，狐狸》这本书推荐给自己的老爸。五年级的儿子向正当不惑之年的爸爸推荐自己读过的书，还郑重其事的，何志云说，他在觉得有几分好笑的同时，也感到了"一股不容人轻觑的分量"。

于是，何志云在儿子的推荐甚至是督促下，读完了这本诗集，还给我写了一封长信，实际是书信体的评论文章。何志云说，《我喜欢你，狐狸》这本诗集他读得很有兴味，"这兴味，不只来自一个成年读者的心灵，而且还出自一个批评工作者的职业立场"。

何志云认为："儿童诗当然应该随着时代和社会的发展而变化，否则，首先不承认、不买账的就是它的对象——儿童。"他认为，由于我们的下一代在许多地方确实有了根本性的变化，将别无选择地成为崭新的一代，所以，"准确地触摸和把握当代儿童的思想、心理特点，加以真切的表达，不仅是儿童诗反映和表现当代儿童的要旨，而且也是儿童诗真正走进广大儿童的心灵的途径，这正是儿童诗走向现代的基本含义"。他认为，正是这一点成了《我喜欢你，狐狸》这本诗集的显著特色，也正是都都们之所以如此喜欢它的根本理由。孩子们把我当作了知音，希望通过我的诗来传达自己的心声，同时也教育成人。

怎样才能做到"准确地触摸和把握当代儿童的思想、心理特点，加以真切的表达"？何志云认为，儿童诗的现代探索，固然有赖于创作题材的开阔、角度的新颖、意蕴的提炼等，但更重要的是创作观念的转变。"只有在儿童诗的基本创作观念上发生变化,用现代的观念来观照当代儿童生活,审视儿童诗创作的传统规律和模式,题材、角度、意蕴等的变化,才可能由具体的创作问题,在凝聚中升华为整体,也才可能脱离技术或手段的层次,升华为艺术。"

他认为,正是创作观念上发生的变化,使我的诗从规范的儿童诗样式中走了出来,显得更平易、更朴实,也更口语化,让习惯了独处和自我交流的独生子女们读起来更像是"自我对白",增加了他们的亲近感。同时,也可以作为朗诵的篇目。而中国以往的儿童诗,似乎在形式上更多考虑朗诵和表演的需要,语言较为书面化,讲究押韵和抑扬顿挫的节奏。

一本诗集赢得了真诚的小读者,同时还引发了"儿童诗的现代探索"这个话题,我特别高兴,迅速给何志云回了一封信。

我认为何志云的评论非但十分准确,而且简直就是一语破的、异常精彩,实际上指出了儿童诗创作中带有某种规律性的问题。

回顾我的创作经历,我是在女儿出生后开始创作儿童诗的,那时更多的是以父亲的角度和角色进行创作,作品注重趣味性和知识性,大量的作品是寓言诗,有代表性的都收在《大象法官》[①]《吃石头的鳄鱼》[②]这两本诗集里了。这批作品虽然很传统、很规范,读起来朗朗上口,合辙押韵,但不久后我就感到了一种厌倦。寓言诗需要训诫,需要拐弯抹角

[①] 《大象法官》,1982年5月安徽人民出版社出版。
[②] 《吃石头的鳄鱼》,1983年3月人民文学出版社出版。

地卖弄小聪明，还需要费尽心机地编织一个故事的外套，表现的并不是现实中的儿童生活。

现实生活中儿童的喜怒哀乐，他们的孤独寂寞，他们的天真无邪和看似蛮不讲理，为什么不可以进入我的诗中？经过一段时间的思考，我决定摆脱原有的模式，创作贴近孩子现实生活的儿童诗。从1983年起，我有意识地把创作主题转向儿童现实生活，创作的角度也完全转移到儿童视角上来了。《我喜欢你，狐狸》这本诗集中的大多数作品，都是我在摆脱自己原本的创作模式之后写出来的。我觉得，都都们对这些诗的喜爱，是生活对我的友好馈赠，也是孩子们对我的思考和行动发自内心的肯定。

用自己的诗向孩子的心灵输送快乐，是我义不容辞的任务。童年短暂，正因为短暂才显示出其珍贵；未来的生活漫长而艰辛，正因为这种漫长和艰辛将贯穿我们生命的始终，我才感到一个儿童拥有快乐的童年是何等重要。我们每一个成年人，每一个儿童文学工作者都不能忘记和忽略了这一点。

"快乐文学"并不是狭义的那种近乎盲目的快乐，而是发自内心的智慧、机敏和幽默所传导出来的快乐信息。这种信息潜移默化地贮存在小读者的心灵深处，对他们的性格形成起一种催化剂的作用，在使他们欢笑的同时，启发他们思考，让他们的视野开阔、性格豁达、谈吐风趣，将来即使在苦难面前也保持一种达观。我想，如果自己的创作能实现这一目标的百分之一，我就是最快乐的人。

当然，人类面对的苦难很多，有天灾也有人祸。对于一个孩子来说，亲人的死亡、父母的离异、意外的人身伤害等，都可能改变他对世界的看法，有的孩子就在这些事件降临的时刻告别了童年。这些都是严峻的现实，无法回避。因此，儿童文学可以拥有无限丰富、广阔的题材领域，包括无法回避的严峻现实。

幼儿文学的幽默感

幽默在儿童文学中是一种特别珍贵的元素。孩子的世界本来就是充满童趣的，儿童文学里的幽默，体现了对童年时期生命价值和生活意义的肯定，能给孩子带来欢乐、机智和自信。我主张儿童文学是快乐文学，所以很注重作品的趣味性，在写作中最看重的就是幽默感，一直追求幽默的艺术风格。白冰曾写文章批评我，说儿童文学其实也有苦难，他说得也对，但是另一个范畴的问题。各人有各人的想法，我一直坚持这种写作。

孩子的童年很短暂，我们应该让他们在短暂的童年里受到应该有的快乐的滋养，这样他们成长起来可能就变得更加阳光。尤其是给"小不点儿"写东西，幽默和快乐是很重要的。幼儿阶段是孩子形成安全感和乐观态度的重要阶段，愉快的情绪是幼儿身心健康的一个重要标志，给"小不点儿"写的东西，应该为他们输送快乐。孩子成长了之后，到了十六七岁，可以给他们写一些反映人生苦难的作品，包括《苦儿流浪记》这样的作品都可以写，但是为婴幼儿阶段的"小不点儿"写的幼儿文学，我觉得应该尽可能是快乐、幽默、阳光的，至少这是我个人在创作中的一种创作追求，既是一种理念，也是一种实践。

《幼儿画报》有一系列形象：红袋鼠、火帽子、跳跳蛙、呼噜猪、丁当狗、草莓兔等。红袋鼠是张晓楠提出来的，其他几个多数都是我先提出，大家讨论通过的。

这些形象各有特点，但都有幽默的元素。红袋鼠是领头的形象，聪明、懂事、能想办法，总是呵护伙伴，各方面发展比较全面，没有明显的缺点，也正因为这样，他与火帽子、跳跳蛙常有小摩擦。火帽子善良，热情直爽，胆子大，活泼好动不服输，爱动脑子，但比较冲动，经常会出点小洋相，犯点小错误，挺逗的。跳跳蛙年龄比红袋鼠、火帽子小，乖巧、可爱，人缘很好，但有时会跟风，老被火帽子欺负，需要红袋鼠保护。呼噜猪憨厚、友善，但性子比较慢，还爱睡觉，一睡觉就打呼噜。丁当狗聪明、爱玩，好奇心强，但比较任性，有时不守规则。草莓兔脾气好，有礼貌，爱美，有时有点儿小娇气。

设计火帽子这个形象的时候，我脑子里想起的就是白冰的形象。我们五个人当中，白冰因为还在职，又是做企业的，管理一个大团队，事情多，又追求完美，所以老爱发脾气。发脾气的时候就使劲拍桌子。有时候他在开笔会时接电话，通话中突然就很生气，跟对方发起火来，我们都以为出什么大事了。我跟白冰开玩笑，说你爱拍桌子，最好给你买一个塑料手掌放在办公桌上，歌手开演唱会，粉丝鼓掌都用这个，你发火时就拿这个拍，省得拍坏桌子还伤了自己。金波老师开玩笑地说，你用别人的手拍桌子，你的手肯定不疼。据说，从那以后白冰很少拍桌子了。火帽子的形象基本上就是以白冰为原型的。

红袋鼠、火帽子、跳跳蛙、呼噜猪、丁当狗、草莓兔这几个主要形象的设计，很好地体现了《幼儿画报》"幼小衔接，快乐学习"的主张，对我们的创作起到了指引作用。二十多年来，通过我们的创作，红袋鼠、火帽子、跳跳蛙、呼噜猪、丁当狗、草莓兔、乐乐、悠悠走进了千家万户，成为一代又一代孩子的好朋友，引领了孩子们的阅读，并丰富着孩子们的童年生活，"男婴笔会"也很荣幸地成为孩子们童年生活的伙伴。

我的创作有时也切入现实，力求把一些重大的社会问题以儿童的视角表现出来，如老干部离休的失落感、父母离异后孩子的痛苦、假药对社会的危害等。但我在自己的创作中恪守一点：时刻不忘记儿童视角，在创作这些作品时我努力寻找一个有情趣的视角，在幽默氛围中显示某种严峻和深刻。

《妈妈和小狗》这首诗写的是独生子女的孤独和不被理解，放大一点儿说，是写独生子女与自己上一代人的代沟。虽然这首诗表达的是一个很严肃的主题,但我选择从孩子想要一只小狗的角度切入。诗里的"我"是个很小的孩子,爸爸给"我"念了一首外国小朋友的诗,这个小朋友在诗中向妈妈提了一个要求:为他生一只小狗。因为"我"有各种各样的玩具狗,包括布狗、瓷狗、会走会叫的电子狗,就是没有真正的狗。于是,妈妈回家后,"我"也像那个外国小朋友一样,向妈妈提出了"为我生一只小狗"的要求。妈妈的反应是:"眼里迸出火星/皱起眉头高声怒吼/抬手给了我一巴掌/还骂我是块笨透了的'木头'"。而"我","直到今天我也没弄清楚/妈妈怎么会这样下手/我只是懂得自己和小狗/从此不会再交上朋友"。这首诗中讲的事情、表达的情感,完全是从儿童视角出发的,是一种幽默中的冷峻。我觉得,这种选择也符合接受美学的要求,试想,一本书小读者连翻都不想翻,作者写得再卖力又有什么用?

幽默不等同于圆滑,不等于贫嘴,是一种真正意义上的智慧的体现。这里就涉及一个人的修养,一个人的性格,一个人看待万事万物的视角。我出生在内蒙古,童年大部分时光是在大草原上度过的。十三岁那年,父亲工作调动,我从内蒙古到了贵州,第一次见到了山,内蒙古大草原是没有山的。十五岁那年,我又跟随父母到了北京。在这不到三年的时间里,从北到南,从南到北,我辗转于五所中学(内蒙古开鲁一中、贵州的三所学校、北京十五中),这些经历拓展了我的视野,对我的性格影响很大。我习惯了适应不同的环境,融入不同的人群,和不同的人交朋友,对生活始终保持一种宽容、乐观的态度。这种人生态度,也融入我的作品中。

中国作家网总编辑刘秀娟在一篇评论中说:"高洪波的童话是幽默的。在我的阅读经验里,幽默与讽刺往往结伴而行,但是高洪波的幽默却是温婉的,哪怕是讽刺也不让人觉得刻薄、刺痛,不追求那种撕裂、破坏和攻击的快意,话点到为止,从不渲染铺张,而是留有余地,有一种基于对人理解之上的宽容和对生活的爱意。"我觉得她的点评是比较到位的。

在"男婴笔会"里,我们大概有这么几个方面的收获:

第一,对婴儿文学和幼儿文学进行了区分。这二者是不一样的,篇幅、语言、细节和结构都不一样。

第二,学会了怎样能写得让孩子喜欢。在儿童文学的趣味性、游戏性方面,我觉得比以前有很大的、长足的进步。

第三,在写作过程当中,收获最大的就是自己越活越像孩子,或者说进入了第二个儿童期。一旦进入到笔会环境,我们几个马上连说话都不一样了。

"男婴笔会"与"大低幼"的合作,不仅让《幼儿画报》发展成为中国最有影响力的幼儿期刊之一,对中国的幼儿文学创作和幼儿读物的出版也具有探索和创新意义。

祝贺高洪波先生七十大寿

几十年来我们一起为孩子们写作 追求着灵魂本性中的童真

忘记了年龄
忘记了苦乐之虑
忘记了得失之累

心中暖暄： 前程迷茫：
一路有快乐和力量
一路有你我相陪伴

祝洪波文友
笑口常开 笔体两健

中少社 大俄组 男婴笔会诸文友
辛丑年冬 金波代笔

高洪波七十岁生日，"男婴笔会"诸文友贺，金波代写

第十二章

白冰的感悟

探索、引领和发展

幼儿文学不但是文学，而且应该是儿童文学当中很重要的一个分支。

幼儿文学是孩子认知世界的第一扇窗，它在孩子的情感世界、精神世界里播下最早的种子，对孩子进行情感启蒙、精神启蒙。我外孙看完《狮子王》以后，他会知道刀疤是坏人，因为刀疤把老狮王摔到悬崖底下了；小狮王辛巴是好人，因为辛巴为了所有的狮子最后打败了刀疤。三四岁的孩子不一定有明确清晰的假恶丑、真善美的概念，但在情感体验上，一定是喜欢真善美的人和事，不喜欢假恶丑的人和事，这就是孩子的情感世界和精神世界的启蒙。

幼儿文学是孩子最早接触的文学样式。人生最早的阅读应该是声音的阅读，婴儿在妈妈怀里听催眠曲、儿歌、民间故事，虽然没听懂具体的内容，但妈妈的声音对婴儿来说，实际上是一种语言启蒙和阅读启蒙，能让婴儿对语言产生兴趣，喜欢语言的节奏、语言的韵律、语言的色彩，这对婴儿语言能力的发展是非常重要的。

所以，幼儿文学的创作、出版水平，关乎孩子未来的审美趣味，关乎孩子未来的阅读味蕾。从这个角度讲，幼儿文学不但是文学，而且是影响最大、最重要的一种文学样式，应该得到更多人的重视，也应该有更多的人来为婴幼儿写作。

我真正从事幼儿文学创作，是从加盟"大低幼"以后开始的。中国有很多非常优秀的幼儿文学作品，比如《小马过河》《小蝌蚪找妈妈》《岩石上的小蝌蚪》，还有刘饶民的儿歌，他那首以"滴答滴答，下小雨啦"开头的《春雨》流传了几十年，等等。这些都是我学习之后，对我后来的创作产生了影响的幼儿文学作品。

二十世纪八九十年代兴起新潮儿童文学，当时最火的是少年文学，出了很多名家名作，像曹文轩的很多作品，秦文君的作品，罗辰生的《白脖儿》，还有常新港的很多作品，等等，都是这个时候出来的。但这些作品大多都是面向小学中高年级学生和初中生的，很少有面向婴幼儿的，当时幼儿文学的热度比不上少年文学。那个时期的儿童文学创作状况可以用"枣核形"来形容。按年龄段来分，中年龄段，也就是小学中高年级这个年龄段的读物很多、作品很多，初中以上年龄段的青春文学作品很少，幼儿文学作品也很少，中间大两头小，就像枣核一样。

后来，大家意识到了"枣核形"的问题，更多的出版社、出版人、编辑开始在青春文学上下功夫，所以有一段时间青春文学比较热。青春文学当时以韩寒、郭敬明为代表，火热了好多年。与此同时，大家也注意到我们国家婴幼儿特别多，他们的阅读需求量也是非常大的，所以开始尝试强化婴儿期刊、幼儿期刊和婴幼儿图书的出版。

"男婴笔会"就是在这个背景下加盟"大低幼"的。我们和张晓楠的团队一起努力，先是把《幼儿画报》发展成中国最有影响力的幼儿期刊之一，高峰时月发行量近 200 万册；后来又创作了"植物大战僵尸"系列这样的畅销书，"美丽中国·从家乡出发"系列这样的主题图书，还创作了一大批在国内外都有影响力的图画书。

现在，早期阅读越来越受重视，从事幼儿文学创作的作家队伍越来越壮大，婴幼儿图书的市场份额越来越大。应该说，这二十年来，在中国幼儿文学创作和幼儿读物出版的发展过程中，"大低幼"起到了引领性的作用，"男婴笔会"能全程参与、推动这个进程，是一件特别值得自豪的事情。

婴儿文学和幼儿文学的细分

"男婴笔会"伴随《婴儿画报》《幼儿画报》从 1999 年开始走过来的这二十几年，在创作上是一个慢慢成长、慢慢提升的过程。我觉得我们在成长和提升的过程中有一个非常重要的收获，就是把婴儿文学和幼儿文学再进行了一次细分。

我们并不是有意识地去做这方面的探索，而是因为"男婴笔会"的创作，实际上就是与《婴儿画报》《幼儿画报》合作。我们每天沉浸在《婴儿画报》《幼儿画报》之中，在创作实践中我们体会到：给《婴儿画报》的作品和给《幼儿画报》的作品，写法是不一样的，童话也好，儿歌也好，故事也好，篇幅不一样，故事结构也不一样，语言更是不一样。给《婴儿画报》写童话，一篇不能超过二百字，八十字、一百字都是常见的，就是不能长，超过二百字婴儿就不听了；给《幼儿画报》的童话，一篇可以写六百到八百字。给《婴儿画报》写的儿歌，可能顶多是四行或者六行；给《幼儿画报》写的儿歌可以是八行、十四行、二十四行，如果是叙事的儿歌，行数甚至可以更多一点儿。在语言方面，给《婴儿画报》写东西，更需要那种浅显生动、口语化的"妈妈语"；《幼儿画报》用的词语可以比给婴儿的深一点儿，但是也不能用书面语，更不能用成语。

由于《婴儿画报》《幼儿画报》在文本上有诸多不同的要求，由此就产生了一个问题，幼儿文学是否需要进一步细分？"男婴笔会"和"大低幼"团队在一起讨论，认为婴儿文学和幼儿文学应该是不一样的，婴儿文学应该从幼儿文学中再细分出来。

把婴儿文学和幼儿文学加以区分，一方面源于"男婴笔会"的创作实践，另一方面，还源于儿童分级阅读理论。在讨论把婴儿文学从幼儿文学中分出来这个问题时，我们还研究和参考了儿童分级阅读理论。美国的蓝思分级阅读测评体系按照语义难度和句法难度，把儿童阅读能力分为26级，把图书的深浅难易程度也分为26级，使图书的难易程度与读者的阅读能力一一对应匹配，儿童经过测评后，可以根据自己的阅读能力，选择适合自己的图书。蓝思分级阅读测评体系虽然也有不完善的地方，但是它把儿童阅读能力和阅读材料分成26级并一一加以对应匹配，还是比较精细的，也有一定的科学性，在全球英语阅读中得到了广泛的运用。

但是在中国，现在还没有类似的阅读测评体系，对儿童阅读能力和阅读材料进行分级。我们现在还只是分龄阅读，大体分为学龄前、小学低年级、小学中高年级、初中和高中，区分的标准比较宽泛、比较粗线条。我们认为，0—3岁，4—7岁，是两个不同的年龄段，这两个年龄段孩子的身心发展、学习内容和生活环境、教育环境都是不一样的。我们给《婴儿画报》写的东西和给《幼儿画报》写的东西不一样，也证明了我们的判断。所以，我们主张把婴儿文学和幼儿文学区分开来。

中国儿童文学从整个文学中独立出来，是五四运动以后的事情。20世纪80年代后，又进一步把儿童文学细分为幼儿文学、儿童文学、少年文学。我们通过自己的创作实践，把幼儿文学又进一步细分为婴儿文学和幼儿文学，我觉得，这是对儿童本体认知的深化和细化，说明我们越来越尊重儿童生命的权利、阅读的权利，不但承认儿童与成人是不一样的，我们还承认婴儿、幼儿与儿童、少年的不同。过去没有人明确地把婴儿文学从幼儿文学当中划分出来、区分开来,"男婴笔会"在创作中、实践上把婴儿文学和幼儿文学进行了细分,这对婴儿文学、幼儿文学的发展是一个重要的发现,也期待能引起更多的讨论和探索。

浅语、前语、潜语

幼儿文学作品一定要追求"有意思",然后再去追求"有意义"。如果幼儿觉得作品"没意思",那么,对于幼儿来讲,无论什么样的作品,童话也好,故事也好,儿歌也好,都失去了作为文本本来的意义。

怎样才能做到既有意思又有意义呢?我国台湾地区的儿童文学作家林良先生总结自己从事儿童文学创作的经验,认为儿童文学是"浅语的艺术"。我同意林良先生的观点。同时,在二十多年的写作过程中,我还意识到,幼儿文学的写作艺术既是"浅语",同时也是"前语",还是"潜语",是三个"qian"。

第一个是林良先生所讲的那个意义上的"浅语"。这个"浅语"实际上是带有情感的口语化的"妈妈语",因为只有这样的语言,孩子才听得懂,写出来的故事才有感染力,才有情感,才能打动孩子。

现在有很多幼儿文学作品写完之后,妈妈读给孩子听或者幼儿园老师读给孩子听,要是直接念,孩子根本听不懂,还要做一次口语化的加工工作,等于是再创作一遍。"男婴笔会"作家写的东西,本身就是口语化的,可以直接念。为什么?金波老师一直讲幼儿文学实际上是一种听觉的艺术,这种艺术应该是口语化的,所以,我们每次在笔会上,稿子写完以后都互相念、互相读,我念给你听,你念给我听,再互相提意见。这个过程实际上就是作品文字口语化的过程。最后做到什么程度呢?作品里没有一个生僻字,没有一句书面语,我们把生僻的语言、生僻的字词、书面语的东西全部都口语化,家长、老师拿到我们的作品后,读起来朗朗上口,不需要再做二次加工。

"浅语"不只是浅白,更不是粗浅。"男婴笔会"五个作家里有四个是写儿童诗出身的,写儿童诗的人对语言要求都非常严格,惜字如金。我们要求自己给孩子写的东西要用婴幼儿听得懂、喜欢听的口语化语言进行表述,做到纯净、透明、简洁。作品中的每一个字和词都富有表现力,又不能用成语,不能用成人的短语,不能用生僻字词。这个要求是非常高的。

还有就是我们自觉要求语言能体现出诗的意境,有诗的感觉,这是"男婴笔会"作家对语言的一种共同追求。中国是诗的国度,我们有唐诗、宋词,这种优秀的传统不能丢。现在别说童话和故事了,甚至很多儿童诗都已经不讲节奏和韵律，成了分行的散文。可是"男婴笔会"作家仍然在童话、故事、散文的创作中，追求语言的节奏美和韵律美。我们认为，母语的节奏美、韵律美，应该让孩子从小就能感知，从小就能体验，为他们长大了以后，能更好地领悟母语之美，更好地使用母语打好基础。

我们主张给婴幼儿写东西，要以短句为主，多用象声词，多用复沓的句式和对话，使语言像是清晨荷叶上的露珠，是跳动的，是调皮的，是充满声响、充满色彩、充满温情的，读起来像是一支好听的乐曲。我们在写婴幼儿童话和故事时，喜欢加入朗朗上口的儿歌，或者用韵文写作，使孩子读起来感到非常有趣，能够感受到母语的节奏美、韵律美，并且易记、易背、易于传播。

第二个是"前语"。我们承认林良先生提出的原本意义上的"浅语"，同时，在他的基础上，我斗胆提出"前语"，前辈的"前"。因为人类文明的发展是一个传承的过程，中华优秀传统文化的延续是一个传承的过程，人类的生存智慧，也是前人通过各种载体传递给下一代的。幼儿文学的创作和出版，实际上是在传递一种人类的生存智慧，作家和出版人一定要把我们对于生命的感悟、生活的感悟以及人生中的喜怒哀乐、经验教训，告诉我们的孩子。所以，幼儿文学作品不光要有意思、好玩，还一定要有艺术价值和思想价值。作家把自己降低到婴儿、幼儿的水平去给孩子讲故事，那就没有意义了，而是要有引领作用，要把自己的生存智慧、人生经验、人生体悟，巧妙地融合在作品当中，通过形象生动的故事去告诉孩子。

幼儿文学必须有引领和教育作用。什么叫真善美,什么叫假恶丑?什么叫好,什么叫坏?幼儿文学要给孩子一个尺度、一个标准,让孩子从阅读中习得。这是幼儿文学的一个特点。

这就涉及怎么看待儿童文学的教育性和文学性的问题了,从根本上讲,是儿童观的问题。我认为,到目前为止,中国有三种儿童观。

一种是传统的儿童观,认为儿女是家庭财富的一部分,属于父母的私有财产,一切由父母安排,包括结婚、生子这些大事,因为子女是家庭的财富。应该说,传统儿童观到现在还有影响,最典型的表现是把自己的想法强加给孩子,动不动就对孩子说:"我是为你好。"

一种是封闭的儿童观。所谓封闭的儿童观,就是把生命当中很多链条割断了,把童年看作是一种封闭的真空状态,成人世界任何稍微涉及某些生理常识的词都不能让孩子知道。比如,儿童文学作品中写哺乳动物,要求不能出现"乳房"这两个字,出现了就不行,说是会把孩子带坏了。写哺乳动物不出现"乳房"两个字,这怎么写?如果对孩子如此封闭,还有童话吗?还有小说吗?还有文学吗?还有想象吗?

社会对教育的过度焦虑,是一种社会心理病,实际上就是一种封闭的儿童观。封闭的儿童观造就了封闭的儿童世界,封闭的儿童世界造就了封闭的青少年。这些孩子将来到了社会上怎么办呢?没有免疫力,没有抵抗力,很有可能会无所适从,经不得任何挫折,一受到打击就垮掉,甚至会走向极端。

还有一种是开放的儿童观,是我们提倡的儿童观。这种儿童观以平等、发展、开放的眼光看待儿童,既承认儿童是具有独立人格的生命个体,尊重童年的价值,坚持以儿童为本位,同时,又承认童年是生命链条当中的一环,承认童年是要向前延伸的,肯定孩子是要长大的,从而负责任地面向社会、面向未来去培养儿童,因为"现在的子,便是将来的父,也便是将来的祖"[①]。

从开放的儿童观出发,我们主张把童年还给孩子的同时,也要正视:这个世界是孩子的,同时也是成人的。如果走向极端,就会害了孩子。比如说,片面强调尊重孩子,说孩子天生都是好的,他们犯的所有错误责任都是大人的,如果这样放任的话,孩子将来就没有任何责任感了。我们承认童年作为个体生命的一个特殊阶段,在生理上、心理上具有一定的特征,尊重儿童在这个时期的特点,提供给他们适合的儿童文学作品,同时,也要考虑到他们终究是要面向未来的,他们要成长,要走向纷繁复杂的社会,走向一个机遇与挑战并存的广阔世界,因此,在给他们温暖、美丽、快乐的同时,也要让他们在面对这个世界时有一定的免疫能力,而不是把他们封闭在真空里。

为了孩子的免疫能力,我认为,儿童文学不应当回避悲剧和苦难。审美是一种儿童文学的快乐,"审悲"是一种更高级的快乐。没有"审悲",孩子哪儿来的悲悯之心?我们只告诉孩子:世界是美好的,世界

---

① 引自鲁迅《我们现在怎样做父亲》。

是美丽的，世界是温暖的。在突然面对磨难，面对挫折，面对不幸时，让孩子怎么办？！

所以，儿童文学也可以写童年的悲剧和苦难，但要把握好尺度。一个是悲伤的程度、残酷的程度不能太惨烈，不能给儿童太强烈的感官刺激。比如，电影可以表现战争的大场面，可以有刺刀扎进胸膛、子弹射入脑袋的镜头，儿童文学作品就绝对不能这样写，但可以写英雄倒下时的悲壮。再一个就是，写苦难和悲剧是为了培养孩子的悲悯之心，认知真善美和假恶丑，不是渲染暴力、残酷的一面，而是用这个反衬出美丽的、光明的一面。另外，还要分年龄段，给婴幼儿和童年期孩子的东西要特别谨慎，青春期的少年就可以让他接触复杂一些的东西了。

儿童观的问题解决了，儿童文学的教育性和文学性的问题就容易解决了。儿童文学首先是文学，这个是必须承认的。在这个共识的基础上，我们来认识儿童文学的社会功能和价值的时候，必须承认儿童文学作品的功能是多元的，不是只有文学性，同时也有教育性。只不过教育性是深深地隐藏在作品的情感倾向当中的，隐藏在审美的过程当中的。我认为，让儿童文学回归文学、回归艺术、回归儿童的同时，要在传递人类生存智慧和独特的生命感受当中，给孩子以引领。只满足，不引领，不是真正的儿童文学。

在引领方面，《婴儿画报》《幼儿画报》做了大量工作，开设了一系列专栏向婴幼儿传递人类生存智慧，比如《红袋鼠的自我保护故事》

《红袋鼠生活智慧故事》《好习惯故事》《成语故事》《乐悠悠好行为儿歌》《乐悠悠好行为培养故事》等。我们为这些专栏写了大量的童话、故事和儿歌，把很多思想和智慧融入这些作品当中，让这些作品有分量，而不是很简单的"小儿科"的东西。在"'男婴笔会'作品选"我的专辑中，我特意选了几篇富有代表性的红袋鼠自护故事。

第三个是"潜语"，潜伏的"潜"、潜水的"潜"。作品的艺术性、文学性在先，形象、细节、故事在先，思想性一定在后面。作者的思想、理念、想对孩子说的话、想和孩子交流的人生体悟，一定要巧妙地隐藏在细节、形象、故事的背后，让孩子看到的是故事，感到好玩的是情节，记住的是细节和形象，道理让他慢慢去体悟，如果体悟不出来，能记住故事也行。比如《农夫与蛇》的故事，我们小时候知道的就是这个蛇很可怕，它有毒，农夫救了它，它还咬农夫，故事中的哲理根本不懂。随着我们的年龄越来越大，慢慢就觉得这个故事里面有很深刻的人生哲理。

我们给孩子传递的生存智慧和生命体验，一定是用"潜语"来表达的。海明威说："冰山运动之所以雄伟壮观，是因为它只有八分之一在水面上。"我们看作品，看到的就像是冰山露出海面的那个山尖，巨大的底座在海面下。好的文学作品应该是这样的，好的幼儿文学作品更应该这样，思想性也好，教育性也好，一定是在形象当中、故事当中、细节当中的，一定不要耳提面命地告诉孩子道理，这样的东西孩子是不喜欢的。

怎么把教育性、思想性巧妙地融入作品的形象、故事和细节当中，这是需要功力的。为什么我们刚开始写"命题作文"时有抵触情绪？因为编辑深入幼儿园去做了大量的调研工作，然后把那些让家长们、老师们困惑的东西提炼出来，筛选后交给我们，我们要针对这些具体问题来创作。假设这次笔会的主题是自我保护，要写十篇红袋鼠自护故事，编辑会先介绍家长和幼儿园老师在自我保护方面反映最多的问题，比如，孩子爱摸电门（电源插座）怎么办？孩子在公园里玩的时候，爱往草丛里钻怎么办？高层住宅夏天把窗户打开的时候，孩子爱往窗台上爬怎么办？这些问题，都是家长、老师提出来的，要求我们针对这些问题创作出几百字一篇的童话或故事给孩子，还要让孩子非常喜欢，这个任务太富有挑战性了。

这些"命题作文"要有知识点，但是又要把知识隐藏在有意思的形象、故事和细节背后，非常巧妙地告诉孩子，这是很难的。刚开始写的时候，对知识点的表达比较直白，没有意思。后来经过不断实践，不断和编辑磨合，终于找到方法，让孩子看起来一点儿教育性的东西也没有，一点儿教化性的东西也没有，但是他很有兴趣地读完了就能悟到"我不能往窗台上爬""我不能往草丛里钻"，这个就是"潜语"的表达。

我觉得，二十多年来，"男婴笔会"的五位作家都达成了一种共识或者形成了一种独特的创作特色，就是在艺术上一直追求"浅语、前语、潜语"，把幼儿文学的文学性、儿童性、教育性最终统一到一起，而且做得非常好，不是非此即彼：要文学性，就丢了儿童性或是教育性，也没有为了教育性就让作品主题先行，干巴巴地让孩子生厌。践行"浅语、前语、潜语"的创作理念，让幼儿文学既有意思，又有意义，是"男婴笔会"一个非常大的收获，也是我们作品的一个特色。

幼儿文学的艺术特点

过去我主要给少年儿童写小说、写诗，写像《洁白的茉莉花》《雁阵》这样的小说和《吃黑夜的大象》这样的童话。从事幼儿文学创作之后，才知道给婴幼儿写东西太难了，太有挑战性了。过去写童年文学、少年文学结构故事的方法，写幼儿文学都不能用。童话也好，儿歌也好，故事也好，幼儿文学的写法跟童年文学、少年文学都不一样，篇幅不一样，故事结构、叙述方式不一样，语言更是不一样。

从结构上来讲，婴幼儿文学作品的篇幅，决定了给婴幼儿写作，不允许像给少年写作那样来结构故事，安排两条线索、三条线索，连续拐几个弯，搞得情节起伏跌宕，如果这么写，一条线索还没交代完呢，篇幅就没有了。给婴幼儿写童话、故事，包括叙事性儿歌，需要按照孩子的思路、孩子的喜好来发展线索、构思故事，而不是要求孩子来适应作者的讲述。

首先，故事结构一定是一根主线到底，这根主线是很清爽的，很少有副线，不能像探案小说那种写法，同时安排有两条线索、三条线索，那样的话，孩子就看不懂了。

其次，不能有太复杂的人物关系，人物很少，一般是一两个，两三个，其他形象最多作为群像点缀一下，没有特别多的形象。

再次，故事情节的发展，可能最多是三个拐弯——大概就是三段式。比如写我们去爬山，先写从这边爬不上去，再写从那边爬不上去，最后写终于爬上去了，这就是三段式。要是四段式、五段式，再来一段爬到半山腰又摔了一跤什么的，孩子就不耐烦了，不新鲜了。

然后是语言。语言的难度在于，幼儿文学是不能用成语，不能用生僻字、生僻词的，但是同时它的语言又要有感染力、表现力，用口语化的、平白的短语，最浅显的字词，让作品有很强的感染力、表现力。"男婴笔会"作家要求自己写的东西，家长、老师拿起来可以直接念，读起来朗朗上口，不需要再做二次语言加工。这是很不容易的。

我还想讲讲形象塑造的问题。古今中外，能够在儿童文学史上和童书出版史上留下来的作品，都是因为有典型形象，比如《木偶奇遇记》的匹诺曹、《小布头奇遇记》的小布头、《疯丫头玛迪琴》的疯丫头、《敏豪生奇游记》的敏豪生。所以，张晓楠提出，《幼儿画报》《婴儿画报》一定要有形象，因为有了形象，才可能围绕形象写出系列故事。实际上系列故事还是有人喜欢的。还有就是有了形象，就可以用形象做品牌，慢慢地做图书，做电子读物。

要出形象是张晓楠提出来的，但怎么出形象，出什么样的形象，是我们大家一起商量的，高洪波、金波老师的提议比较多。当时提出来，形象设计要和当下孩子的现实生活结合起来，要考虑到现在孩子的生活状态、生命状态。这样，我们写的就不只是设计出来的形象，而是当下的婴儿、幼儿、儿童的实际生活状态。我们还提出，当下的孩子和过去的孩子是不一样的，形象要有当下孩子的特点，比如有优越感、敏感、聪明，喜欢接触新鲜事物，敢于创新，大胆挑战，等等。当然，我们笔下的形象应该是诙谐幽默、好玩的，不是那种干巴巴的、很枯燥的形象。我记得当时我还提出系列形象要有各自的性格特点，不光有优点，也要有弱点，是多维的、立体化的。实际上，孩子最喜欢的是立体化的形象，没弱点、没缺点的形象孩子不喜欢。

我们设计了一系列的形象，《幼儿画报》的形象主要有红袋鼠、火帽子、跳跳蛙、丁当狗、草莓兔、呼噜猪、板凳狗；《婴儿画报》的形象出来得晚一点儿，主要有悠悠、乐乐。每个形象都有自己的性格定位，还有自己的习惯性动作、习惯性语言，能体现他内在性格的一些特征。

有了形象就可以形成系列产品，形成品牌效应，从这一点出发，我们也特别愿意来写《幼儿画报》《婴儿画报》的系列形象，因为让孩子记住了这些形象，这些形象就会陪伴孩子成长，成为他们一生中永恒的记忆。

实际上，这二十多年来，我们一直在探索幼儿文学的写作特点和创作规律，打造传得开、留得住的幼儿文学品牌形象，用自己的创作实践，努力追求实现儿童性、文学性和教育性的完全统一，追求"男婴笔会"独特的创作特色。

白冰《狐狸鸟》获第八届(2007—2009)全国优秀儿童文学奖(卢强摄影)

第十三章

葛冰的感悟

幼儿文学"无小事"

我在《儿童文学》工作了将近十年的时间。这十年我跟婴儿、幼儿是不太搭界的。那个时候儿童文学界分得特别清楚,写幼儿文学的就专门写幼儿文学,写少年文学的呢,基本上不写幼儿文学,觉得幼儿文学太"小儿科"了。不像现在,幼儿文学尤其是图画书的作者,好多原来是写少儿文学作品的,甚至有些写成人文学的作家也写幼儿文学作品了。

我调到《婴儿画报》,不是因为我想写幼儿文学了。《婴儿画报》原来的文字编辑出国定居了,我就找《婴儿画报》的主编吴带生,说我想去《婴儿画报》工作,吴带生同意了。就这样,我去了《婴儿画报》。

刚开始的时候,我表面上不说,但内心觉得《婴儿画报》上登的东西就是"小儿科",觉得给婴幼儿的东西好写,字数摆在那儿嘛。就是这种感觉。那时候《婴儿画报》文字编辑就我一个人,手头也没有作者,干起来以后呢,我当编辑得审稿,缺稿还得自己写。这又审又写的,慢慢就投入进去了,开始觉得给婴幼儿写东西有难度了。为什么呢?你觉得你有能力写,文笔不错,但在《婴儿画报》未必用得上。在这儿最先考虑的是婴幼儿的接受程度。他得听得懂,才能吸引他,这实际上是幼儿文学创作中怎么体现儿童性的问题。

从内容来讲，幼儿文学与童年文学、少年文学一样，也包罗万象；在表现形式上，也有各种体裁，具有多样性。所以，幼儿文学与童年文学、少年文学是相通的。

但是，会写儿童文学作品，并不等于就能写好幼儿文学作品。许多人给儿童、少年写东西写得很好，但给婴幼儿写就不行了，因为给婴幼儿看的东西和给儿童、少儿看的东西，是绝对不一样的，必须把握住婴幼儿的接受程度才能过关。

这一点，理论上好理解，实践起来比较难，有一个逐步掌握和适应的过程。我从《儿童文学》调到《婴儿画报》，文字水平应该没问题，主要问题是要怎么适应婴幼儿的理解程度。通过大量地阅读、编辑、创作幼儿文学作品，我逐步了解了幼儿文学的特点，感到幼儿文学在儿童文学中独特的地方或者是特点，都体现在"儿童性"这一点上。

比如说主题。幼儿文学的主题更强调教育性、知识性，相当一部分幼儿文学作品甚至是事先设置好了教育性、知识性的主题再来编织故事的。这与婴幼儿还处于人生的启蒙阶段有关，与婴幼儿家长对阅读的教育诉求有关。

比如说内容。幼儿文学要贴近婴幼儿生活，一般要写他们熟悉的人和事，即使是童话，里面的形象也应该是他们所熟悉的。写婴幼儿陌生的内容，也要通过他们熟悉的东西切入。

比如说故事情节。幼儿文学故事情节大多简单而不曲折，用大白话

说，就是"拐的弯儿少"，一般都只有一个"弯儿"。当然，简单并不等于没有趣味，没有趣味吸引不了婴幼儿，又短又有趣，这才更难写。

比如说形象。幼儿文学要求塑造形象，但你塑造的形象再怪再离奇，也一定不能脱离婴幼儿的现实生活，它身上一定要有婴幼儿特别熟悉的东西。只有这样，你塑造的形象才能让婴幼儿理解和喜爱。

幼儿文学作品中的语言和画面也有特殊的要求，而且要求更严格，因为婴幼儿接受作品，一是通过他们能听懂的语言，二是通过画面。给婴幼儿写的作品，语言应该简单通俗，不能使用婴幼儿难以听懂的华丽的词汇和成语。给婴幼儿看的画面不但要大，而且里面的形象要尽量与生活中的原型相近，这样才不会误导婴幼儿的认知。

这么一点儿一点儿地边办刊、边写作、边琢磨，慢慢地我就开始觉得，幼儿文学写起来挺好玩的。什么东西都是这样，就像攻堡垒一样，开始你以为容易，后来又觉得难，这种难反而激起了你的那股韧劲，让你非攻破它不可。一次次地攻，一次次地磨，让我觉得给婴儿办刊、写作挺有意思，慢慢地兴趣就来了，开始由被动到主动了。

我觉得我对幼儿文学的认识经历了从内心轻视到感到不容易，再到深感兴趣这么三个阶段。在这个过程当中，我对幼儿文学理念的认识，也在逐渐加深，到现在就有非常清晰的认识了。

我觉得，当一个幼儿文学作家挺不容易的，因为幼儿文学"无小事"。这个"无小事"体现在什么方面呢？体现在婴幼儿这个启蒙阶段。媒体采访时我说过一个观点：给婴幼儿讲故事，没有小故事，再小也是大故事。为什么呢？现在家长都很重视培养孩子爱读书的习惯，养成良好的读书习惯可以影响孩子的一生。而培养孩子良好的读书习惯，给他的第一本书是非常关键的。就像没吃过苹果的人，你给他的第一个苹果是甜的，他就认为苹果是甜的；你给他一个酸苹果，他就认为苹果是酸的了。同样的道理，给孩子的第一本书，如果他不喜欢，觉得这书不好，他就产生了一种深刻的印象，书是不好的。第一印象非常重要，建立起来之后再扭转的话就比较难了。给孩子第一次阅读一个良好的印象，让孩子对阅读产生兴趣，正是幼儿文学的使命。

给婴幼儿写作要「过三关」

适应婴幼儿的阅读程度，首先得让他能听懂，这是起码的，然后再想办法吸引他。这个听得懂，说起来容易，其实是看不见、摸不着的，得靠你在实践中摸索。

刚开始写婴幼儿文学作品时，我们还挺自信的，觉得"男婴笔会"这几个人都是写诗歌、童话、小说的，都拿过不少奖，有的还写过成人文学作品，所以，自以为我们是从高处空降到《幼儿画报》《婴儿画报》的，写婴幼儿的东西，对我们来说不过是"小儿科"而已。

没想到，大家碰到的第一个问题竟然是自己写的东西要怎么能让孩子听得懂。有的东西，自己觉得写得挺不错了，文学性挺强、挺好，但是拿出去给家长一念，就不行。为什么呢？不说别的，就是让孩子能听懂这一关就没过去。比如，一个成语特别棒，但是孩子不懂，用在作品里，家长还得给他解释半天这个成语是什么意思。作者觉得自己文笔不错，但是写婴幼儿文学未必用得上，现实就这么无情。

所以，我们过的第一关是语言关。我们的做法是，稿子出来了，先出样章，然后大家在一起开会，每个人把自己写的作品念给大家听。为什么要先念呢？因为给婴幼儿写的作品，一般都是大人念给孩子听的，口语化特别重要。作家再有文采，再有文学素养，必须掌握一点，一定要让孩子能听懂，孩子听不明白的作品，文学性再强也没用，不能大人看着开心，实际上孩子未必能懂。

念稿子这招还真管用，有些自己挺得意的文字，念着念着，结结巴巴的，自己都觉得别扭，不用别人说，自己就觉得有问题了。第一次这样，第二次就学聪明了，我得写得动听点，念起来顺畅。我们开笔会，每篇作品都要先念，而且每次写完了以后都讨论。

这还不算完，我们相互提意见，改完稿子以后，编辑还要印成样刊，拿到幼儿园去，让老师给孩子念一遍，这叫"试读"，把幼儿园的老师和孩子当成第一读者，来一次民主投票。编辑把老师、孩子的意见带回来后，我们再改，把孩子听不懂的语言都去掉，换成他们听得懂的语言。所以，有的时候感觉自己的作品文采没了，成了大白话，但是这样孩子听得懂。当然，大白话也得有韵律，朗朗上口，让家长好念，孩子好记。

经过写作上反反复复地锤炼，我们现在基本掌握了幼儿文学创作的一些规律：一般婴儿作品不要超过二百字，幼儿作品不要超过八百字；避免使用一些复杂的词语，包括成语、俗语、形容词等；句子一定要短，结构比较复杂的长句要拆成短句，让家长、老师念起来特别舒服；大量使用儿歌和口语化的韵文，好多故事里都有儿歌。这样写出来的作品，家长、老师容易念，孩子容易记，做成音频、视频，效果也非常好。这就是我们写婴幼儿作品在语言上的要求，也是我们闯过的第一关，实际上是解决幼儿文学的儿童性问题。

过了语言关，解决了让孩子能看懂的问题，还得过故事关、形象关，这样写出来的东西才能吸引孩子。

《幼儿画报》跟读者的互动特别密切，家长老给编辑部反馈意见，说你们应该写这类、那类的作品，告诉我们的孩子应该怎么做。自我保护、好习惯培养是家长最关心的两个教育问题，建议也最多，最后要求到非常具体的程度，比如"我的孩子老看电视，眼睛都坏了，能不能给我们写一篇保护眼睛的故事？""我家里有电门，最怕孩子触动这个电门，能不能写篇童话不让她触动电门？"等，这些都是我们坐在家里想不到的问题。

过去也有人写过这类作品,但基本上都是挂图式的讲解,讲到看电视要保持距离、摸电门会发生危险,这就算完了,说教味比较浓。对这一点,编辑部和"男婴笔会"作家都不认同,认为《幼儿画报》《婴儿画报》既要给孩子讲自我保护的知识,又要通过非常有趣的故事来讲,把家长反馈的教育主题转化成一个个特别有趣的故事,让婴幼儿觉得故事都非常有意思,在听故事当中去感悟知识。

把教育主题转化成有趣的故事,实际上是要解决"命题作文"的文学性问题。给婴幼儿写知识教育类和品质教育类作品的时候,一定要把抽象的东西化为形象的、生动的故事。婴幼儿开始阅读时脑子里没什么东西,还是一张白纸,所以,这个时候特别要强调,给婴幼儿的东西一定要采用他们喜欢接受的、让他们感到快乐的形式。

把抽象的主题变成生动的故事这种例子太多了,"男婴笔会"作家在这方面个个都是高手,随便拿来一个主题,比如饭前要洗手,挺简单的吧,我们五个人能编出五个不同的故事,还都是故事性比较强又比较有趣的,而不是直截了当地让家长告诉孩子,不洗手容易得病,所以饭前要洗手。到后来,我们开笔会讨论的时候,比谁写的故事更有趣,谁能够把一个很简单的主题,通过一个更有趣的故事表现出来。

强调故事性,其实还是讲究文学性的第一步。吸引人的作品应该有文学性,而文学性除了故事性以外,还有非常重要的一个方面是要有形象,这是第二步。中国的古典名著比如《西游记》《水浒传》,有孙悟空、猪八戒、林冲、武松这些给人印象非常深刻的形象,都是按照塑造形象的要求讲故事的。

从《婴儿画报》《幼儿画报》的发展过程来看，也是这样的。最开始要求我们写故事，然后要求我们写有主题的故事，最后是设计出一系列形象，红袋鼠是什么特征，火帽子是什么特征，跳跳蛙是什么特征，要求我们按照每个形象的特征去编故事。原来我们创作是先构思故事，形象跟着故事走，现在是先有形象，围绕塑造形象来编故事，我感觉这两种方法还是挺不一样的。围绕形象编故事，脑子里首先要呈现出来形象的性格，故事要符合每个形象的性格特征，比如，丁当狗、呼噜猪傻乎乎的，要塑造傻乎乎好玩的形象，故事就必然要写丁当狗、呼噜猪。

"男婴笔会"的创作从按照主题写故事到写人物、塑造形象，说明编辑部和我们五个作家都认识到幼儿文学的文学性除了故事性以外，还要体现在典型形象的塑造上。我们写那些关于好品质、好习惯的教育主题，都是通过一个一个的形象来表现的。红袋鼠、火帽子、跳跳蛙、丁当狗等形象，到现在，你如果问我一篇具体的作品，我可能记不住了，但是如果问我这些形象什么性格，我都讲得出来；而且这些形象特别接近孩子的生活，孩子喜欢，家长也喜欢。有了这些形象后，我们的作品自然而然地不光有故事，而且有形象，这就比较完美了，很好地解决了"命题作文"教育性和文学性的矛盾。

《婴儿画报》给我印象最深的就是乐乐和悠悠。这两个婴儿的形象也比较好玩，一个比较憨厚，一个有些淘气，外加一只小狗、一只小猫，一看就比较好玩。每期《婴儿画报》都有这些形象的故事，将来要是出一套书的话，会是非常好玩的一套书。我觉得这就是形象的魅力，编多少个故事，还不如乐乐和悠悠两个形象深入人心。所以，现在我也悟到了，写婴幼儿的东西要有生动吸引人的故事，但最好是要写好玩的形象。

一个是故事关，一个是形象关，再加上前面讲的语言关，我们真的是一关一关地过，最后做到了一个普通的教育主题，用孩子能听懂的语言、特别有趣的故事、特别生动的形象表现出来，使婴幼儿作品不光有教育性，还带有一定的文学性。这是一个相当高的标准，也是"男婴笔会"的作家们一直在追求的。

反面构思与顽童形象

偏爱"顽童"形象是我创作的一个特点。这也是我为什么主张从反面构思故事的主要原因。

我获得的第一个奖项是1986年中国作协主办的首届全国优秀儿童文学奖，获奖作品是一部短篇小说集《绿猫》。

《绿猫》是我的第一部短篇小说集，收录了我1981年到1985年创作的十五篇短篇小说，体现了我早期创作的样貌。这十五篇小说的主人公基本上都是初中生，严格说来，他们还算不上是"顽童"，都没干什么特别出格的事，只不过有些想法和做法不被老师、家长所理解，被大人当成了调皮的孩子。

比如《绿猫》里的苏苏，他看到了一只浑身都是绿色的猫，特别好奇，想作为一件"要紧的事"弄明白，但老师和家长都不相信他。生物老师粗暴地拒绝了他的提问；放学后，数学老师不让他再去找绿猫而把他留下来补习；回到家里，苏苏说起这件事，妈妈怀疑他发烧了，爸爸不以为意地说："小孩子能有什么事？"苏苏特别委屈，他不明白为什么大人的事叫事，自己的事就不叫事；大人可以有各种爱好，自己有点儿好奇心都不行。

我当老师时就看不惯有些家长和老师对调皮孩子的态度，在小说中写这些孩子，有借机发泄一下子的意思。我记得儿童文学评论家汤锐问我："我看你平常性格挺蔫儿的啊，不爱说话，你小说里那些孩子挺调皮、挺淘气的，和你性格大不一样。"我说："其实这也是一种心理平衡。你想想，在生活中，我性格那么老实，不爱说，在书里也这样，多憋闷啊，总要发泄、开心开心吧。"

但也不全是个人发泄，更多的是为那些孩子鸣不平。高洪波在一篇评论[①]里说："《绿猫》这篇小说，写的是男孩苏苏发现'绿猫'却始终

---

① 高洪波《"绿猫"葛冰》，载《儿童文学研究》，1996年第3期。

无法让大人听明白,他的真诚与成年人无法沟通,他的世界因此黯淡。小说的结尾是苏苏想哭但不哭,可是明天他坚决要去找到那只绿猫——我觉得葛冰写到这里,把'绿猫'已幻化为童年的象征,儿童人格的物化。不在于世界上有没有绿猫,关键在于苏苏的叙说被打断,解释无人听,他的尊严被漠视,所以他感到无比的屈辱。《绿猫》这篇小说的后面,站着为苏苏鸣不平的作家葛冰。葛冰把自己的魂附在了主人公身上。"他看得特别准。

《蓝皮鼠和大脸猫》是我的一部代表作,影响还是挺大的。我有个老同学年龄跟我差不多,他没有看过《蓝皮鼠和大脸猫》,但回去问他女儿,他女儿说小时候看过,并且现在还给自己的孩子讲了蓝皮鼠和大脸猫的故事。这部作品等于影响了两代孩子,我还是挺欣慰的。

《蓝皮鼠和大脸猫》里面的两个角色就是两个调皮的顽童形象。我当时住的筒子楼里,就有这样两个调皮、有个性的孩子:一个个头儿小,特淘气,像小精豆儿,一叫喊,满楼都听得见;一个个头儿大,又高又胖,嘴有点儿笨拙,还有点儿小自私。偏偏这俩人是好朋友。那个时候,我正筹划要写一部童话作品,这两个孩子给了我很大启发,我就以这两个孩子为原型,构思出了蓝皮鼠和大脸猫的形象和性格,然后创作了一系列有趣的故事。

我另外一部代表作《小糊涂神儿》里的小糊涂神儿,更是个调皮捣蛋的孩子的形象。小糊涂神儿是接近孩子的、特别无拘无束的、代表孩子喜怒哀乐的一个形象。小孩有些奇思怪想,想调皮,想淘气,需要有一个发泄口，通过小糊涂神儿这个形象，他可以发泄出来。

　　我认为童话是现实生活的折射，故事可以尽可能幻想夸张，写得很离奇，但好的童话中的形象，一定是贴近现实、接近生活的。蓝皮鼠、大脸猫实际就是两个小学生的形象。现实生活中，不可能每个小学生都是规规矩矩的，再规矩的孩子有时候也会淘气；孩子有点儿自私，有点儿胆小，也都很正常。但是，不管有什么缺点，小孩的心地都很善良。正因为每个孩子都有优缺点，他们才能或多或少地在蓝皮鼠和大脸猫身上找到自己的影子，产生共鸣和思考。

　　调皮是孩子的天性，即使是最老实的孩子，也有淘气、调皮的一面。孩子喜欢快乐地玩耍，既遵守纪律，有礼貌，懂规矩，又调皮活泼，这才是孩子天性的全部。我当过多年老师，接触到的调皮学生很多。这些孩子是不好管，让老师生气，但他们毕业后，大多还都很出色，在工作上、事业上还都有所成，生活也很幸福。究其原因，这些淘气的孩子内心的品质都是健康向上的。有些儿童文学作品，常常把孩子写成"小大人"，忽略了孩子的"调皮"，或者把这种"调皮"当成缺点，这是违背生活真实的。

　　我在自己的创作中，不由自主地把孩子写得顽皮，反倒显出了他们的个性，使他们显得真实，有血有肉，我的两部有些影响的作品（《蓝皮鼠和大脸猫》《小糊涂神儿》）都有这个特点。

　　我还发现，孩子更喜欢有点儿缺点的形象。《西游记》里的人物，唐僧一本正经，沙僧吃苦耐劳，这两个形象都不是最受读者欢迎的，最受欢迎的是孙悟空和猪八戒。蓝皮鼠和大脸猫这两个形象，和传统文化也有点儿关系。大脸猫这个形象的塑造，我借助了《西游记》中猪八戒的形象。猪八戒贪吃贪睡、好占小便宜，但心地善良，也能给别人带来快乐。小读者仔细分析一下就能发现，大脸猫很多地方和猪八戒有点儿像。蓝皮鼠精明调皮、善搞恶作剧，也有孙悟空的影子。

我偏爱顽童形象还有一个原因。我觉得，想象力比知识更重要，因为知识是有限的，而想象力囊括世界上的一切，推动着社会的进步。只有呵护并培养孩子的想象力，才能赋予他们成长的原动力。

我女儿葛竞现在也是一个比较有影响的儿童文学作家了，小时候我就特别注意培养她的想象力。葛竞九岁的时候，有一次，我们到外面玩，路过一座房子，看到这样一个画面：一个小男孩在窗外吹泡泡，他在窗外吹，一个小女孩从窗子里探头看。就是这样一个很普通的画面，葛竞把它写进观察日记里，也写成了作文。老师看了说："描写的画面倒是挺生动的，可是内容太少，就是一个简单的画面，比较空洞。"

这个画面本来就挺简单的，怎么能写得内容多一些呢？在我的启发下，葛竞开始动脑筋了，她提出的第一个问题是："为什么小男孩吹泡泡，小女孩待在窗边不出来呢？"

有多种可能，其中一种可能是，小女孩的腿有残疾，没法出来玩。那么，这个小男孩就不光是自己玩了，他是怕同学待在家里寂寞，专门到同学家窗前吹泡泡给她看的，他以这种玩的形式来帮助同学。这样一写，就和简单地描写一个画面不同了，是写一个同学帮助另一个同学，是描写人了。葛竞修改了自己的作文。老师说写得好，给了一个挺高的分数。

葛竞受到鼓励，又继续展开想象，给自己提出了第二个"为什么"："要是吹泡泡的不是小男孩，是一只小老鼠呢？"而且，猫是老鼠的天敌，小老鼠在光天化日下吹泡泡，猫能答应吗？

于是，出现了一个感动人的小老鼠形象：它千方百计地躲避猫，冒着生命危险跑过来，仰着脖子，给一个腿有残疾的小女孩吹泡泡。一个原本比较普通的故事，就变成了一个非常有趣、感人的童话。

葛竞把她的作文改成了一篇小童话，题目叫作《吹泡泡的小老鼠》。稿子投给《少年文艺》后，在成人作品栏目里发表了，还得了当年《少年文艺》的好作品奖。我国台湾地区的一家少儿期刊也转载了这篇作品，还郑重其事地邀请葛竞为他们写稿。

每个孩子的头脑里都会冒出一些怪诞的念头，让人哭笑不得。不要小瞧这些奇奇怪怪的念头，这个年龄段的孩子正是通过天马行空的想象，一步一步构筑起自己心中的小世界，逐步和外部的真实世界建立起联系，去感悟、认知，并融入其中的。

2021年11月17日，李学谦在北京接力出版社采访葛冰（杜宇摄影）

胖小象和脏小象

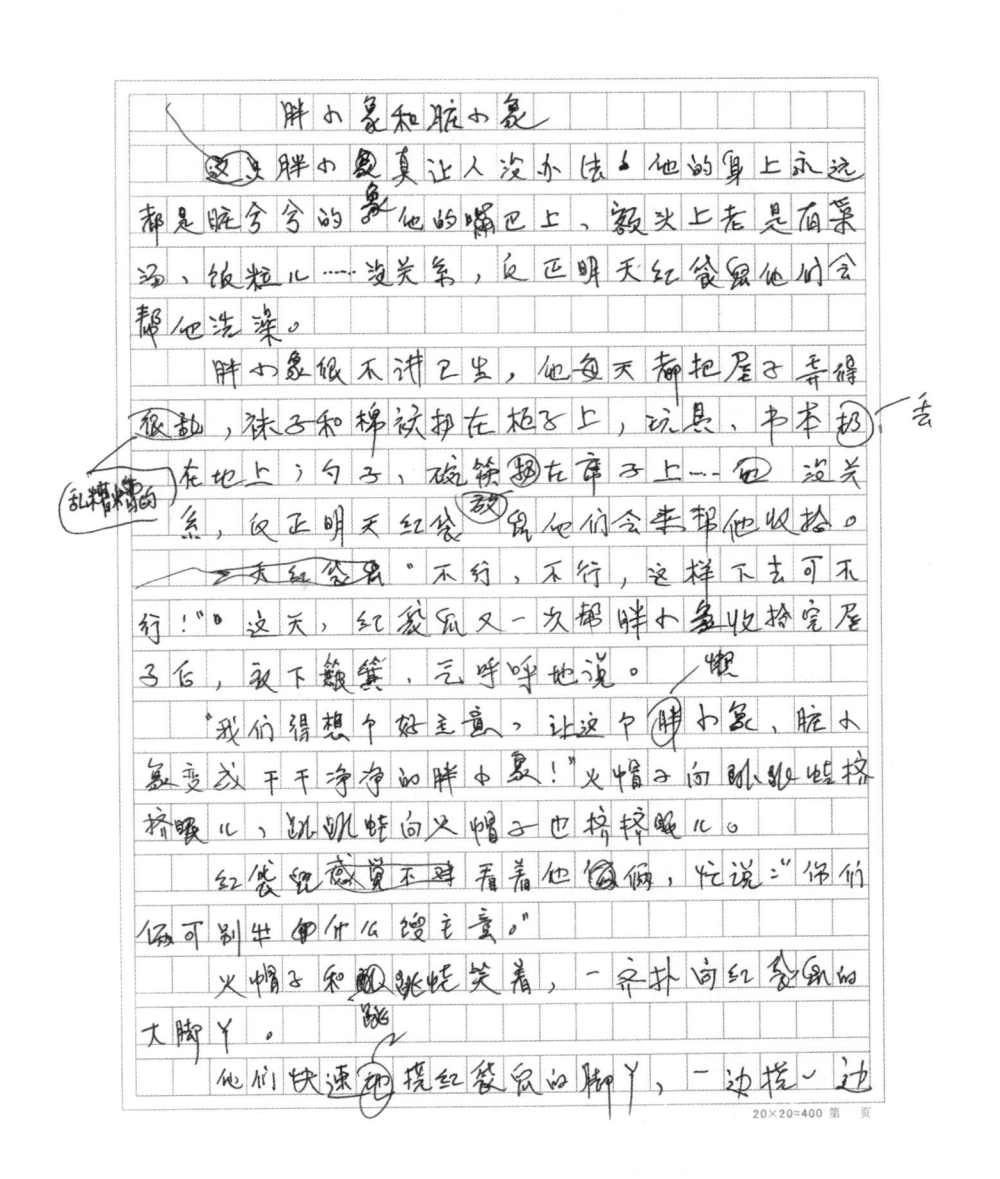

这只胖小象真让人没办法。他的身上永远都是脏兮兮的。他的嘴巴上、额头上老是有菜汤、饭粒儿……没关系，反正明天红袋鼠他们会帮他洗澡。

胖小象很不讲卫生，他每天都把屋子弄得很乱，袜子和棉袄扔在柜子上，玩具、书本丢在地上，勺子、碗筷放在凳子上……没关系，反正明天红袋鼠他们会来帮他收拾。

"不行，不行，这样下去可不行！"这天，红袋鼠又一次帮胖小象收拾完屋子后，放下碗筷，气呼呼地说。

"我们得想个好主意，让这个胖小象、脏小象变成干干净净的胖小象！"火帽子向跳跳蛙挤挤眼儿，跳跳蛙向火帽子也挤挤眼儿。

红袋鼠感觉不对看着他俩，忙说："你们俩可别再出什么馊主意。"

火帽子和跳跳蛙笑着，一齐扑向红袋鼠的大脚丫。

他们快速地挠红袋鼠的脚丫，一边挠一边

葛冰手迹

第十四章

刘丙钧的感悟

读者、作者、编者的互动机制

我开茶馆以后,有十来年没写东西,差不多脱离了儿童文学圈。参加"男婴笔会"后,好些失联十多年的作者和我的大学同学,又跟我联系上了。我得感谢"男婴笔会",因为一次次的笔会,让我得以把更多的时间、精力投入到儿童文学创作中。我不仅给《幼儿画报》《婴儿画报》写,给中少总社写,也给其他刊物和出版社写。这些年,我逐渐又写得多了一些,状态比原来还好。

"男婴笔会"持续了二十多年,是难得的儿童文学现象,给我们五个作者留下了一段难忘的记忆、一段无尽的回顾。"男婴笔会"与"中少大低幼"的互动,不仅对中少总社来说是一段值得总结的历史,对于中国幼儿文学史和少儿出版史来说,"男婴笔会"的创作也值得总结。

我一开始主要写诗歌,偶尔才会写一两篇幼儿文学的东西。有人约我写过儿歌,但我心里没有把幼儿文学作为文学来看待。对于幼儿文学写作,也只是"客串"一下,没有把它作为一个写作的方向和目标。

我正式开始写幼儿文学作品，是受葛冰邀请参加《婴儿画报》的笔会，到现在已经有二十多年了。中国少儿出版低幼读物这个板块，这二十多年来有很大的改观。早期阅读越来越受重视，婴幼儿读物的品种、数量和质量都不是二十多年前可以同日而语的，写幼儿文学作品的作家也越来越多。"中少大低幼"在这方面有很大的贡献，而"男婴笔会"作为"中少大低幼"的助力，更是全程参与其中。

在幼儿文学和幼儿教育出版方面，张晓楠直接下沉到幼儿园，直接与市场对接，呼应家长、幼儿园和孩子的需求，走群众路线。我印象特别深的是，《幼儿画报》所有栏目的选题都是通过调查筛选出来的；每期刊物在出版前都要拿到幼儿园试读，然后再把读者意见反馈给我们；版面每年都有变化，栏目是保留还是撤销会根据孩子的阅读喜好和需要来调整。

如果说，白冰是世纪之交中国儿童图书市场运作机制的领军人物，那张晓楠应该是低幼出版这方面接地气走市场的始创者，形成了常规化、系统化的读者、作者、编者三方互动的机制。所以，白冰和张晓楠这两个人，一个在儿童图书出版领域开创了一种新的模式，一个在低幼读物出版方面创建了一种新的机制。张晓楠管白冰叫师父，让白冰给她出了不少主意，给了她不少具体措施方面的指点。张晓楠借鉴了白冰好的经验，在具体落实的时候，做得比白冰还精细。

张晓楠接地气的市场意识和操作方式，让《幼儿画报》从她接手时每月发行量15万册，发展成百万大刊，最高峰时月发行量将近200万册；而且，《幼儿画报》在发展壮大的同时，带动了中少总社低幼出版资源的整合，让低幼出版不光有书、报、刊，还有各种音频、视频产品，甚至还有玩具，发展成"大低幼"的全产业链模式。客观地讲，《幼儿画报》、"大低幼"的运作模式，影响了中国诸多幼儿期刊和出版社的经营运作思路，一定程度上影响了中国整个幼儿读物出版、幼儿文学创作的进程和面貌。

得益于张晓楠的接地气的操作方式和市场意识，"大低幼"快速发展，在这个过程中，"男婴笔会"来助力实施她的构想，具体落实她各种各样的"小难题"。一开始，写"命题作文"确实很难，有些选题很难写，很难转化成一个儿童性、文学性较强的故事或童话，我们咬牙坚持，一点点地摸索才逐渐适应。"男婴笔会"这几个作家，在内容创作上成就了《幼儿画报》《婴儿画报》，成就了中少总社构建"大低幼"板块的想法。当然，张晓楠和中少总社的运作，也成就了"男婴笔会"这个作家团队自身创作理念和作品的生成。总之，"男婴笔会"和"大低幼"双向互动，相互成就。

幼儿文学的教育性

"男婴笔会"的出现虽然有一定的偶然性，但是也有其必然性，因为《幼儿画报》的市场化转型需要这种创作方法和创作模式来适应家长和幼儿园的需求。满足家长和幼儿园需要的作品，都有一定的教育性和实用性。

儿童文学界在教育性和文学性的问题上一直有争论。"命题作文"能不能把文学性与教育性融合起来？"男婴笔会"的创作证明，通过巧妙的构思和写作技巧，可以在一定程度上克服教育性所造成的作品文学性的削弱，甚至可以使教育性不露痕迹。

儿童文学的教育性是客观存在的，而且是必要的。作为大人，我们要有童心，要懂得尊重孩子、保护孩子；也要明白，仅仅是放任孩子，让孩子快乐是不够的，要给孩子一定的约束，让他们明白，并不是所有的要求都能被满足。尤其是早期教育特别重要，如果孩子在幼儿期该养成的行为习惯没有养成，以后改起来就太难了，一旦上了小学，到了十来岁，有些毛病成了习惯，就很难改掉了。所以，儿童文学尤其是幼儿文学的教育性就显得非常必要了。

幼儿文学作品教育性的展现形式分两类。

一类是没有明确的教育指向的。这类作品以一种潜移默化、润物无声的方式，对孩子进行情感培养、审美引领、性格塑造。

另一类是有明确的教育指向的。这类作品以故事或童话的形式来呈现和展示教育主题、实用目标，如自我保护意识培养、生活习惯养成、人际交往能力培养等，对小读者有着直接的、明确的示范作用，有的孩子觉得故事好玩，就会模仿里面的主人公。这对苦于教育无策的家长而言，有着类似教案的实用价值，可以收到立竿见影的实效。如中少总社出版的"红袋鼠安全自护金牌故事"丛书,分为身体篇、户外篇、游戏篇、社会篇、生活篇和灾害篇六个安全类别,共涉及六十个安全自护知识点。"男婴笔会"作家把这六十个安全自护知识点转化成或幽默、或热闹、或优美的童话、故事,先在《幼儿画报》刊登,后来又出了书,受到了家长和幼儿园老师的欢迎,孩子也非常爱看。

家长希望幼儿文学有较强的教育性和实用性,但幼儿生活中的很多教育主题,特别是幼儿教育中的具体问题,如果靠作家在生活中去发现,有一定难度。比方说,幼儿自我保护的问题、合理膳食的问题、习惯养成的问题等,作家即使偶尔触及这类题材,也往往是无意识的自发行为,不会产生集束式的幼儿文学作品来呼应这些教育中的具体问题。

把现实生活中存在的各式各样的具体教育问题归纳总结出来加以文学化的呈现,具有教育启迪和文学欣赏的双重意义和价值。从幼儿文学发展的角度看,这种源于现实生活的"命题作文"大大拓宽了幼儿文学的创作领域。

没有明确的教育指向和具有明确的教育指向这两类作品,犹如鸟之双翼,共同承载起幼儿文学的审美功能和教育功能。

无论哪种作品,都必须尊重幼儿文学的创作规律,特别是"命题作文",如果没有文学性,就没有可读性,孩子根本不爱看。

"男婴笔会"这二十多年的作品,有很大一部分是"命题作文",教育的指向性很强,但我们坚持从孩子的角度出发,让作品充满童趣,自然流畅，就像欢快的河流，河床中不存在一块看起来很坚硬、很突兀的"教育性"巨石。

韵律美、诗意美

《幼儿画报》《婴儿画报》里有大量的儿歌，不仅有《好习惯儿歌》《十二生肖儿歌》等栏目，而且童话、故事里的人物语言也是类似于儿歌的口语化韵文，成语故事、手工故事也是用儿歌的形式来表现的。为什么《幼儿画报》《婴儿画报》在语言运用方面会大量使用儿歌呢？

《婴儿画报》读者是 0—3 岁的婴儿，《幼儿画报》读者是 3—7 岁的孩子。写童话也好，写故事也好，很多时候我们自然而然地就把儿歌融进去了。金波老师、高洪波、白冰和我都有这个创作习惯，后来葛冰也受了影响。

比如《牛牛手工故事》这个栏目，是教孩子怎么做手工的，我们不是用那种很枯燥的说明文字来写，而是用儿歌来写做手工的方法和步骤，孩子能够看得懂、记得住，在学手工的同时，也得到了文学的熏陶。这样看，儿歌既是教孩子做手工的工具，又是独立的幼儿文学作品，一举两得，比用干巴巴的说明性文字来教孩子要好得多。

儿歌是孩子从一出生就开始接触的一种文学样式。婴儿最早接触到的文学，是依偎在妈妈怀抱中听到的儿歌。儿歌内容生活化，语言口语化，而且节奏感、韵律感强，婴幼儿对儿歌所表现的内容可能不完全理解，但是儿歌那种节奏感、韵律感，会给孩子带来一种轻松愉悦的感受，让孩子感到好玩、爱听，从而自然而然、潜移默化地接受儿歌的内容，这对孩子的成长和养育是特别有用的。同时，儿歌对婴幼儿来说，也是一种情感上的需要，听大人念儿歌，孩子会产生一种安全感，感受到父母对自己的爱和亲情。

儿歌是婴幼儿最容易接受的儿童文学样式之一，往前追溯，儿歌的渊源在什么地方？童谣是一个非常重要的来源。五四时期，新文化运动兴起，人们意识到童谣的独特作用，鲁迅、周作人、蔡元培、沈尹默、胡适、刘半农、郑振铎等一批作家号召搜集、整理歌谣（包含童谣在内），把它作为一项很重要的基础工作来做，同时他们也倡导儿歌创作，后来，才有文人有意识地专门为孩子创作儿歌。改革开放以来，儿歌创作空前繁荣，儿歌作家、儿歌作品、儿歌活动不断涌现出来。童谣的整理、儿歌的创作，对中国现代儿童文学的形成和发展起到了重要作用的。

童谣有着数千年的历史传承，既有反映儿童日常生活的，也有反映人们社会生活的。儿歌主要反映现代儿童生活，体现现代童年精神，内容题材相较童谣也有所拓展，有生活儿歌、趣味儿歌、科普儿歌等。

金波先生经过数十年的田野采风、民间搜集以及研究整理工作，编选了"中国传统童谣书系"和"中国儿歌大系"两套规模宏大的普及性童谣、儿歌读本，为我们认识童谣和儿歌提供了重要的参考价值。

金波先生认为，童谣流布在人们的口头上，世世代代口耳相传，经久不衰，我们从这些童谣里获得精神教化和艺术熏染。童谣给予我们最为浓厚的童年情调和率真的欢乐趣味。儿歌是引导孩子们学习语言的母乳，是进入阅读世界的最初向导，是时代传递的文化瑰宝。儿歌发挥着游戏、审美、认知以及教化的巨大功能与作用。

在我看来，儿歌对于孩子，尤其是对婴幼儿来说太重要了，从某种意义上讲，甚至比童话、故事更重要。儿歌在孩子生活中还是有很多应用场景的，比如，当妈妈哄孩子睡觉的时候，当幼儿园的小朋友做游戏的时候，当中低年级的小学生举行集体活动的时候，都需要有儿歌。现在在孩子们中间出现了一种"灰色儿歌"，有的儿歌内容和立意都不是很好，但是它们充满了娱乐性与游戏性，并且朗朗上口，易于传播，孩子们觉得有意思、好玩。这种现象，从侧面印证了孩子对儿歌的需求。如果我们能多创作一些寓纯真情感于心、呈情趣韵味于笔的儿歌，就像金波的《野牵牛》、张继楼的《东家西家蒸馍馍》、刘饶民的《春雨》等，这些具有恒久的生命活力和耐读耐品的充满美感魅力的儿歌就会在孩子们中间流传，从而对他们形成正向的启迪和培养，孩子们很可能就不会再被"灰色儿歌"吸引了。

"男婴笔会"作家原来写儿歌也写得少，后来跟《幼儿画报》《婴儿画报》合作，儿歌才写得多一点儿。我们认为，儿歌首先是给孩子看的，要回归到儿歌的本质。内容应该贴近孩子的生活，有一定的生活场景，有一定的情节；语言应该是孩子易懂易记的、通俗化的，并且有明快的节奏；应该有情趣，有幽默感，还应该有一定的思想性。

刘丙钧首部童诗集《绿蚂蚁》

中国少年儿童出版社

刘丙钧同志：

您好！

您创作的《妈妈的爱》发表在本刊去年第二期上。经读者推荐、编辑部评议、并征得编委会的同意，荣获《儿童文学》一九八二年优秀作品奖。

授奖大会于二月廿六日在北京举行。对获奖作品颁发证书及奖金（外地会后函寄）。

这里，我们向您表示祝贺，并予祝您在今年创作上获得更大丰收。

此致

敬礼！

《儿童文学》杂志社
1983·2·

地址：北京东四北十二条二十一号　　电报挂号：4357

刘丙钧《妈妈的爱》经读者推荐、编辑部评议，
获1982年《儿童文学》优秀作品奖

后记

『男婴笔会』的气场

金 波

读过《幼儿文学创作与出版——"男婴笔会"口述实录》后，回顾起那段日子，又感受到了那些快乐时光，光照耀眼，思维活跃，充满活力，灵感闪现。

我们称之为"男婴笔会"的气场。

那是一段回归童年的日子，是身心对童年的再发现、再思考、再创造。我们也和孩子一样，寻找幸运花瓣，但对幸运有了新的认识，幸运常常是一种精神状态。我们也和孩子一样追逐吹起的蒲公英，但更羡慕蒲公英飞翔后的降落，降落到新的土地开放新的花朵。

我们不仅回归童年，更是发现童年，用我们的身心"养育童年"。经我们养育的童年，给了我们一种感知童年世界的能力。在"男婴笔会"期间，这种对童年的感知，让我们所有的成员（包括编辑）具有了相互的作用——引力、共鸣，互相传递着能量。

我们感受着现实生活、童年成长的快乐与困惑，将这个物质的世界看得更清晰。但是"男婴笔会"的气场，让我们超越了物质的存在，提高了我们的精神力，让我们用哲学的、科学的、文学的方法创造着一个新的童年世界。我们用语言、绘画再创造一个超越现实的、物质的世界，这个世界，是用语言、色彩、声音创造的，是"幼儿文学"一种综合的艺术形式。幼儿文学是儿童文学中的文学。它的灵魂是诗意。诗意不仅仅是艺术的表现，更是一种精神的境界。

"男婴笔会"的气场，就在于它让我们共同感受到了诗意的魅力，并把这种魅力融进孩子的精神世界中。我们没有说教，没有训诫。我们用诗意的表达传递着一种隐秘的力量，它是一种能量、一种质量。

"男婴笔会"展现的气场，是一种童心的禀赋，是对生命，特别是童年生命的热爱、理解和尊重。

我想起托尔斯泰说过的一句话："我试着给孩子写点东西，死而无悔。"

由他的"无悔"，我想起了我们的欣慰：五位现在平均年龄已经七十六点二岁（他们还以为自己才七点六二岁）的"男婴"，二十多年的时间里，一直并肩给孩子写故事，同时，他们自身也发生了许多有趣的故事。

由我们的"欣慰"，我又想起另一些人的辛劳：首先是李学谦先生。在我们的对谈中，我们回忆着、口述着；如果说我们的口述是口语式的，那么李学谦先生的提问和整理，便使这本书具备了思辨式和哲学式的语汇，这也是这本书的价值所在。

还有辛劳的另一群：李学谦花了大量的时间，多次采访"男婴笔会"作家，接力出版社的编辑团队唐玲、于露、曾先运、王燕、熊慧琴一直在跟随工作，张晓楠和"中少大低幼"王志宏等编辑提供了很多难得的历史图片和资料，画家友雅在瑞典精心绘制了封面插图，使《幼儿文学创作与出版——"男婴笔会"口述实录》得以成书。

希望这本书对于幼儿文学创作理论研究和出版有益、有用。

金波

2024 年 9 月 10 日

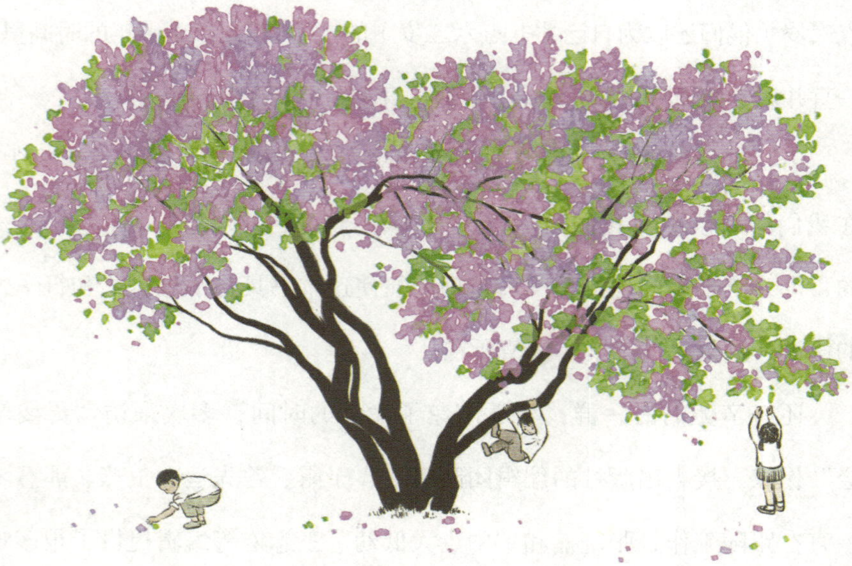